著名中学师生推荐书系

黄荣华 主编

遥远的村庄

刘亮程
散文精读

刘亮程　原著

黄荣华　编注

复旦大學 出版社

著名中学师生推荐书系
编注委员会名单

主　编
黄荣华

编　委

复旦大学附属中学	李　郦　王希明　黄荣华
北京大学附属中学	蔡　明
西安交通大学附属中学	黑永先　裴　兰
华东师范大学第二附属中学	江　汇　孙　彧
山东省实验中学	王　岱
浙江省杭州高级中学	包素茵　陈　童
上海市育才中学	马玉文
上海市控江中学	陈爱平
上海市进才中学	刘茂盾　王云帆
上海市建平中学	宁冠群
上海市敬业中学	兰保民

编 注 者 说

为更好地满足全国中学生朋友的阅读需要，我们约请了北京、陕西、河南、山东、浙江、江西、广东、上海等十多个省市的著名中学师生，推荐他们认为最有阅读价值的读本，并在此基础上构建了一个崭新的书系——"著名中学师生推荐书系"。这套崭新的书系体现了编注者的三大构想：

让中学生朋友们共享同龄人的精神资源。每位中学语文尖子都有自己的个性化阅读，这种个性化阅读在多数情况下应当是有普遍价值的，因为毕竟大家的年龄相当、阅历相似、文化背景相同。他们所以成为语文尖子当然有诸多原因，但他们的个性化阅读一定是一个重要因素。因此，把那些语文尖子的个性化阅读且具有普遍意义的著作，让语文尖子们自己向同龄人推荐，说出自己阅读的意义或方法，应当对绝大多数中学生朋友是有益的。

增加同学们的情感和思想积累。这就先要说到"应试"教育了——无论是现代文阅读，还是古诗词鉴赏，或是文言文理解，作文就更不用说了，没有真情分辨与把握，没有思想综合与揭示，考生最多只能拿到最基础的分数。因此，要想在语文考试中拿到高分，就必须注重情感与思想的积累……其实，一名真正的读者，是永远把情感与思想历练放在第一位的。这样的读者不仅可使自己成为有情味的人、有思辨力的人，而且永不会被迷惑，应对各种各样的考试就更不在话下了。

倡导一种语文观念——语文学习的重要目的是协调学习者与社会的关系。就中学生而言，如何与同学、朋友交往，与家长交心，与老师交流，与陌生人相待，是一门重要的课业，但今天的教育基本忽略了这一方面。我们在这套书系的编辑、评点中，也期待在这方面有所作为。应试能力也是一种与社会的协调能力。如果我们能把眼光放远点，我们就能看到，每个人的一生都会遇到无数次大大小小的考试。一个没有应试能力的人是不能融于社会的。现在的问题是，我们把应试妖魔化了。这不能怪应试本身，而应责怪社会对应试的理解过于偏狭，对中学生应试的操作过于单一。我们衷心期待，阅读这套书系的同学能获益，哪怕从最基本的应试上获益。

上述三大构想正是我们编注这套"著名中学师生推荐书系"的理由，但这套书系的编注还有一个重要理由，那就是关注现代意义上的中国人的建设。

大家都知道，中国社会进入现代的标志性事件是五四运动。随着"德先生"与"赛先生"的到来，中国人逐步由近代走向现代。在走向现代的进程中，现代文学发挥着巨大的作用。现代散文的创作、流传与阅读，则成为了人们走向现代的最轻便的精神武器。

非常遗憾的是，当下中学生的阅读离现代经典作家的经典之作越来越远了。

这是不是意味着现代中学生不需要这样的阅读？显然不是！事实

是，21世纪的中国人依旧面临着从传统向现代转型的重要问题。从整体上看，今天中国人的民主意识与科学意识依旧十分淡薄，不少人的头脑中甚至还有相当浓厚的传统痼疾。这也构成了中国人现实的生存环境。因此，中学生阅读那些体现强烈时代精神、引领民族走向现代世界的现当代经典散文，就有着非常重要的意义。正是从这一宏大的主题出发，我们期待这套"著名中学师生推荐书系"在参与现代中国人的建设中，起到应有的作用。

鲁迅、胡适、林语堂、丰子恺、朱自清，当看到这一系列现代著名作家的名字时，我们的脑海中即刻浮现出一系列个性极其鲜明的现代中国人形象。鲁迅的沉重、深刻与灵魂拷问，胡适的轻巧、宽容与温情相待，林语堂的性灵、洒脱与幽默，丰子恺的从容、优雅与仁爱，朱自清的恬淡、淳厚与执着，每一位都有着极大的人格魅力，他们的思想与文采，他们的为人与为文，他们无论是作为现代作家，还是作为真正意义上的现代人，都值得21世纪的中国人去解读，并在解读中找到前进的最佳方式。我们更期待读者在这一系列作家作品的阅读中，集众人之"精气神"，把自己铸造成为崭新的现代人。

刘亮程、夏坚勇、鲍尔吉·原野、梁衡、李元洛、李汉荣，当看到这一系列当代作家的名字时，我们的脑海中也即刻浮现出一系列个性极其鲜明的当代中国人形象。他们的作品中表现出来的智慧人生、淳厚人生、诗性人生，都有着极大的感染力。他们作为当代散文创作的大家、名家，其作品都达到了我们这个时代的某种高度，因此值得人们去解读，并在解读中找到前行时必要的凭藉。

本书系此次出版的著作有：《遥远的村庄——刘亮程散文精读》

《何处望神州——夏坚勇散文精读》《南方的河流——鲍尔吉·原野散文精读》《人人皆可为国王——梁衡散文精读》《穿越唐诗宋词——李元洛散文精读》《点亮灵魂的灯——李汉荣散文精读》。

黄荣华

文学是做梦的学问

刘亮程

文学是一门做梦的学问。很小的时候，我们便通过梦认识了文学，后来又通过文学懂得了梦。

那么，谁教会了我做梦呢？

据说孩子一出生就会做梦。甚至在母腹中便做了无数的梦。在我不会说话走路的幼年，一个一个的梦，在小小的头脑里发生。我最早开始做的一件事情，应该是做梦。不知道那些梦从哪来，谁给了我。我的头脑在白天黑夜的睡梦中，生长。大人知道我做梦，我睡着时突然地哭、笑。我笑时大人也笑，但不出声。知道我做好梦了。做不好的梦时，我会惊恐，大人看见了就叫醒我。

很难知道一个婴儿梦中的情景，他还没学会说话，却已经在做梦了。梦中是否说了话，那些梦话又是怎样的一种语言？

据说平常人能记住 7 岁时的梦。作家可记住 3 到 5 岁时的梦。有天赋的作家能记得自己的出生。极具天赋的作家甚至能记住在母腹里的情景。那像梦一样的胎儿生活，如果真记住了，该多有意思。漫漫的十个月，独自蜷缩在母腹，外面是一个声音的世界。眼睛闭住，耳朵张开，小拳头攥紧。独自倾听冥想的姿势。他听到的声音是有颜色的吗，能构成一个怎样的人世呢？

有一点我还不太清楚：在母腹中胎儿是睡是醒呢？还是一直在睡梦中，一个长梦做到出生？

梦是一种学习。很早的时候，我一定通过梦熟悉了生活。或者，梦给我做出了一种生活。后来，真正的生活开始了。我出生、成长。梦渐渐隐退到背后。早年的梦多被忘记。

还是有人记住一种叫梦的生活。他们成了作家。

作家是在暗夜里独自长成的一种人，接受夜和梦的教育。梦是一所学校。夜夜必修的功课是做梦。

我早期的诗和散文，一直在努力地写出梦景。作文如做梦。在犹如做梦的写作状态中，文字的意味向虚幻、恍惚和不可捉摸的真实飘移，我时而入梦，时而醒来说梦。梦和黑夜的氛围缠绕不散。我沉迷于这样的幻想。写作亦如暗夜中打捞，沉入遗忘的事物被唤醒。

梦是我的启蒙老师。我早年的写作一定向梦学习了许多，我却浑然不知。

早年经常做的一个梦：我走进一间挨一间的房子，那些房子破旧、空荡、布满灰尘，每一间我都熟悉，仿佛在里面居住过，我从一扇门走进另一扇门，一夜都走不出去。这个梦境最终长大成了《虚土》里那个五岁孩子无边无际的梦。

另一个梦里我在钻洞，一个曲折漫长的洞，我熟悉里面的每个拐弯和岔道，我从没走错却从没走出去过。多少年后我写了一个挖洞的故事，叫《凿空》，写完后才想起这个早年的梦。这一次，我从故事中的那个洞里出来了。

有一段时间我梦见自己在爬一个高塔，仿佛已经爬过无数次，每次快爬到顶了，醒过来。多年后我带母亲回甘肃老家，在金塔县城，突然看见我梦中爬过无数次的高塔，我在塔下愣愣地站了好久，第一次清醒地看见一个早年的梦景。那是母亲逃荒到新疆 40 年后第一次回老家，她把我孕在腹中带到遥远的新疆，我在甘肃金塔县孕育，在新疆沙湾县出生。我有两个故乡。那个夜夜梦见的高塔是父母早年的念叨被我记住呢，还是我在孕育中早早看见了它？

另一个梦中我长途跋涉去一座城市，城北边有一个破煤矿，路拐弯处一片楼房，每次我都回到一幢未完工楼房的 5 楼，不知道那是谁的家，我在那里寂静地住下来。也是好多年后，我在乌鲁木齐南湖小区 5 层的住宅里，突然想起早年在乡下的梦。离这不远是已经废弃的六道湾煤矿，梦中的场景和现实惊人相似。似乎我的一部分生活，突然地掉进早年做好的一个梦里。

更多的梦中我跑着跑着飞起来。就在昨晚的梦中，我又一次飞了起来，脚下是大片的夏天的绿色玉米地。这些飞的梦被我写在《飞机配件门市部》里。

不知道那些反反复复的梦，要告诉我什么。我因为不理解也许早已错过了什么。做梦似乎是天生的，不需要向谁学习。我的写作，却一直在向梦学习。

我不知道自己一直在向梦学习。我很早懂得隐喻、夸张、跳跃、倒叙、插叙、独白这些作文手法。后来，我写作多年，才意识到，这些在文学写作中常用的手法，在梦中随处被使用。做梦用的手法跟作文一模一样！

隐喻作为一种文学手法，很可能是作家从梦中学来的。所有的梦都有隐喻性、多解性。早晨醒来回想梦，一如阅读深奥晦涩的文学。梦充满隐喻，令人费解。人相信梦的暗示，千方求解，并大致找到梦隐喻的规律。比如梦见小孩是遇到小人，梦见火要发财，梦见飞是长个子等等。一些复杂的梦需要专门的人解读，回想梦的过程是文学的欣赏过程。破译梦便上升到文学研究层面了。

梦的多义性是文学的重要特征。我写一个句子时，希望语言的意义朝无数个方向延伸，在它的"主指"之外有无限的"旁指"，延伸向远方。这也是梦的特征。

梦呓、梦话也叫胡话。说胡话。一个已经睡着不该说话的人说的话。突兀的一两句。没前没后。自言自语。他对着梦说话，我们看不见他的梦。

最好的文学语言是梦的语言。

梦呓被多少文学家借鉴发展为超现实的语言叙述方式。

梦是夸张的。梦的夸张体现在敏感上。一只蚊子飞过耳旁，梦会夸张成一架飞机。一个关于飞机的梦，就这样从一只蚊子飞过耳旁开始了。许多宏大的文学作品可能起源于一个小小的诱因。

梦中的故事常常跳跃，一念间从一个场景跳到另一场景。有时似乎跳跃得跑题了，醒来一想，此梦的主题恰好在离题万里的细节上。

有些梦是倒叙，先有果，后有因，故事逆着时间朝前发生。我突然回到了童年。回到童年的梦都是倒叙。梦应用倒叙非常顺便。因为梦里的时间是一种可以悬置、翻转、倒退、仰俯、伸缩自如的文学时间。

插叙是梦中惯用的手法，一个平铺直叙的梦，常有莫名其妙的故事插入。有时中途插入的故事成了梦的主题，旁枝长成主干。好像也没什么不合理。梦自有合理性。

伏笔更是被梦用到极致。经常在一个新梦里感觉到熟悉气息，仿佛先前经历，或许这事在旧时的梦里开了头，略微显露了一下，此梦牵出彼梦的头绪来，甚至几十年前埋的伏笔，都牵连出来。

不知道人一生的梦是否在完成着一个巨大的梦。就像作家耗尽毕生写一部巨著。如果是的话，童年的梦，胎儿时的梦，中年、老年的梦，便都连接起来了。那将是一个多么大的梦巨作！梦有压缩性，几十年的时间，可以压缩到瞬间。据说生命终结时，人一生的故事在脑海中梦一般回放。这是生命程序中最美妙的一瞬，一部人生巨作已然结尾，前呼后应地做一次回味。这个始于梦终于梦的做梦动物，中间那一阵子时梦时醒的人世生活，是多么地令自己回味！当消失的一切全部回来，那压缩在短短瞬间里的整个此生，已经到达了彼世。

作家干的是装订梦境的活。在梦中学会各种各样的文学表达，把各种各样的梦变成文字。许多作家天生会写作，几乎不怎么经过向别的作家学习的过程，梦早已教会他所有的文学写作方法。进入写作时，真实世界隐退了。虚构世界梦一般浮现。文字活跃起来。文字在捕捉，在塑造、编造这个世界。唯一存在的是文字。一个文字中的世界，和现实的关系，就是一场梦的关系。也是此生彼世的关系。

文学是梦学。

《一个人的村庄》（《遥远的村庄》为其编注本）是一个人的无边白日梦，那个无所事事游逛在乡村的闲人，是我在梦里找到的一个人物。我很早注意到，在梦里我比梦外悠闲，我背着手，看着一些事情发生，我像个局外人。我塑造了一个自己，照着他的样子生活，想事情。我将他带到童年，让他从我的小时候开始，看见我的童年梦。写作之初，我并不完全知道这场写作的意义。我只清楚，回忆和做梦一样，纯属虚构。

写作就是对生活中那些根本没有过的事情的真切回忆。

我"无知地"知道这些写作规则。不然我不会从童年写起。我的童年遇到了不幸。父亲在我 8 岁时死去，那是"文革"后期，母亲带着 5 个孩子艰苦度日，我是家里的老二，我大哥那时 12 岁，最小的妹妹不满 1 岁。这样的童年谁愿意回忆。可是，《一个人的村庄》里看不到这些苦难，《虚土》中也看不到。当我在写作中回到小时候的村庄，这些苦难被我忘记了，我写了这个村庄的草木和动物，写了风、夜晚、月光和梦，写我一个人的孤独和快乐，希望和失望，还有无边无际的冥想。当那本书完成时，我发现我的童年被我成功地修改了，我把那个8岁丧父的自己从童年的苦海中救了出来，我给自己创造了一个童年。我感谢我的文字，它拯救了我。

《虚土》是我的另一场梦。在那个叫虚土庄的地方，梦把天空顶高，把大地变得更加辽阔。每个人都活在别人不知道的梦里。梦是我们不知道的另一种生活。梦乡是我遗忘的故乡。照耀着梦的是无边的星光月光。

《虚土》里那个5岁孩子，一直在一个未醒来的梦里，怀疑自己是否出生，或者已经出生却从未长大。长大的全是别人。我的生活早已被别人过掉，废墟一样弃在荒野。我又在过着谁的生活。在那个漫长的梦里，一个人的百年岁月开花了。

梦是我们经历的另一部分现实，人一生中一半时间在睡觉做梦，但我们不承认梦，主观地让梦变虚了。

写作是一个被梦教会又反过来寻梦的过程。我在《虚土》和《一个人的村庄》里，找寻那个童年的自己。我找到了他，他改变了我。

到《凿空》时，我被一个地方的现实撞醒，写了这本书。好在这里的生活，本来就有一种不用刻意营造的魔幻味道。一个地方的真实生活，也许在别处的人看来，就是荒诞的梦。《凿空》是一部醒来的书，写一个聋子耳朵里的声音世界。全是过去的声音。那个孤独的倾听者，耳朵闭住，眼睛张开，清醒地看着这个在母腹中曾经听到的外面世界。这是一种梦魇的状态，在我早年的许多梦里，我被魇住，大张嘴使劲喊，喊不出来。《凿空》里的那个聋子把那个世界的声音都说出来了。

梦启迪了文学，文学又教会更多的人做梦。优秀的文学都是一场梦。人们遗忘的梦，习以为常却从未说出的梦，未做过的梦，呈现在文学中。文学艺术是造梦术。写作是一件繁复却有意思的修梦工程。用现实材料，修复破损的梦。又用梦中材料，修复破损的现实，不厌其烦地把现实带进梦境，又把梦带回现实。

那个在母腹中偷听人世做了无数梦的未来人，是一个作家原型。作家孤独如母腹中的孩子。

目　录

第六单元　远远的敲门声　257

师生推荐的 N 个理由

在刘亮程的"村庄"里，人花共笑，人虫共眠，人畜共居。读刘亮程的"村庄"，可帮助我们认识我们的"来路"。"我自哪里来?"这个永恒的命题在这里可以找到部分答案。我们都来自乡村，来自那个遥远的村庄。因此，当我们融入城市回眸早已逃离的村庄，我们会发现，我们已失去了很多……

倘若一本书能唤醒你体内一些值得唤醒的东西，催发你去思考，那这本书便有了价值。如果读罢感觉自己挨了"闷棍"，发现以前根深蒂固的价值体系遭到动摇，发现了一种迥然不同的思维，那这本书的价值便无穷了，因为它唤醒了一个人体内的另一个生命——刘兄的文字实有闷棍之效。

物欲之心、功利之情，在这个被唤作刘二的庄稼人笔下顷刻被扫荡干净。所以阅读的时候，便只剩下了遗世独立的清幽与一种踏实的归属感。

如何抵达遥远的村庄

复旦大学附属中学教师　黄荣华

可以想象，如果我们从一个现代化的大都市出发，抵达一个仅有"一个人的村庄"，那将有多远。

据此我们也可以想象，如果我们从"现有的文化体"出发，要抵达刘亮程的"遥远的村庄"，也就有多远。

我们每一个"现有的文化体"就如每一座现代化的大都市，都是现代文明合力的结晶。作为"文化体"，我们身上至少具有这样一些根深蒂固的"文化"——

人是最高级的生命体，人是"宇宙的精华，万物的灵长"；因此，"万物"与"我"的关系是"我"主宰"万物"，"万物"为"我"所用。

人是文明体，人与万物的区别是人有"自己"的文化；因此，我们都以做一个"文明人"为骄傲，视没有文化的人为野蛮人。

现代人的重要标志是享受现代物质文明：现代化的住宅、现代化的出行工具、现代化的通信手段、现代化的办公条件、现代化的学习条件、时尚精致的饮食与服饰……因此，读书、就业、

挣钱、购房、买车、休闲……成了人生"流水线"。于是,上
"好"学校,找"好"工作,挣"好"钱,过"好"生活,常常
成为现代人最基本的生存渴望。

全球化(本质是欧美化,是美国化)将现代人紧紧地连在一
起。因此,美国总统大选成为世界最大的政治事件,美英(或北
约)联合军事行动成为世界最大的军事事件,美国(或欧盟)对
哪个国家进行经济制裁成为世界最大的经济事件,还有奥运会、
世界杯、奥斯卡以及林林总总的世界之最,都吸引着全世界的眼
球。于是,成为班级第一,成为单位第一,成为行业第一,成为
世界第一……人的成名欲不断地膨胀。

……

那么,"遥远的村庄"具有怎样的特征呢?

那里"万物与我为一","我"与"万物"同类;因此,那里
人花共笑,人虫共眠,人畜共居;因此,那里没有"好""坏",
也就没有"第一"。也就是说,在刘亮程的"遥远的村庄"里,
作为人,特别是作为现代人的种种引为自豪的"思想""道德"
"情怀",没有了存活的空间。或者说,在这个"村庄"里,人的
概念被模糊了,那个"大写的'人'"被消灭了。

所以,居住在现代都市的"大写的'人'",要返身回到那
个模糊了"人"的概念的"村庄",确实是一件很不容易的事,
或者说是不可能的事。人类几千年的文明史,造就了现代人的模
样。"现代人"不可逆转,这是历史的必然选择。

那么我们为什么要读《遥远的村庄》?为什么要尽可能走进

这座"村庄"?

认识我们的"来路"。"我自哪里来?"这个永恒的命题在这里可以找到部分答案。我们都来自乡村,来自那个遥远的村庄。因此,当我们融入城市回眸早已逃离的村庄,我们会发现,我们已失去了很多,比如本色、自然、静观、默想、独处、从容、达观、感喟……这些最原始的生命印迹。我们还能拾回这些吗?

感知一种情怀。"争"成了现代人的一个最重要的标志。民族之"争",国家之"争",地区之"争",个体之"争",你争我夺,你追我赶,你输我赢,你下我上,甚至你死我活,使得现代社会越来越"残酷","仁爱"之心越来越稀缺,和谐之气越来越稀薄。因此,"遥远的村庄"所呈现的阔大、舒展、自在的天地,对所有生命关注、关切、关怀甚至热爱的情怀,以及视一切无生命为有生命的包容、宽容甚至感激的胸襟,让我们有了一面映照的镜子,有了一面反思的"壁墙"。我们还可以仁爱吗?还能够和谐吗?

学习以生命体验的方式去体察世界。人类不断增长的"自以为是",使得我们的潜意识中总是以"我"为中心,以"我"为核心,唯"我"独尊,"我"以外的"他者"理所当然地低"我"一等,甚至可以忽略不计。而"遥远的村庄"所呈现的一切,都是与"我"平等的"生命"。这是作家将写作对象生命化的结果,也就是作家将写作对象当作与自己平等的生命现象去体察的结果。这种体察世界的方式,带给了作家全新的视角,因此也就呈现出了以往作家所不能呈现的全新世界——每一个角落都真正充满生机的世界：一只小虫、一只老鼠，一根树枝、一根木头，一段土路、一截土墙……都有自己"独特"的生命形态。这种无处不在的生命体验使"我"的生命变得无比丰富、无比生动起来。我们不是也可以用这样的体验方式，使自己日益狭隘的生命变得日益宽广起来吗？

　　但是，刘亮程的"村庄"似乎又不是随便就可抵达的"村庄"，它需要行走者有足够的"心力"。它是一座象征的城堡，到处都有诗意的表述。这里的许多事物，都有它的多重意义。因此，通往村庄的路总是若隐若现，路边的风景总是忽真忽幻。它常常把读者引入熟悉与陌生之间，眼熟之处有陌生的陷阱，陌生之处又给你似曾相识之感，所以，一不小心就会迷失道路。这种魅惑，或许正是它最诱人的地方。

挨刘兄的闷棍

复旦大学附属中学学生 邓天媛

　　我和马有点关系，那是我的生肖，所以我和马好说歹说有一腿；我和花儿有点关系，那是因为我们家的阳台上囚着几盆杜鹃，每年开得阳台都笑开了嘴，所以我和花儿好说歹说算认识；我和土地有点关系，每次养小鸡、小鸭，总会养死，便挑一方土地把它们埋了，它们小小的坟墓上从未顶出一株苗，但是好说歹说我和土地有一点维系。

　　我和……

　　说不下去了。再说下去，我可羞得要挖个地洞钻下去。可我往下一瞅，发现我这想法荒诞不经，我的足下是钢筋水泥，凡胎俗骨何以穿透？要是在黄沙梁，找个猪圈躲进去便得了，反正人和猪也就是身材上有些差别，《五人墓碑记》中不是有"中丞匿于溷藩以免"之句嘛。

　　我，和许许多多和我一样的人，出生在这被文明碾过的城市版图之上。出生时已被"帮宝适"和"强生"消毒纸巾之辈严严实实地包裹在一个无菌无尘的环境之内；稍大一点，《名侦探柯南》和掌上游戏机又夺走我们眼球；再大一点，书包推着我们走；懂事以后（那事也只不过是生存竞争一类的事罢了），连推动力都不要，自己削尖脑袋甘苦罔顾向前奔。于是，本该留给风，留给树，留给万物，留给自然，留给天地的视线，被城市里的杂物拉走，一寸都不留。

都说现代人离自然越来越远，其实不仅仅是物理意义上的远，更是缺失了那一份去接近自然，体悟万物的冲动。好在我还保留了那么一星半点。刘亮程并没有请我入他的村庄，但他的村庄没槛、没门，我因为这一星半点的好奇心一不小心踏进去，宁和而富有生机的风景便吸引我继续往下走，最后发现托马斯·莫尔的乌托邦也仅能止于这儿了吧。而刘亮程用他的体内流出的文字，丰沛了我的暌违已久的乡土情怀，驱遣我去思考一些关于同在生物链中环环相扣的兄弟们的事儿，还有关于生死的事儿，关于人生的根的事儿。也许在刘亮程平淡而深远的哲学思考面前，我的思考会显得过于稚嫩。但倘若一本书能唤醒你体内一些值得唤醒的东西，催发你去思考，那这本书便有了价值。如果读罢感觉自己挨了"闷棍"，发现以前根深蒂固的价值体系遭到动摇，发现了一种迥然不同的思维，那这本书的价值便无穷了，因为它唤醒了一个人体内的另一个生命——刘兄的文字实有闷棍之效。

刘亮程最让我敬畏的，是他对低级生物表现出的敬畏。"低级生物"，是生物课本上的用语，我不知这个词汇有没有感情色彩，但"人是万物之灵"的这种高高在上的心态，几乎是与生俱来，不需要证明。也许从科学进化角度来说，这话是对的。但如果我们只有科学眼光，没有人文眼光，那就很可怜了。刘亮程表现出来的对狗、驴，对树上鸟、檐下燕子的一种理解、一种透悟，甚至是一种敬畏，是最让城里人汗颜的，也最值得让所谓高高在上的人类去借鉴的。他说人类变得越来越聪明自私时，畜牲们还是那副憨厚样子，甚至拒绝进化。刘在浴池里洗澡时从未因裸露而羞愧过，而在驴面前小解却猛然自卑——"我们穿衣穿裤，掩饰身体隐秘的行为被说成文明。"我想他指的并不是穿衣，而是遮丑。人类有太多没办法拿出来晒太阳的东西，而驴坦坦荡荡，无丑可遮。人类的确是进化成熟的产物，但在其他器官进化的同时，思想变复杂了，甚至还有不少变龌龊了，这究竟是进步，还是退步？"我渴望我的声音中有朝一日爆出驴鸣，哪怕以沉默十年为代价换得一两句高亢鸣叫我也乐意。"能说出这种话的，一定是对驴怀有敬畏之心的人。这不是屈尊俯就，不是故作谦虚，而是一种洞悉万物的智慧。这比许多因自命清高而与生物们楚河汉界，还以自己的画地为牢而沾沾自喜的人，要高明太多了。

因为这种对万物的体悟与敬仰，才使得刘亮程达到了物我相融之境，生命也更加厚实。在地窝子里傍着树根生活时，他说他们一家听见了树的全部声音，而树也知道了他们家的全部秘密；在草地上睡觉，他的身体成了众多虫子嬉笑怒骂、饿食渴饮、曲肱而睡的伊甸园，而他不捉它们出来，他说他此刻就像个虫子一样爬在大地的某个角落，而大地是不会嫌烦把它捉出来扔了的；牵着一头畜牲时，畜牲也牵着他，谁是主谁是奴也许不像你想象中那么分明……你能说他不幸福？他以万物为友、为邻，就像蒲松龄以鬼神为友一样，不管是风草鸟兽，抑或是魑魅魍魉，都是我们不曾踏入的世界，那可是多么妙不可言的世界啊。和他生活的疆域相比，我们的实在是渺小如草芥。因为我们抵斥着万物走进我们的生活。别拿你们家的宠物狗来反驳我，你们家那娇贵的吉娃娃已经被人类同化得差不多了，已然不是狗。我们抵触到最后的状态，被冯友兰一语点破："人们都知道自己在社会中的位置，却不知道自己在宇宙中的位置。"今我出于崖，乃知我丑。我非读之，大概率是要在一头驴面前贻笑大方，末了还懵懵然不知所以然。幸而刘亮程语草木于我，语牲畜于我，语万物于我，方使我免于沦为井蛙、夏虫，或曲士。

曾经的我一直觉得志在四方才不枉青春一场，不仅是我吧，或许你对"少年心事当拏云"也如此诠释。对于偏安一隅者，"多没少年气啊"。我向来这样给人家贴标签。而刘兄又偏偏算计好，在这个地方撼动了我原本的价值判断。《遥远的村庄》，真就是那样的遥远，中东局势不干他事，三峡工程没他甩开膀子堵水引渠伟大，他的眼神总扎在自己的根——方圆几里的地方。他以此告诉了我一种不同于走南闯北的活法，叫它偏安一隅也罢，说它闭塞老土也罢，它所给你带来的母亲怀抱般的归属感，所赋予你的好好用所有感官抚摩遍家乡的时间，正是漂泊闯荡穷于供应的。游目万仞，扶摇而上九万里者，纵横了八荒，经纶了天地，叱咤风云着也算是精彩；而不愿意济沧海的蝴蝶，在半亩方塘中演绎自己的生命，思考自己的生命，升华自己的生命，也算是幸福。活法上的区别并不重要，关键是要活得深刻。

刘兄对人的品悟也给了我一个闷棍。我们品人的标准，和老师写评语差不多，排排队：品德端正，学习优秀，关心班集体。我们再额外加上长得怎样（那是现代人选对象时比较关注的）、家境好不好（这是永恒的话题）。而刘兄往这些标准上啐了一口。品德端正不是刘兄村庄里的话题，因为大家的道德水准都彼此彼此，便没了正邪之说。他在字里行间都透出对村里人的欢喜，村里人干得再邪的事，也就是芝麻大小的邪了，反倒徒增了一个人的傻劲，愈显可爱。学习优秀更不在讨论范围之内。大家面朝黄土背朝天地打理着自己的人生，也不用铆足了劲地彰显自己的无私奉献精神。刘兄看人，更像是在细细品赏自己生命的一部分，少了一份打量忖度，少了"争"。韩老二、冯四、姑妈、继母，许许多多的人像是刘兄生命中的背景。刘兄双手烤着生命之火取暖，火温暖了自己，也温暖着背后的他们，把他们的故事烤出来，成了香喷喷的烘山芋，刘兄小口咂这玩意儿，最终他们的故事，营养了刘兄的生命，使他不寂寞，但孤独依然无法排遣。雪落在黄沙梁上时，还是刘兄一个人过冬。最终身边的谁都是一个人生命中的过客，自己才是自己的归人。刘兄提早意识到这一点。所以在咂那些人的故事时，他总品出一种宁静旷远的味道。之所以宁，是因为他将死看作生的一部分，淡泊了生死，生命基调也就宁和了不少；之所以静，是因为外物、外事、外人能闹腾起自己的生命，但骨子里的孑然一人还是清清静静；之所以旷，是因为他撒的尿肥了脚下村庄的土，他呼的气融入村庄的天，他的生命在这村庄上天下地；之所以远，是因为阅尽人和事，想得便多，精神便致远。背景中的他们，生命的篝火一个一个熄灭。总有一天，刘兄的生命之火也要熄灭，然后他就拍拍身上的土，攀着炊烟而上，渐飞渐小，最后融入寂静——"我和谁都不争，谁和我争我都不屑；我热爱大自然，其次是艺术；我双手烤着，生命之火取暖；火萎了，我也该走了。"忽然想起一位英国诗人的诗。

我这人，平时读些作品，身边总备一个摘抄本，碰见唬人的词句就抄录下来，拿来唬唬别人，狐假虎威一下。而读《遥远的村庄》的时候，我自始至终就没干这勾当。因为这本书不是用来贩卖词句的，不是用来炫耀人文资本的，而是用来挨闷棍的。既然是挨闷棍，就要好好地、恭恭敬敬地去挨，不准开小差，不准动邪念。否则，我刘亮程不认得你。如若违反，那简直就和硬生生分析庄子《逍遥游》里的物理意义一样蠢笨，一样可笑。

挨闷棍要有挨闷棍的样子。

好，接棍！

君家何处住

复旦大学附属中学学生　童天琪

在哪一年的冬日里，寒风将你吹彻？又是在哪一个天边的村落里，人、畜牲、树木、锹犁、风雪不分彼此地相拥？

黄沙梁，这个在"户不过百，人不足千，东西跨度也就几百米，那头咳嗽一声这头也能听得清清楚楚"的村庄，挟着刘亮程式的冷峻、洞悉和幽默，随着沙粒和尘埃的落尽，在我们的视野里开始变得清晰。我伸出手想去触摸那坚硬而又柔软的时光，却感觉在这个典型的中国村落里，刘亮程用他的笔，勾勒了我们许许多多人的一生。

君家何处住？

倚在树干上，听风过林梢的声音。这些树儿、花儿、草儿都是些神奇的东西，他们有时候在沉默里看透了你的一生，有时候你却发现他们太为崭新，因为他们的年岁并没有你生命的年轮长。人和植物以这样的方式相依相存，平等而不动声色。他们和我们一样，一样地生存在这片土地上，一样地吸收着阳光雨露，一样地面临丰年灾年，甚至一样地讲述着原始和质朴的情结。就像那些扑腾的鸟儿、蹒跚的虫儿，还有在丰收季节搬运粮食的老鼠，人看起来和它们没有多少交集，它们也似乎活在自己的世界，可是只要在玉米地里蹲上半天，就可以让那平庸的土地里诞生一个"鹤立鸡群"的奇迹，更不要说那些可怜的被玩弄的小虫或是被人为掰直的树木——人改变的自然，多得不可计数；而自然也在不知不觉中风化了我们的过往，它可以让一头忠心耿耿的牛模糊了我们中年的岁月，亦可以让墙根的野花唤醒我们童年的记忆。人的太多东西都随自然一道走了，待到垂垂老矣，方才明白"任何一株草的死亡都是人的死亡，任何一棵树的夭折都是人的夭折，任何一粒虫的鸣叫都是人的鸣叫"，因为我们本是一体的。幸得君住黄沙梁，桃花源再美终究只是梦境，而黄沙梁才更有中国农村的亲切和真实。

如果说与自然相拥是城市无法企及的幸福，那么与自然相融却有时清醒得让人忍不住自嘲。人性是人类自己标榜的名词，可是当生活在那一方人畜共居的村落里时，因为和畜生、和草木、和山水靠得太近，人的兽性更加明显，"兽"的"人性"也愈加突出。在村庄的白天，人们穿衣穿裤，掩饰身体隐秘部位抑或掩饰内心怯懦的行为被说成文明，可是身旁一头一丝不挂的驴就把人比翻了，它那看似平静的一瞥，有力击中了人类欲盖弥彰的软肋，因为它无丑可遮；在村庄的深夜，狗语成为主角，那在夜空飘来荡去的狗的声音，那将远远近近的村庄连在一起的声音，是人之外的另一种声音，书写着人也不懂的飘远、神秘。鱼龙混杂在人眼里其实也可以等同于人物混杂，鱼的低微混杂了龙的高贵，可事实上，鱼和龙的本性是一样的，正如人同物一致的本性。我们千百年来说文明、创文明，但是真正的文明却早已由自然设定好，真真切切地融在了生活中。村庄这地方也许啥都没有，但它会一直把我们骨子里的东西一点一点揭发出来给我们看，让我们笑的时候自有一份说不出道不尽的苦楚。其实，无论是人性、兽性、花性、鸟性，都是被我们生生拆开的东西。当我们"叫嚣"着要远离"丑陋"远离"世俗"的时候，我们不过是离开了圆的起点，逃离的同时我们也在回归。

于是，哪怕是黄沙梁这块贫瘠的土地，一样活出了生命和生活的深层次含义。刘亮程一会儿觉得这村庄是人畜共居的，一会儿觉得是别人的，一会儿又觉得是自己的，好像时间和空间就在那样刹那之间改变。但是哪一天太阳不是照常升起，村民不是依旧劳作呢？生老病死、鸡飞狗跳都只是黄沙梁在前行的路上的小小石子，生活甚至不会为一个人停顿或者迟疑一下。但是人会。风会叫人战栗，树会叫人沉思，这就更不必说生命和生活这样庞大而又如空气一般无处不在的东西。住多久才算家，非得等你长年累月在一间房子里度过、生活才会明白。不管房子低矮陈旧还是气宇轩昂，那些只有你和你的家人共拥共享、别人无法看到的也无法插入的堆满房子角角落落的那些黄金般珍贵的生活情节，才是一所房子、一个家的灵魂。同样的，久居山野之人早已熟悉了村庄的每一段光阴、每一方空气，这才让人逃不掉那越活越本真的生命。人是敬地畏天的，村庄的人更依赖于土地，所以千千万万个黄沙梁诞生了千千万万个扎根于乡土的刘亮程，每一个文字的流淌，都是对自我的思考，都是深刻的生命体验。他的悲天悯人、他的亲驴情结、他的悠然自得、他的沉思轻叹……他不仅写出了我们少有的对西部形象的理解，更是让颜色、声音、气味、触感刺激我们的感官，用彼写此，一笔一画地勾勒了心灵世界的繁杂和宁静。"一个人可以在他平凡的生存中，找到属于自己的更重大的事情。"这更重大的事情，不是名利、不是金钱，而是生育我们也将归送我们的自然，而是我们太疲惫的没有支点的心。

君家何处住？

刘亮程终于还是拖着一个悠长的背影，离开了村庄到了城里，从他生活的村庄——黄沙梁，到了沙湾县城，最后到了乌鲁木齐。然而我总觉得，这样的他离原本的土地远了，离原本的乡风远了，离原本的感觉也远了。这好像是必然，又是种巧合，乌鲁木齐这个"村庄"仿佛真的成为了他一个人的"遥远的村庄"，因为他并没有从"他的村庄"中真正走出来，也不可能真正走出来。走得多么远，也走不出它丝丝入扣的牵绊——因为不管走得多么远，也走不出最初的心的呼唤。

泥土的记忆

复旦大学附属中学学生　杨宇晨

夜深人静。当村庄开始轻轻打起鼾时，有一个渺小的生命正仰面躺在不起眼的干草垛上，试图探寻这个黑夜背后的光亮。这些光亮来自早先时候的记忆和有浓郁的乡土气息。跟随他优游于无边的黑夜之中，却丝毫不觉怅惘恐惧，而是错觉自己赤着双脚踏进黄沙梁的泥土中去，砂石硌着脚，却觉得踏实。

他是个闲散纯朴的农民。提一把铁锹，往村间晃荡一阵，然后似乎忘却了农活，往田里一卧，倾听村东河西的声响。他把自己无限缩小，作为人的清高自负业已忘却，他用一双洁净得不沾任何偏见的眼睛，打量这个混沌滞缓的世界。他读懂了一条狗的悲苦、一头驴的沉着、一只猫的恐惧，甚至是一棵草、一根木头的苍白见证。他把自己的双脚种进泥土，任凭风雨残蚀、虫害侵咬，生命的根须依旧坚韧地穿过沙砾土石，往大地最深处伸展。有根的人是最真实的。纵使他走遍大江南北，他的步伐也一定是稳健镇定的。当苦难之斧落下时，会有隆隆的回声从大地深处笼罩上来。这是根的抗拒，是生命的嘶吼。而当平静的生活铺洒下来，他连同他的根也都将归于沉寂，这是一种宏大厚实的沉寂，在时间中浸润，然后画出壮丽的生命年轮。

　　他是一位忧伤深沉的诗人。只有诗人才能从风中辨出岁月流逝的足音，只有诗人才能从炊烟里探出死生更替的气息。在最黑的黑夜里，他或立或卧，或慢步行走，他以何种姿态放眼这个世界已然不重要。他把自我无限放大，上抵高天，下达深地。是他深深扎进黄沙梁的根承受着他优游于天地之间的重力。黑夜中他的双眼泛出明朗的光泽，他聆听着脚底与路摩擦出的细微声响，每一步都与早年踏过这条土路留下的脚印契合着。使他无数次重复着的行走让这条路记住了他，路也是有记忆的。是诗人的感性让他的性灵放飞，让他的双眼得以在最高的高空向下俯视。他的双脚沉重地落向地面，双眼却迎着高空的寒风将这个安静的小小世界尽收眼底。在这一刻，他的精神无限舒展，他便是一名巨人。夜幕下的空气流动得缓慢而谨慎，他将气息均匀地吞吐，游丝向记忆深处伸展，他在寂静中抚平岁月。记忆中，谁家的土墙还没有这样斑驳，谁家的院门还是亮堂堂的坚固。时间在村庄里留下了脚印，也在他的心里划过了痕迹。时间和空间的水流在他的眼前碰撞、交融。他在这种似融非融的矛盾里看到了生命的见证。人们在地里投下一把草籽、丢出一捧土块，似乎不经意地随手摆弄，都是为了在短暂即逝的生命中留下一些生的证明。生的证明是对死亡的一种最单纯的抗拒，当他终于在草木枯荣、人事兴替中看到了死亡，看到了村里人的生活是简单的重复还是恬淡无为，他才更容易地越过过程看到了终点。他静静地直面死亡，然后把自己投入阳光，尽情地汲取生之欢乐。平静地，沉入泥土，于是他将"看到万物的魂和根须"，将洞悉世间的隐秘。一些源自生命本身的思考，诗人慷慨地呈现给我们。

他是一个农民，亦是一位诗人，他的文字还带有成熟的麦香味。从平凡到让人轻易就能忽略的细节中，他捕捉到极浅显也是极古奥的乡村哲学。清虚、精笃，似乎优游于时间之外。物欲之心、功利之情，在这个被唤作刘二的庄稼人笔下顷刻被扫荡干净。所以阅读的时候，便只剩下了遗世独立的清幽与一种踏实的归属感。泥土是万物归属的终点，一切都将在它的安魂曲中沉眠。城市中不能轻易踏着土路，是遗憾。于是我们借助别人的脚，体味大地的自然气息。我们亦能借助别人的眼，跟随他阅览世间沧桑。刘亮程之所以能上升到那样的高度，是他的根深深扎进黄沙梁的缘故。

能读懂刘亮程的人必然懂得孤独。夜深人静中独上高楼，望尽天涯路。在喧嚣中沉寂，在沉寂中抚平岁月、解读人生。在审视世界的同时将万物赋以感情，于是它们也将与人一样拥有了生命的内涵。我们在刘亮程的文字中读出了微妙的灵动感，那是存在于生活各处的生命气息，叫人真切体验到"万物有灵"。只有试着将心沉下来，让自己完全渗入大地，才能以一个自然人的身份梳理人与自然的关系、人与人的关系、人与自我的关系，以探寻人类的终极关怀。或许我们每个人都有一个精神家园。我们将根扎在了那里，却因为急于奔走世界的关系而使其日渐荒芜。困顿、迷失、追忆，却一无所得。用刘亮程的哲学，也许一双纯朴敏锐的眼睛、一双生了根的脚板，哪怕在孤绝宁静的遥远的村庄，也能读懂整个世界。

　　不再有浮躁，不再有偏执，我们学会在精神的家园里修葺、浇灌，怡然自得。我们终将回归泥土。死亡不是终点，而是另一种方式的延续。或许身体死去，我的意志转移到了一棵草上，也未可知。总之一切生命都将那么和谐圆满地持续下去。

　　感谢刘亮程！

第一单元　对一朵花微笑

你"对一朵花微笑"过吗？你的微笑是发自内心的愉悦吗？你的微笑是真正融入自然之后，发自内心的愉悦吗？你的微笑是真正融入自然之后，为花草树木所点醒而发出的会心的笑吗？你的微笑是真正融入自然之后，为花草树木所点醒，在荒野之中一个人很自然的笑吗？

也许你在家里的阳台上、在校园的花坛中、在城市的公园里，曾对一朵花有过微笑，有过凝视，有过思考，这当然是一种很美很惬意的生活。

但你可能未曾有过一个人在荒野中的经历吧。当一个人置身一片茫茫荒野中时，也许会忘记微笑，因为某些可怖的东西围绕着你，围困着你，你会竭力突围，没有多余的力量留给微笑。

如此想来，一个人在荒野中对一朵花微笑，是一件多么了不起的事啊！

仔细想一想，不是这样吗？

对一朵花微笑

先是人把草惹笑了。后是草把人惹笑了。人草共笑。

我一回头，身后的草全开花了。一大片。好像谁说了一个笑话，把一滩草惹笑了。

我正躺在土坡上想事情。是否我想的事情——一个人头脑中的奇怪想法让草觉得好笑，在微风中笑得前仰后合。有的哈哈大笑，有的半掩芳唇，忍俊不禁。靠近我身边的两朵，一朵面朝我，张开薄薄的粉红花瓣，似有吟吟笑声入耳。另一朵则扭头掩面，仍不能遮住笑颜。我禁不住也笑了起来。先是微笑，继而哈哈大笑。

往后读，你会发现，表面看是人草共生，往里想实是草点醒了人。

这是我第一次在荒野中，一个人笑出声来。

还有一次，我在麦地南边的一片绿草中睡了一觉。我太喜欢这片绿草了，墨绿墨绿，和周围的枯黄野地形成鲜明对比。

枯萎多年，终于等来一次生机。最重要原因是草们一直在积攒绿。

我想大概是一个月前，浇灌麦地的人没看好水，或许他把水放进麦田后睡觉去了。水漫过田埂，顺这条干沟漫流而下。枯萎多年的荒草终于等来一次生机。那种绿，是积攒了多少年的，一如我目光中的饥渴。我虽不能像一头牛一样扑过去，猛吃一顿，但我可以在绿草中睡一觉。和我喜爱的东西一起睡一觉，做一个梦，也是满足。

一个在枯黄田野上劳忙半世的人，终于等来草木青青的一年。一小片。草木会不会等到我出人头地的一天。

这些简单地长几片叶、伸几条枝、开几瓣小花的草木，从没长高长大，没有茂盛过的草木，每年每年，从我少有笑容的脸和无精打采的行走中，看到的是否全是不景气。

我活得太严肃，呆板的脸似乎对生存已经麻木，忘了对一朵花微笑，为一片新叶欢欣和激动。这不容易开一次的花朵，难得长出的一片叶子，在荒野中，我的微笑可能是对一个卑小生命的欢迎和鼓励。就像青青芳草让我看到一生中那些还未到来的美好前景。

以后我觉得，我成了荒野中的一个。真正进入一片荒野其实不容易，荒野旷敞着，这个巨大的门让你在努力进入时不经意已经走出来，成为外面人。它的细部永远对你紧闭着。

走进一株草、一滴水、一粒小虫的路可能更远。弄懂一棵草，并不仅限于把草喂到嘴里嚼几下，尝尝味道。挖一个坑，把自己栽进去，浇点

由草看人。人或许也如草一样，在哪一天"出人头地"。

最重要的是不能总是没精打采，而应"看到一生中那些还未到来的美好前景"。

对一朵花微笑　023

人走进自己的事情里，好像走进了人生。其实可能离真正的人生越来越远。只有将自己从"埋得暗无天日"的事情中抽离出来，才可能体味到人的意味。

水，直愣愣站上半天，感觉到的可能只是腿酸脚麻和腰疼，并不能断定草木长在土里也是这般情景。人没有草木那样深的根，无法知道土深处的事情。人埋在自己的事情里，埋得暗无天日。人把一件件事情干完，干好，人就渐渐出来了。

我从草木身上得到的只是一些人的道理，并不是草木的道理。我自以为弄懂了它们，其实我弄懂了自己。我不懂它们。

我 的 树

村子周围剩下有数的几棵大榆树，孤零零的，一棵远望着一棵，全歪歪扭扭，直爽点的树早都让人砍光了。

走南梁坡的路经过两棵大榆树。以前路是直的，为了能从榆树底下走过，路弯曲了两次，多出几里。但走路的人乐意。夏天人们最爱坐在榆树下乘凉，坐着坐着一歪身睡着。树干上爬满了红蚂蚁，枝叶上吊着黑蜘蛛。树梢上有鸟窝，四五个或七八个，像一只只粗陶大碗朝天举着。有时鸟聒醒人，看见一条蛇爬到树上偷鸟蛋吃，鸟没办法对付，只是乱叫。叫也没用，蛇还是往上爬，把头伸进鸟窝里。鸟其实可以想办法对付，飞到几十米高处，屁股对准蛇头，下一个蛋下来，准能把蛇打昏过去。

有些树枝上拴着红红绿绿的布条和绳头，那是人做的标记。谁拴了这个树枝就是谁的，等它稍长粗些好赖成个材料时便被人砍去。也往往等

树的遭遇与人的遭遇相同。但不是树遭遇树，而是人戕害树。

025

不到成材被人砍去。

人的聪明与无
耻往往紧密相
连。

树有树脸。树
脸是什么？是
树枝与树叶。

村里早就规定了这些树不准砍。但没规定树
枝不许砍，也没规定死树不许砍。人想砍哪棵树
时总先想办法把树整死。人有许多整树的办法，
砍光树枝是其中一种。树被砍得光秃秃时，便没
脸面活下去。

发不出一片叶
的树，是脸面
丢尽的树，所
以它会死去。

树也有许多办法往下活，我见过靠仅剩的一
根斜枝缀着星星点点几片绿叶活过夏天的一棵大
榆树，根被掏空像只多腿的怪兽立在沙梁上一年
一年长出新叶的一棵胡杨树，被风刮倒躺在地上
活了许多年的一棵沙枣树。我不知道树为啥要委
屈地活着，我知道实在活不下去了，树就会死
掉，再不发出一片叶子。

人与树"贴"
得很近时，就
会发现，其实
树与人是有共
同趣味的。

我经常去东边河湾里那棵大榆树下玩，它是
我的树，尽管我没用布条和绳头拴它。树的半腰
处有一根和地平行的横枝，直直地指着村子。那
次我在河湾放牛，爬到树上玩，大中午牛吃饱了
卧在树下刍草。我脸贴着树皮，顺着那个横枝望
过去，竟端端地望见我们家房顶的烟囱和滚滚涌
出的一股子炊烟。

以后我在河湾放牛经常爬在那个枝杈上望。
整个晌午我们家烟囱孤零零的，像一截枯树桩。
这时家里没人，院门朝外扣着。到了中午烟囱会

冒一阵子烟，那时家里人大都回去了，院子里很热闹，鸡和猪吵叫着要食吃，狗也围着人转，眼睛盯着锅和碗。烟熄时家里人开始吃饭。我带着水壶和馍馍，一直到天黑才赶牛回去。

夜里我常看见那棵树，一闭眼它就会出现，样子怪怪地黑站在河湾，一只手臂直端端指着我们家房子——看，就是那户人家，房顶上码着木头的那户人。它在指给谁看？谁一直在看着我们家，看见什么了？我独自地害怕着。

那根枝杈后来被张耘家砍走了，担在他们家羊圈棚上，头南梢北做了椽子。他们砍它时我正在河湾边的胡麻地割草，听见"腾腾"的砍树声，我提着镰刀站在埂子上，看见那棵树下停着牛车，一个人站在车上。看不清树上抡着斧头的那个人。

我想跑过去，却挪不动脚步。像一棵树一样呆立在那里。

我是那棵树（我已经是那棵树），我会看见我朝西的那个枝干，正被砍断，我会疼痛得叫出声，浑身颤动，我会绝望地看着它掉落地上，被人抬上车拉走。

从此我会一年一年地，望着西边那个村子。

我再没有一根伸向西边的树枝。

树的趣味只有与它有着共同趣味的人才体味得到。

树的痛苦也只有与它同声共气的人才能感受得到。

树会记住许多事

如果我们忘了在这地方生活了多少年，只要锯开一棵树（院墙角上或房后面那几棵都行），数数上面的圈就大致清楚了。

树会记住许多事。

其他东西也记事，却不可靠。譬如路，会丢掉（埋掉）人的脚印，会分岔，把人引向歧途。人本身又会遗忘许多人和事。当人真的遗忘了那些人和事，人能去问谁呢？

问风。

风从不记得那年秋天顺风走远的那个人。也不会在意它刮到天上飘远的一块红头巾，最后落到哪里。风在哪停住哪就会落下一堆东西。我们丢掉后找不见的东西，大都让风挪移了位置。有些多少年后被另一场相反的风刮回来，面目全非躺在墙根，像做了一场梦。有些在昏天暗地的大风中飘过村子，越走越远，再也回不到村里。

树从不胡乱走动。几十年、上百年前的那棵

先拿路来比。路记事的可靠性不如树，比如它会丢掉人的脚印。

再拿风来比。风从来记不住曾与它有过"亲密接触"的人或什么东西。

榆树，还在老地方站着。我们走了又回来。担心墙会倒塌、房顶被风掀翻卷走、人和牲畜四散迷失，我们把家安在大树底下，房前屋后栽许多树让它快快长大。

树是一场朝天刮的风。刮得慢极了。能看见那些枝叶挨挨挤挤向天上涌，都踏出了路，走出了各种声音。在人的一辈子里，人能看见一场风刮到头，停住。像一辆奔跑的马车，甩掉轮子，车体散架，货物坠落一地，最后马扑倒在尘土里，伸脖子喘几口粗气，然后死去。谁也看不见马车夫在哪里。

风刮到头是一场风的空。

树在天地间丢了东西。

哥，你到地下去找，我向天上找。

树的根和干朝相反方向走了，它们分手的地方坐着我们一家人。父亲背靠树干，母亲坐在小板凳上，儿女们蹲在地上或木头上。刚吃过饭。还要喝一碗水。水喝完还要再坐一阵。院门半开着，能看见路上过来过去的几个人、几头牛。也不知树根在地下找到什么。我们天天往树上看，似乎看见那些忙碌的枝枝叶叶没找见什么。

找到了它或许会喊，把走远的树根喊回来。

爹，你到土里去找，我们在地上找。

树不仅记住自己的事，还帮人记住人的事。

树能记住事是它不丢掉东西，丢了也要把它找回来，哪怕上天入地也要找回来。

我们家要是一棵树，先父下葬时我就可以说这句话了。我们也会像一棵树一样，伸出所有的枝枝叶叶去找，伸到空中一把一把抓那些多得没人要的阳光和雨，捉那些闲得打盹的云，还有鸟叫和虫鸣，抓回来再一把一把扔掉。不是我要找的，不是的。

我们找到天空就喊你，父亲。找到一滴水、一束阳光就叫你，父亲。我们要找什么。

多少年之后我才知道，我们真正要找的，再也找不回来的，是此时此刻的全部生活。它消失了，又正在被遗忘。

那根躺在墙根的干木头是否已将它昔年的繁枝茂叶全部遗忘？我走了，我会记起一生中更加细微的生活情景，我会找到早年落到地上没看见的一根针，记起早年贪玩没留意的半句话、一个眼神。当我回过头去，我对生存便有了更加细微的热爱与耐心。

如果我忘了些什么，匆忙中疏忽了曾经落在头顶的一滴雨、掠过耳畔的一缕风，院子里那棵老榆树就会提醒我。有一棵大榆树靠在背上（就像父亲那时靠着它一样），天地间还有哪些事情想不清楚呢？

我8岁那年，母亲随手挂在树枝上的一个筐，

人有时想学树，但终究学不了树，因为"人性"终究变不成"树性"。想一想，那阳光、云朵以及鸟叫与虫鸣，都是树的伙伴啊，人却要"一把一把扔掉"的。

人大多都是在寻找中丢失自我的，就像"风刮到头是一场风的空"一样。

树能记住事是它对生活赐予的一切，哪怕一滴雨、一缕风都不疏忽。

已经随树长得够不着。我 11 岁那年秋天，父亲从地里捡回一捆麦子，放在地上怕鸡叨吃，就顺手夹在树杈上，这个树杈也已将那捆麦子举过房顶，举到了半空中。这期间我们似乎远离了生活，再没顾上拿下那个筐，取下那捆麦子。它一年一年缓缓升向天空的时候我们似乎从没看见。

现在那捆原本金黄的麦子已经发灰，麦穗早被鸟啄空。那个筐里或许盛着半筐干红辣皮、几个苞谷棒子，筐沿满是斑白鸟粪，估计里面早已空空的了。

我们竟然有过这样富裕漫长的年月，让一棵树举着沉甸甸的一捆麦子和半筐干红辣皮，一直举过房顶，举到半空喂鸟吃。

"我们早就富裕得把好东西往天上扔了。"

许多年后的一个早春。午后，树还没长出叶子。我们一家人坐在树下喝苞谷糊糊。白面在一个月前就吃完了。苞谷面也余下不多，下午饭只能喝点糊糊。喝完了碗还端着，要愣愣地坐好一会儿，似乎饭没吃完，还应该再吃点什么，却什么都没有了。一家人像在想着什么，又像啥都不想，脑子空空地呆坐着。

大哥仰着头，说了一句话。

我们全仰起头，这才看见夹在树杈上的一捆

树对人交给它的事绝不会马虎，它会牢牢记住。

麦子和挂在树枝上的那个筐。

如果树也忘了那些事，它早早地变成了一根干木头。

"回来吧，别找了，啥都没有。"

树根在地下喊那些枝和叶子。它们听见了，就往回走。先是叶子，一年一年地往回赶，叶子全走光了，枝杈便枯站在那里，像一截没人走的路。枝杈也站不了多久。人不会让一棵死树长时间站在那里。它早站累了，把它放倒（可它已经躺不平，身躯弯扭得只适合立在空气中）。我们怕它滚动，一头垫半截土块，中间也用土块堰住。等过段时间，消闲了再把树根挖出来，和躯干放在一起，如果它们有话要说，日子长着呢。一根木头随便往哪一扔就是几十年光景。这期间我们会看见木头张开许多口子，离近了能听见木头开口的声音。木头开一次口，说一句话。等到全身开满口子，木头就基本没话可说了。我们过去踢一脚，敲两下，声音空空的。根也好，干也罢，里面都没啥东西了。即便无话可说，也得面对面待着。一个榆木疙瘩，一截歪扭树干，除非修整院子时会动一动。也许还会绕过去。谁会管它呢？在它身下是厚厚的这个秋天、很多个秋天的叶子。在它旁边是我们一家人、牲畜。或许已经是另一户人。

树死的方式是枝和叶子"往回赶"，是回归。作家把"死"看作是生命的回归，而不是失去，所以才有如此轻巧之语。

我认识那根木头

也是沉闷的一声，在几年后一个阴雨绵绵的夜里，惊动了村子。

土地被同一件东西又震动了一次。

过了会儿，细密的雨声中传来一个女人尖厉的哭喊。

"快，醒醒，出事了。"

是母亲的声音。她在喊父亲。父亲嗯了一声，哭喊声又一次传进屋子。

这个夜里我知道土炕上还有一个人没有睡着。她是我母亲。我不知道她为什么事在半夜里醒着。她也许同样不知道她的 12 岁的儿子，在这张大土炕上已清醒地躺过了多少个寂寞长夜，炕上的一切声音都被他听到了。

父亲折腾了一阵，穿好衣服出去了。我听见他关门的声音，脚在雨地里啪嗒啪嗒踩过窗口时的声音。

狗出来叫了两声，又钻回窝里了。狗的叫声

"也是""又"表明曾经有过"沉闷的一声"和相同的"震动"。请注意后文与之呼应的叙述。

这几节写黑夜"出事"的可怕。"沉闷的一声"、"细密的雨声"、"尖厉的哭喊"声、"脚在雨地里"踩过窗口的声音、狗"湿淋淋"的叫声……又黑又静的夜晚，引人心悸的多种声音依次出现，神秘与可怕不断被强化。

湿淋淋的，好像满嘴雨水。

我悄悄爬起来，套上衣服，摸着黑下了炕，找到鞋穿上。刚迈出一步，母亲说话了。

"你不好好睡觉干啥去？"

我没吭声，轻轻拉开门，侧身出去。

"快回来。"

母亲压低嗓门的叫喊传到耳朵里时，我已经走到门外窗户边，从屋檐上淌下来的雨水噼噼啪啪响。

我在门楼下站了会儿，雨越下越大。路上黑黑的，父亲已经走得不见。我正犹豫着去还是不去，又一声尖叫喊破夜空。

"救人啦。"

我像被喊叫声拉扯了一把，一头钻进雨中猛跑起来。

人们把雨忘记了。雨啥时候停了都没觉着。地上满是泥水，乱糟糟的。

视觉呈现与比喻设置都很巧妙。

村子渐渐浮现出来，先是房子、树，接着是人。黑夜像水一样一层一层渗到了土地里。这个过程人没有注意。人们突然发现天亮了。睁大眼朝周围看看，这才看清刚才从倒塌的房子里挖出来的一家人，全光光地站在泥水地里，男人女人，一丝不挂地站着。刚刚过去的一阵慌忙让人把啥都忘了。

我跑来时这里像有很多人，雨哗哗地往下泻，啥也看不清。只听见一个女人不住地哭叫："全埋在里面了，全埋在里面了。"感觉有许多人围着倒塌的房子，乱哄哄的。

"这么长时间了，压不死也早捂死了。"

"里面都没有声，肯定不在了。"

"你们都傻站着干啥，赶快挖呀。"是另一个女人的喊声。人们像突然醒过来，一齐涌向倒塌的房子。啥也看不见，用手摸着扒拉，摸到啥搬啥，土块、椽子、土块。有人端来一盏油灯，亮了几下，被雨浇灭了。

我躬着腰挤在他们中间，用手在一堆东西上摸，摸到一个椽头，拉了几下，没拉动。又往上摸。"檩子。檩子。"我喊了两声，好多人拥过来。

"檩子"就是"我认识"的"那根木头"。

天亮后人们才看清，房子倒了三堵墙，前后墙和一个边墙。那根歪扭的榆木檩子救了一家人的命。也是那根歪檩条压塌了房子，它太粗太重了。幸亏塌落下来时，一家三口正好睡在檩子的弯弓处，女人先被惊醒，她身子小，扒开土块，从一个椽缝里钻了出来。

"我认识那根檩子，是河湾里长的那棵歪榆

树。"要离开时我悄悄对父亲说。

"再别胡说。"父亲压低嗓子喝叱我。"皮都剥光了，你咋能认出就是那棵树。"

"剥再光我都能认出来。就是那棵榆树。不信抬到河湾里对对茬子，树根还在呢。"

"再胡说我扇你。"父亲一把抓住我，一脚水一脚泥地回来了。

五年前一个刮风的夜晚，我听见一件东西碰响大地，声音沉闷而有力，我的心猛地一震。外面狗没叫。也没人惊醒。想出去看看，又有点怕。

躺到半夜时就觉得要出事情。怎么也睡不着。那时风刚刚吹起来，很虚弱，听到风翻过西边沙梁的喘息，像一个软腿人面对长路。当它终于穿过沙梁下的苞米地走进村子，微弱得推不动草屑树叶。后面更强劲的风已在远处形成，能听见天边云翻身的声音、草木朝这边躬腰点头的声音、尘土走向天空的声音。过了好一阵，那场大风到达村子。它呼呼啸啸地漫卷过西边那片无边大地时，我能清晰地感觉到它经过的荒野、山岭、沙漠和大小村落的形状。我在一阵一阵的风声里抵达我没到过的遥远天地。

我在黄沙梁见过两种风，一种从地上往天上

（左侧批注）

父亲为什么说"我"是"胡说"？除了没有证据，更为了厚道做人。

与开篇呼应。

只有经常听风的人才能有如此细致的描述。心随风起，心随风行，心随风远。

刮。风在地上成了形，借着地力朝上飞升，先蹿上房顶，再一纵到了树梢。那时树会不住地摇动，想把风摇下来。如果天空有鸟群，风会踩着鸟翅迅速上升。然后风爬上最低的云，可以看到云块倾斜，然后跌跌撞撞，不一会工夫，整个天空的云都动起来。

风上升时带着地上的许多东西，草屑、叶子、纸、布片、帽子、头发、尘土、毛……风每次把它们带到半天空，悬浮一阵又落下来。不知风不要它们了还是它们觉得再往上走不踏实。反正，最后它们全落回大地。风高空上行，在最高的天空里没有黄沙梁的一粒土、一片叶子。

另一种风从高空往下掼。我们都不熟悉这种风。一开始天上乱云翻滚，听到云碰撞云的声音，噼噼啪啪，像屋顶断塌。地上安安静静的。人往屋里收东西，地里的人扛起农具往回走。云在我们村子上头闹事情。有时候云闹腾一阵散了。有时云会越压越低，突然落下一场风，那时可以听见地腾的一声，好像天扇了地一巴掌。人变得急匆匆，关窗户，关门。往回赶的人，全侧着身，每人肩上像扛着很粗的一股子风，摇摇晃晃走不稳。

那声沉闷巨响是地传过来的。它在空气中的

再与前文呼应。"那声沉闷巨响"其实也是"天扇了地一巴掌"。

我认识那根木头　**037**

声响被风刮跑，没有传进村子。

那时大风正吹刮我们家院门。哐当、哐当的几声之后，听见顶门木棍倒地的声音，脸盆摔下锅台的声音，东西滚过房顶、棚顶干草被撕走的声音，树叶撞到墙上的声音，双扇院门一开一阖翅膀一般猛烈扇动……我又一次感觉到这个院子要飞升。同时感到地下也在刮风，更黑、更猛，朝着相反的方向。

第二天早晨，听人说河湾那棵大榆树被人偷砍了。我爬上房顶，看见空荡荡的河湾，再没有一棵树。

在一个大风之夜被偷砍的树，在几年后的一个大雨之夜扇了偷砍的人一个"巴掌"。这是"我"认识的"那根木头"。

好 多 树

　　我离开的时候，我想，无论哪一年，我重新出现在黄沙梁，我都会扛一把锨，轻松自若地回到他们中间。像以往的那些日子一样，我和路上的人打着招呼，说些没用的话。跟擦肩而过的牲畜对望一眼。扬锨拍一下牛屁股，被它善意地尥一蹄子，笑着跑开几步。我知道该在什么地方，离开大路，顺那条杂草拥围的小路走到自己的地里。我知道干剩下的活还在等着我呢——那块翻了一半的麦茬地，没打到头的一截埂子，因为另一件事情耽搁没有修通的一段毛渠……只要我一挥锨，便会接着剩下的那个茬干下去。接着那时的声音说笑，接着那时的情分与村人往来，接着那时的早和晚、饱和饥、手劲和脚力。

　　事实上许多年月使我再无法走到这个村庄跟前，无法再握住从前那把锨。

　　20 年前我翻过去的一锨土，已经被人翻回来。

这个村庄干了件亏本的事。它费了那么大劲，刚把我喂养到能扛锨、能挥锄、能当个人使唤时，我却一拍屁股离开了它。到别处去操劳卖力。

我可能对不住这个村子。

以后多少年里，这片田野上少了一个种地的人，有些地因此荒芜；路上少了一个奔波的人，一些尘土不再踩起，一些去处因此荒寂；村里少了一个说话的人，有些事情不再被说出。对黄沙梁来说，这算多大的损失呢？

但另一方面，村里少了一个吃饭的人，一个吸气喝水的人，一个咳嗽放屁的人，一个多少惹点是非、想点馊主意的人，村里的生活是否因此清静而富裕。

我那时候，曾把哪件割舍不下的事交代委托给别人。

我们做过多么久远的打算啊——把院墙垒得又高又厚实，每年在房子周围的空地上栽树，树干还是锨把粗的时候，我们便已经给它派上了用途。

栽一棵树就是栽一个希望。

这棵树将来是根好椽子料呢。

说不定能长成好檩条，树干又直又匀称。

到时候看吧，长得好就让它再长几年，成个

大材。长不好就早砍掉，地方腾出来重栽树。

这棵就当辕木吧，弯度正合适，等它长粗，我们也该做辆新车了。

哎，这棵完球蛋了，肯定啥材都不成，栽时挺直顺的，咋长着长着树头闪过来了，好像它在躲什么东西。

这几节猜想幼树"躲什么东西"，充满了愧意。

一颗飞过来的土块？

它头一偏，再没回过去。

或许它觉得，土块还会飞过来，那片空间不安全，它只好偏着头斜着身子长。

我总觉得，是只鸟压弯的。一只大鸟。落到树梢上，蹲了一晚上。

一只大鸟。

那鸟一直看着我们家的房子。

看着我们家的门和窗子。看着我们家的灶台和锅。

那个晚上，没有一个人出来解手。狗睡着了。搭在细绳上的旧衣服，魂影似的摆晃着。

可能有月亮，院子照得跟白天一样。

放在木车上的铁锨，白刃闪着光。

那时我们，全做梦去了。在梦中远离家乡。一只鸟落在屋旁的树梢上，一动不动，盯着我们空落落的屋院，看了一晚上。

它飞走的时候，树梢再没有力气，抬起头来。

我们早帮帮它就好了，用根木头绑住，把它绑直。可是现在不行了。

它们最终一棵都没长成我们希望的那么粗。

我们在黄沙梁的生活到头了。除了有数的几棵歪柳树有幸留下来继续生长，其余的全被我们砍了去。它们在黄沙梁的生长到此为止。根留在土里，或许来年生发出几枝嫩芽，若不被牛啃掉、孩子折掉，多少年后会长成粗实茂盛的一棵树。不过，那都是新房主冯三的事了。他一个光棍，没儿没女，能像我们一样期望着一棵棵的树长大长粗，长成将来生活中一件件有用的东西吗？

我只记得我们希望它长成好椽子的那棵，砍去后做了锨把，稍粗，刮削了一番，用了三五年，后来别断了，扔在院子里。再后来就不见了。元兴宫的土地比黄沙梁的僵硬，挖起来费锨又费力，根本长不出好东西。父亲一来到这个村子便后悔了。我们从沙漠边迁到一个荒山坡上。好在总算出来了。元兴宫离县城很近，20多公里，它南边的荒山中窝着好几个更偏远贫僻的村子，相比之下它是好地方了。黄沙梁却无法跟谁

满怀希望栽下的"好多树"最后都夭折了。夭折的树多数没什么用处。那棵"指望它长成檩条"的树"被扔到一边"，现在大概躺在梭梭柴堆里"一天天地朽去"了。多么令人感伤！

比，它最僻远。

　　另一棵，我们曾指望它长成檩条的那棵，在元兴宫盖房子时本打算用作椽子，嫌细，刮了皮更显细弱，便被扔到一边。后来搭葡萄架用上了，担在架顶上，经过几年风吹日晒，表皮黑旧不说，中间明显弯垂下来。看来它确实没有长粗，受不住多少压力。不知我们家往县城搬迁时，这根木头扔了还是又拉了回来。我想，大概我已经不认识它了。几经搬迁，我们家的木头有用的大都盖了房子，剩几根弯弯扭扭的，现在，扔在县城边的院子里，和那堆梭梭柴躺在一起，一天天地朽去。

大　树　根

在黄沙梁，垒
猪圈是树根的
最后用处。

我们家猪圈全是用树根垒的。几百个树根，
一个挨一个垒成一人高的树根墙。有榆树根、胡
杨树根、沙枣树根，全是我们从村子周围的荒滩
上挖来的。

我们搬到黄沙梁时，村外的荒野上只剩几棵
粗大的歪榆树。生长最多的是红柳、铃铛刺、碱
蒿之类的灌木，当中不时看到大大小小的干死树
根。我们挖树根烧火，烧不掉的码起来垒成猪
圈、羊圈。大部分树根底部已腐，露在外面的树
桩也已干枯，两头便能砸下来。也有的树根坚硬
结实，根系紧扣大地，头碰上去发出沉闷深远的
回响，那是从树根扎入的土地深处传来的声响，
让人震惊，握着镢头站在野滩上发愣。

树根发出的声
响是大地发出
的声响。

我们在野外挖过一棵巨大无比的树根。树用
斧头砍掉的，树桩高出地面有一米，我们兄弟三
个手拉手也没把这个树桩围住。

这么大一棵树让谁砍去了？在村里我们从没

见过这样粗大的木头，它不可能被藏起来。它躺在地上也有一人高。这样巨大的东西不会轻易消失，或许它被剖开劈碎，一小块一小块分散在哪个院子里。或许流落到别处。或许，它就在黄沙梁某个阴沟荒地里，一年年地腐朽成土，我们已经认不出它。

那天我们赶牛车到荒野上砍柴，近处的柴被人砍光了，我们赶车往远处走。远处看上去柴很多，红柳、梭梭一连片。走近了才发现一样稀稀拉拉、东一棵西一棵，我们再往前走，结果就碰见这个大树根。停下来端详半天，都有点不敢相信，还有这么大的树根。

老大从车上取下镢头，抡圆了朝树根砸去，头被弹回来，脚下的土地一阵颤动，从树根深处传来的巨大响声震惊了我们，像三个矮树桩一样呆立在那里。那响声太可怕了。野滩再没有人，也没一丝其他声音，村庄远远地蹲着，像个不敢出头露面的小动物。我们呆站着，直到脚下的地不再颤动，那响声回到树根深处。

老三说，大哥，我们不挖这个根了，砍些红柳回家吧。

不挖就让别人挖走了。老大说。

要不留个人看着，回家喊父亲去。老三说。

树根带给爱树人的无限想象。

老二没有说话。他觉得认识这棵树。在哪见过。整个树身葱茏巨大地立在空气中，枝枝丫丫他都异常熟悉。好像自己在这棵大树的某个枝丫上生活过。树干上的那个洞，树梢上的鸟窝，春天时向南的那些枝条最早吐出绿芽，他都记得清清楚楚。他还记得伸展在地下的庞杂根须，向东、向西、向南各展开一条粗大主根，倾斜着扎向土地深处。众多毛根交织在四周。他觉得自己在这棵树的根下枝上都生活过，留下那么多自己都不敢相信的往事。他还记得向西那支主根下面一条幽深暗河，水哗哗啦啦冲打着根须，从暗处流向更暗处。那已是离主干很远的地方了。根扎得那么深远似乎不仅仅为了吸收水分。根在伸展中逐渐有了意识，它自己朝深远处去了。当一条主根朝地深处扎去时，它的躯干上的一个壮枝，也开始向天高处伸展。它们在最高和最深处，遇见彼此。

树要长成大树，是树根与树干、树枝共同努力的结果，"它们在最高与最深处，遇见彼此"，它们在自己的信念与目标中相遇。

现在这棵大树的躯干被砍掉了，像个没头的人。根留在土地中，它无法预知大地上的事情。一棵树在这片土地上生长了千百年后，一群一群的人开始来到这里谋生。

大地像繁衍草木一样开始繁衍人。

一根大树的躯干和根，从此作为对人用途各

异的两种木头流落人世。不知码在猪圈墙上的那截秃根，还能否认出担在牛圈棚上皮剥光枝杈砍净的那段躯干呢？

兄弟三个开始挖那棵大树根。

老大挖过很多树根，也同样用镢头砸过很多树根，他认为不要紧，没啥害怕的，那只是木头发出的声音。木头空了，就发出空洞的响声。木头坚实，响声也就实沉。老二也挖过很多树根，还一个人挖过很多大树根，他没有吭声。只有老三对树根发出的声音感到陌生，有点害怕。

在我们的成长过程中，有些声音会渐渐熟悉，却再无法听懂。一根木头第一次对我们发声时，我们不认为那是木头的声音。是什么东西在说话。我们惊恐、震颤、屏息倾听。那一刻我们有可能听懂。后来这种声音一而再地响起时，我们终于认定那只是一根木头发出的声音，就像一个人挨打了会喊叫。

熟悉了就自以为是了，就自以为如此而已，就自以为不过尔尔。其实大不然！

从那时起这件事物的门便对我们永远关闭。

我小的时候趁它们不留意，进入过许多事物的门。现在我站在外面，听人们喧哗与吵闹，一世界的门外汉啊。一件事物的门，可能只对人敞开一次。这个人成了这件事物真相的唯一见识者，以后人们只能通过他的转述认识这件事物。

与事物还处在陌生阶段时，人可能找到进入事物的门，熟悉之后却无法找到。要真正进入事物内部，就应永远保持陌生感、新鲜感。当人们忽视了外物的存在，只相信自我时，便无法抵达事物的深处。

而真相是无法转述的。人们通过转述者看见的只是转述本身。那已是另一件事物了。

如今认识一件事物越来越不容易。所有事物暴露无遗。而进入这些事物的门，却完全地关闭了。甚至人们已经不知道每件事物都有一扇自己的、有可能被人偶然进入的门。人以为自己的嘴便是万物之门，什么都可以被说出来。

我那时候有幸进入一些事物，我想说出它们，说出的却是另外一些东西。就像我写了这么多，离我最初想写的东西越来越远了。

兄弟三个围着树根往下挖土，土得扔远点。得挖一个很大的坑。不断碰到一些毛根，挥斧头砍断，然后再往下挖，挖到一米深了，主根还没出现。老大抡起镢头又要砸树根，想从土地的颤动中辨认主根朝哪个方向延伸。老二拦住了他，用铁锹在东、西、南边各挖了一锹，兄弟三个照着标记挖下去，三条粗大主根赫然暴露出来。

老二对树根有如此深的认识，是因为老二长期以来保持了对树的陌生感与新鲜感，葆有对树的独立性，即人与树的对等性。

接下来的活好玩又累人，把主根周围底下的土全挖空，把遇到的支根全砍断，剩下三个主根，像巨爪一样紧抓住土地。我们停下来喘会儿气，喝口水啃点馍馍。已经半下午了，我们挖这个根把大半天时光耗去了。

砍主根时又听到那种吓人的声音，从土地深

远处传上来，持续很久后慢慢消失。挥斧子的手愕然停住，不敢再砍下去。

砍吧。没事。大哥说。

响声又一次从地深处传上来。头顶的空气也在颤动。仿佛早被人砍走的那棵大树在空气中使劲晃动。可能天空有记忆。一棵大树的影子，完完整整保存在树根之上的无垠天空。我们的砍伐声再一次触动天空对一棵参天大树的无限念记。从地面，到高远云层，整个天空满满当当地浮现出一棵树，天空在用我们不清楚的方式念记天空下消失的每一样事物。

大地也有记忆。大地一直在深埋有价值的东西。我们一直像一种动物一样在大地上挖掘。我们挖出最多的是埋在土里的死人，他们剩下骷髅、几根骨头，那是我们自己的树根。我们一挖出来就赶紧好好地原埋进土里。我们害怕看见它。

树根拉回家后扔在了房后头。原以为弄了个大东西回来，喜滋滋的。结果什么用处都没有。烧火劈不开。放在院子又占地方，就扔在房后头。

搬家那天其他东西都装上车，父亲端详着大树根，过去蹬了一脚，没动弹。

人的双眼把人蒙住了，总以为"眼见为实"。而最真实的东西可能在你的眼力之外。天空对树的念记，大地对有价值的东西的掩埋，我们无法看见。

唉，扔掉算了，车装不下了。父亲嘟囔着。

其实我们早就把它扔掉了。

谁要这个树根？谁要了拿去。父亲喊叫了一句。周围没人应。

谁要这个树根？父亲又喊叫了一句，周围来帮忙的、看热闹的人全笑起来。我们愣了一下，也全笑起来。

还想补充一些。挖那个大树根耗掉了我们兄弟三个不少力气。如果我们以后没干成别的什么大事，那是因为我们在一棵大树根上耗掉了太多力气。

砍断那三个檩子般粗的主根要费多大劲，就不说了。最艰难的是把树根从坑里弄出来装到车上。活是这样完成的：把车卸了，一根绳绑在树根上，让牛在上面拉，我们在坑里推，滚动一点，拿木块垫住，缓一阵，再往上滚一点，再堰住缓口气，直折腾到人牛都没有力气了才把树根请出坑。往车上装稍省劲些，车头扬起来，车尾着地，把树根往车上滚，上去一点，把车头压下来，树根就到车上了。

树根一装上去车就嘎巴巴响，一块车厢板压断了。好在车轱辘没压扁。

再补充几句，树根挖走后地上留下一个大深

两个"全笑"，是嘲笑也是自嘲。

坑。走出很远了我还回头看见那个大深坑。以后很多年我经常想起那个大深坑。

至于那个大树根，已经不见了。我问冯三谁拿走了，冯三说不知道。问房后面的陈三元，说好像早些年还在哩，后来就不见了。我在村里转了一圈，留心在人家院子扫了几眼，也没看见。

<u>后来在邻近几个村子也找了，仍旧没下落。</u>

第二单元　与虫共眠

　　"虫子"是我们惧怕的对象，也是我们蔑视的对象。"虫子"在我们的概念中，不是个什么东西！

　　我们往往就是这样：既惧怕对象，又蔑视对象。那个对象不是个什么东西！

　　我们很少去想一想：我们如何与对象"共眠"？

　　阅读这一单元，或许有一些不错的想法从此诞生。

　　试试看。

鸟　　叫

　　我听到过一只鸟在半夜的叫声。

　　我睡在牛圈棚顶的草垛上。整个夏天我们都往牛圈棚顶上垛干草，草垛高出房顶和树梢。那是牛羊一个冬天的食草。整个冬天，圈棚上的草会一天天减少。到了春天，草芽初露，牛羊出圈遍野里追青逐绿，棚上的干草便所剩无几，露出粗细歪直的梁柱来。那时候上棚，不小心就会一脚踩空，掉进牛圈里。

　　而在夏末秋初的闷热夜晚，草棚顶上是绝好的凉快处，从夜空中吹下来的风，<u>丝丝缕缕</u>，轻拂着草垛顶部。这个季节的风吹刮在高空，可以看到云堆飘移，却不见树叶摇动。

　　那些夜晚我很少睡在房子里。有时铺一些草睡在地头看苞谷。有时垫一个褥子躺在院子的牛车上，旁边堆着新收回来的苞谷或棉花。更多的时候我躺在草垛上，胡乱地想着些事情便睡着了。醒来不知是哪一天早晨，家里发生了一些事，一只鸡不见了，两片树叶黄落到窗台，堆在院子里的苞谷棒子少了几根，又好像一根没少，什么事都没有发生，一切都和往日一模一样，一家人吃饭，收拾院子，套车，扛农具下地……天黑后我依旧爬上草垛，胡乱地想着些事情然后睡觉。

那个晚上我不是鸟叫醒的。我刚好在那个时候，睡醒了。天有点凉。我往身上加了些草。

这时一只鸟叫了。

"呱。"

独独的一声。停了片刻，又"呱"的一声。是一只很大的鸟，声音粗哑，却很有穿透力。有点像我外爷的声音。停了会儿，又"呱""呱"两声。

整个村子静静的、黑黑的，只有一只鸟在叫。

我有点怕，从没听过这样大声的鸟叫。

鸟声在村南边隔着三四幢房子的地方，那儿有一棵大榆树，还有一小片白杨树。我侧过头看见那片黑糊糊的树梢像隆起的一块平地，似乎上面可以走人。

过了一阵，鸟叫又突然从西边响起，离得很近，听声音好像就在斜对面韩三家的房顶上。鸟叫的时候，整个村子回荡着鸟声，不叫时便啥声音都没有了，连空气都没有了。

别人都睡着，只有"我"听着鸟的孤独的叫。鸟的叫声唤醒"我"每块肉、每根骨头。"我"的孤独被鸟唤醒。

我在第七声鸟叫之后，悄悄地爬下草垛。我不敢再听下一声，好像每一声鸟叫都刺进我的身体里，浑身的每块肉、每根骨头都被鸟叫惊醒。我更担心鸟飞过来落到草垛上。如果它真飞过来，落到草垛上，我怎么办。我的整个身体埋在草里面，鸟看不见我，它会踩在我的头上叫，会一晚上不走。

我顺着草垛轻轻滑落到棚沿上，抱着一根伸出来的椽头吊了下来。在草垛顶上坐起身的那一瞬，我突然看见我们家的房顶，觉得那么远，那么陌生，黑黑地摆在眼底下，那截烟囱，横堆在上面的那些木头，模模糊糊的，像是梦里的一个场景。

在睡与醒之间，常会出现似梦如幻的景象。这种景象是人从现实中剥离出来的表现。

这就是我的家吗？是我必须要记住的——哪一天我像鸟一样飞回来，一眼就能认出的我们家朝天仰着的那个面容吗？在这个屋顶下面的大土炕上，此刻睡着我的后父、母亲、大哥、三个弟弟和两个小妹。他们都睡着了，肩挨肩地睡着了。只有我在高处看着黑黑的这幢房子。

我走过圈棚前面的场地时，拴在柱子上的牛望了我一眼，它应该听到了鸟叫。或许没有，它只是睁着眼睡觉。我正好从它眼睛前面走过，看见它的眼珠亮了一下，像很远的一点星光。我顺着墙根摸到门边上，推了一下门，没推动，门从里面顶住了，又用力推了一下，顶门的木棍往后滑了一下，门开了条缝，我伸手进去，取开顶门棍，侧身进屋，又把门顶住。

房子里什么也看不见，却什么都清清楚楚。我轻脚绕开水缸、炕边上的炉子，甚至连脱了一地的鞋都没踩着一只。沿着炕沿摸过去，摸到靠墙的桌子，摸到了最里头，我脱掉衣服，在顶西边的炕角上悄悄睡下。

这时鸟又叫了一声。像在我们屋前的树上叫的，声音刺破窗户，整个地撞进屋子里。我赶紧蒙住头。

没有一个人被惊醒。

以后鸟再没叫，可能飞走了。过了好大一阵，我掀开蒙在头上的被子，房子里突然亮了一些。月亮出来了，月光透过窗户斜照进来。我侧过身，清晰地看见枕在炕沿上的一排人头。有的侧着，有的仰着，全都熟睡着。

我突然孤独害怕起来，觉得我不认识他们。

第二天中午，我说，昨晚上一只鸟叫得声音很大，像我外爷的声音一样大，太吓人了。家里

清醒之后，人会很快进入自己最熟悉的场景模式。这里一系列娴熟的动作是人摆脱陌生进入熟悉的惯性使然。因为人天生就害怕陌生，害怕孤独。

因为他们与"我"不在一个世界中。孤独的实质是没有人能与你共享一个世界，彼此都在陌生中。

人都望着我。一家人的嘴忙着嚼东西，没人吭声。只有母亲说了句：你又做梦了吧。我说不是梦，我确实听见了，鸟总共叫了八声，最后飞走了。我没有把话说出来，只是端着碗发呆。

不知还有谁在那个晚上听到鸟叫了。

那只是一只鸟的叫声。我想。那只鸟或许睡不着，独自在黑暗的天空中漫飞，后来飞到黄沙梁上空，叫了几声。

它把孤独和寂寞叫出来了。我一声没吭。

"我"听懂了鸟语，它在诉说孤独与寂寞。"我"的诉说却不会有人听懂。因为人们都在自己的世界中，对鸟与"我"都不加理会。

更多的鸟在更多的地方，在树上，在屋顶，在天空下，它们不住地叫。尽管鸟不住地叫，听到鸟叫的人，还是极少的。鸟叫的时候，有人在睡觉，有人不在了，有人在听人说话……很少有人停下来专心听一只鸟叫。人不懂鸟在叫什么。

天地奇观。鸟为什么在这里聚会？它们想做什么？最后达成了什么协议？它们又飞到哪里去了？相信鸟有它们的特殊目的，可惜人听不懂鸟语。

那年秋天，鸟在天空聚会，黑压压一片，不知有几千几万只。鸟群的影子遮挡住阳光，整个村子笼罩在阴暗中。鸟粪像雨点一样洒落下来，打在人的脸上、身上，打在树木和屋顶上。到处是斑斑驳驳的白点。人有些慌了，以为要出啥事。许多人聚到一起，胡乱地猜测着。后来全村人聚到一起，谁也不敢单独待在家里。鸟在天上乱叫，人在地下胡说。谁也听不懂谁。几乎所有的鸟都在叫，听上去各叫各的，一片混乱，不像在商量什么、决定什么，倒像在吵群架，乱糟糟的，从没有停住嘴，听一只鸟独叫。人正好相反，一个人说话时，其他人都住嘴听着，大家都以为这个人知道鸟为啥聚会。这个人站在一个土圪塄上，把手一挥，像刚从天上飞下来似的，其他人愈加安静了。这个人清清嗓子，开始说话。他的话语杂在鸟叫中，才听还像人声，过一会儿像是鸟叫了。其他人"轰"地一声开始乱吵，像鸟一样各叫各的起来。天地间混杂着鸟语人声。

这样持续了约莫一小时，鸟群散去，阳光重又照进村子。人抬头看天，一只鸟也没有了。鸟不知散落到了哪里，天空腾空了。人看了半天，看见一只鸟从西边天空孤孤地飞过来，在刚才鸟群盘旋的地方转了几圈，叫了几声，又朝西边飞走了。

可能是只来迟了没赶上聚会的鸟。

还有一次，一群乌鸦聚到村东头开会，至少有几千只，大部分落在路边的老榆树上，树上落不下的，黑黑地站在地上、埂子上和路上。人都知道乌鸦一开会，村里就会死人，但谁都不知道谁家人会死。整个西边的村庄空掉了，人都拥到了村东边，人和乌鸦离得很近，顶多有一条马路宽的距离。那边，乌鸦黑乎乎地站了一树一地；

这种说法流传几千年了。有道理吗？也许乌鸦真的知道人世的事情。但这次乌鸦聚会村子里没有死人。那么它们是为什么聚会呢？没有哪个人听懂乌鸦的叫声，所以不得而知。

这边，人群黑压压地站了一渠一路。乌鸦呱呱地乱叫，人群一声不吭，像极有教养的旁听者，似乎要从乌鸦聚会中听到有关自家的秘密和内容。

只有王占从人群中走出来，举着个枝条，喊叫着朝乌鸦群走过去。老榆树旁是他家的麦地。他怕乌鸦踩坏麦子。他挥着枝条边走边"啊啊"地喊，听上去像另一只乌鸦在叫，都快走到跟前了，却没一只乌鸦飞起来，好像乌鸦没看见似的。王占害怕了，树条举在手里，愣愣地站了半天，掉头跑回到人群里。

正在这时，"咔嚓"一声，老榆树的一个横枝被压断了，几百只乌鸦齐齐摔下来，机灵点的掉到半空飞起来，更多的掉在地上，或在半空乌鸦碰乌鸦，惹得人群一阵哄笑。还有一只摔断了翅膀，鸦群飞走后那只乌鸦孤零零地站在树下，望望天空，又望望人群。

全村人朝那只乌鸦围了过去。

那年村里没有死人。那棵老榆树死掉了。乌鸦飞走后树上光秃秃的，所有树叶都被乌鸦踏落了。第二年春天，也没再长出叶子。

"你听见那天晚上有只鸟叫了。是只很大的鸟，一共叫了八声。"

以后很长时间，我都想找到一个在那天晚上

听到鸟叫的人。我问过住在村南头的王成礼和孟二，还问了韩三。第七声鸟叫就是从韩三家房顶上传来的，他应该能听见。如果黄沙梁真的没人听见，那只鸟就是叫给我一个人听的。我想。

我最终没有找到另一个听见鸟叫的人。以后许多年，我忙于长大自己，已经淡忘了那只鸟的事。它像童年经历的许多事情一样被推远了。可是，在我快 40 岁的时候，不知怎的，又突然想起那几声鸟叫来。有时我会情不自禁地张几下嘴，想叫出那种声音，又觉得那不是鸟叫。也许我记错了。也许，只是一个梦，根本没有那个夜晚，没有草垛上独睡的我，没有那几声鸟叫。也许，那是我外爷的声音，他寂寞了，在夜里喊叫几声。我很小的时候，外爷粗大的声音常从高处掼下来，我常常被吓住，仰起头，看见外爷宽大的胸脯和满是胡子的大下巴。有时他会塞一个糖给我，有时会再大喊一声，撵我们走开，到别处玩去。外爷极爱干净，怕我们弄脏他的房子，我们一走开他便拿起扫把扫地。

现在，这一切了无凭据。那个牛圈不在了。高出树梢屋顶的那垛草早被牛吃掉，圈棚倒塌，曾经把一个人举到高处的那些东西消失了。再没有人从这个高度，经历他所经历的一切。

那八声鸟叫到底来自哪里呢？也许真的是来自"我"的梦吧。梦是心灵最深的呼喊。在远离鸟声的日子里，梦中与鸟声相遇，也是一种补救吧，也是一种幸福吧。

那些鸟会认人

我们搬走了，那窝老鼠还要生活下去，偷吃冯三的粮食。鸟会落在剩下的几棵树上。更多的鸟会落到别人家树上。也许全挤在我们砍剩那几棵树上，叽叽喳喳一阵乱叫。鸟不知道院子里发生了啥事。但它们知道那些树不见了。筑着它们鸟窝的那些树枝乱扔在地上，精心搭筑的鸟窝和窝里的全部生活像一碗饭扣翻在地上。

冯三一个人在屋里听鸟叫。我们没有把鸟叫算成钱卖给冯三。我们带不走那些鸟。带不走筑着鸟窝的树枝。那些枝繁叶茂的树砍倒后，我们只拿走主干。其余的全扔在地上。我们经营了多少年才让成群的鸟落到院子，一早一晚，鸟的叫声像绵密细雨洒进粗糙的牛哞驴鸣里。那些鸟是我们家的。我们一家16只耳朵听鸟叫。冯三这个人眼睛不好使，耳朵也有些背。从此那些鸟将没人听地叫下去，都叫些什么我们再不会知道。

大多是麻雀在叫。麻雀的口音与我们相近，

人多数时候只管自己的生活，不会理睬鸟们的生活。

能将鸟看成牛、驴一样的家畜，已很不简单了。

一听就是很近的乡邻。树一房高时它们在树梢上筑窠，好像有点害怕我们，把窠藏在叶子中间，以为我们看不见。后来树一年年长高，鸟窠便被举到高处，都快高过房顶一房高了。可能鸟觉得太高了，下到地上啄食不方便，又往下挪了几个树枝，也不遮遮掩掩了。

夏天经常有身上没毛的小鸟从树上掉下来，像我们小时候从炕上掉下来一样，扯着嗓子直叫。大鸟也在一旁叫，它没办法把小鸟弄到窝里去，眼睁睁看着叫猫吃掉，叫一群蚂蚁活活拖走。碰巧被我们收工放学回来看见了，赶快捡起来，仰起头瞅准了是哪个窝里掉下来的，爬上树给放回去。

一般来说爬树都是我的事，四弟也很能爬树，上得比我还高。不过我们很少上到树上去惹鸟。鸟跟我们吵过好几架，有点怕惹它们了。一次是我上去送一只小鸟，爬到那个高过房顶的横枝上。窝里有八只鸟蛋的时候我偷偷上来过一次，蛋放在手心玩了好一阵又原放进去。这次窝里伸出七八只小头，全对着我叫。头上一大群鸟在尖叫。鸟以为我要毁它的窝、伤它的孩子，一会儿扑啦啦落在头顶树枝上，边叫边用雨点般的鸟粪袭击我。一会儿落到院墙上，对着我们家门

这比喻很温暖。在"我"的眼里，万物与人类平等。

鸟不仅会保卫自己，对入侵者进行还击，还懂得告状。

窗直叫，嗓子都直了，叫出血了。那声音听上去就是在骂人。母亲烦了，出门朝树上喊一声：快下来，再别惹鸟了。

另一次是风把晾在绳上的红被单刮到树梢，正好蒙在一个鸟窠上，四弟拿一根木棍上去取，惹得鸟大叫了一晌午。

还有一次，一只鹞子落在树上，鸟全惊飞到房顶和羊圈棚上乱叫。狗也对着树上叫。鸡和羊也望着树上。我们走出屋子，见一只灰色大鸟站在树权上。父亲说是鹞子，专吃鸽子和鸟，我捡了块土块扔过去，它飞走了。

除了麻雀，有时房檐会落两只喜鹊，树梢站一只猫头鹰，还有声音清脆的黄雀时时飞来。它们从不在我们家树上筑窠。好像也从不把黄沙梁当个村子。它们往别处去，飞累了落在树枝上歇会儿脚，对着院子里的人和牲畜叫几声。

那堆苞谷赶紧收进去，要下雨啦。

镰刀用完了就挂到墙上。锨立在墙角。别满院子乱扔。

我觉得它们像一些巡逻官，高高在上训我们，只是话音像唱歌一样好听。趁人不注意飞下来叼一口食，又远远飞走。飞出院子飞过村子，再几年都见不到。

以善意去倾听鸟音，鸟音是多么动听！以善意去窥测鸟心，鸟心是多么温厚！鸟们以唱歌的方式巡逻。

那些麻雀会认人呢。我对父亲说，昨天我在南梁坡割草，一只麻雀老围着我叫，我以为它想偷吃我背包里的馍馍。我低头割草，它就落在前面的草枝上对着我叫，我捆草时它又落到地上对着我叫。后来我才发现是我们家树上的一只鸟，左爪内侧有一小撮白毛，在院子里胆子特别大，敢走到人脚边觅食吃，所以我认下了。刚才我又看见了它，站在白母羊背上捡草籽吃。

鸟就是认人呢。大哥也说，那天他到野滩打柴，就看见我们家树上几只鸟。也不知道它们跑那么远去干啥。是跟着牛车去的，还是在滩里碰上了。它们一直围着牛转，叽叽喳喳，像对人说话。大哥装好柴后它们落到柴车上，四只并排站在一根柴禾上，一直乘着牛车回到家。

孤独的声音

有一种鸟，对人怀有很深的敌意。我不知道这种鸟叫什么。它们常站在牛背上捉虫子吃，在羊身上跳来跳去，一见人便远远飞开。

还爱欺负人，在人头上拉鸟屎。

它们成群盘飞在人头顶，发出悦耳的叫声。人陶醉其中，冷不防，一泡鸟屎落在头上。人莫名其妙，抬头看天上，没等看清，又一泡鸟屎落在嘴上或鼻梁上。人生气了，捡一个土块往天上扔，鸟便一只不见了。

还有一种鸟喜欢亲近人，对人说鸟语。

那天我扛着锹站在埂子上，一只鸟飞过来，落在我的锹把上，我扭头看着它，是只挺大的灰鸟。我一伸手就能抓住它。但我没伸手。灰鸟站稳后便对着我的耳朵说起鸟语，声音很急切，一句接一句，像在讲一件事、一种道理。我认真地听着，一动不动。灰鸟不停地叫了半个小时，最后声音沙哑地飞走了。

俗语说，林子大了，什么鸟都有。

以后几天我又在别处看见这只鸟，依旧单单的一只。有时落在土块上，有时站在一个枯树枝上，不住地叫。还是给我说过的那些鸟语。只是声音更沙哑了。

　　离开野地后，我再没见过和那只灰鸟一样的鸟。这种鸟可能就剩下那一只了，它没有了同类，希望找一个能听懂它话语的生命。它曾经找到了我，在我耳边说了那么多动听的鸟语。可我，只是个种地的农民，没在天上飞过，没在高高的树枝上站过。我怎会听懂鸟说的事情呢？

　　不知那只鸟最后找到知音了没有。听过它孤独鸟语的一个人，却从此默默无声。多少年后，这种孤独的声音出现在他的声音中。

鸟找不到鸟诉说了，它就会找人诉说。

人鸟同命。

两 窝 蚂 蚁

冬天，每隔一段时间——差不多有半个月，蚂蚁就会出来找食吃，排成一长队，在墙壁炕沿上走，有前去的，有回来的，急急忙忙，全阴得皮肤发黄，不像夏天的蚂蚁，油黑油黑。

蚂蚁很少在地上乱跑，怕人不小心踩死它们。也很少一两只单独跑出来。

我们家屋子里有两窝蚂蚁，一窝是小黑蚂蚁，住在厨房锅头旁的地下。一窝大黄蚂蚁，住在靠炕沿的东墙根。蚂蚁怕冷，所以把洞筑在暖和处，紧挨着土炕和炉子，我们做饭烧炕时，顺便把蚂蚁窝也煨热了。

通常蚂蚁在天亮后出来找食吃。那时母亲已经起来把死灭的炉火重火架着。屋子里烟气弥漫。我们全钻在被窝里，只露出头。有的睁眼直望着房顶。有的半眯着眼睛。早睡醒了。谁都不愿起。整个冬天我们没有一点事情，想睡到什么时候就睡到什么时候。直到炉火和从窗户照进的

冬天的蚂蚁营养不良。

068

刺眼阳光，使屋子重又变得暖洋洋，才有人会坐起来，偎着被子，再愣会儿神。

蚂蚁一出洞，母亲便在蚂蚁窝旁撒一把麸皮。收成好的年成会撒两把。有一年我们储备的冬粮不足，连麸皮都不敢喂牲口，留着缺粮时人调剂着吃。冬天蚂蚁出来过五次。每次母亲只抓一小撮麸皮撒在洞口。最后一次，母亲再舍不得把麸皮给蚂蚁吃。家里仅剩的半麻袋细粮被父亲扎死袋口，留作春天下地干活时吃。我们整日煮洋芋疙瘩充饥。那一次，蚂蚁从天亮出洞，有上百只，绕着墙根转了一圈又一圈，一直到天快黑时，拖着几小片洋芋皮进洞去了。

蚂蚁发现麸皮便会一拥而上，拖着、背着、几个抬着往洞里搬。跑远的蚂蚁被喊回来。在墙上的蚂蚁一蹦子跳下来。只一会儿工夫，蚂蚁和麸皮便一同消失得一干二净。蚂蚁有了吃的，便把洞口封死，很长时间不出来打搅人。

蚂蚁的洞一般从墙外通到房内，天一热蚂蚁全到屋外觅食，房子里几乎见不到一只。

我喜欢那窝小黑蚂蚁，针尖那么小的身子，走半天也走不了几尺。我早晨出门前看见一只从后墙根朝前墙这边走，下午我回来看见它还在半道上，慢悠悠地移动着身子，一点不急。似乎它

蚂蚁一个冬天出来过几次都那么清楚，可见对蚂蚁是多么关注。

小黑蚂蚁的特征是"慢悠悠"。

已做好了长途跋涉的打算，今晚就在前面一点儿的地方过夜；第二天，太阳不太高时走到前墙根，天黑前争取爬过门槛，走到厨房与卧房的门口处；第三天再进卧房。不过，它要爬过卧房的门槛就得费很大工夫，先要爬上两层土块，再翻过高高的木门槛，还得赶早点，趁我们没起来之前翻过来。厨房没有窗户，天窗也盖得很死，即使白天门口处也很暗，我们一走动起来就难说不踩着蚂蚁。卧房比厨房大许多，从山墙经过窗户到东墙根，至少是蚂蚁两天的路程。到第五天，蚂蚁才会从东墙根往炕沿处走，经过我们家唯一的柜子。这段最好走夜路，因为是那窝大黄蚂蚁的领地，会很危险。从东边炕头往西边炕头绕回时也是两天的路，最好也晚上走，沿着炕沿，经过打着鼾声的父亲的头、母亲的头、小弟权娃的头和小妹燕子的头，爬到我的头顶时已是另一个夜晚了。<u>这样，小蚂蚁在我们家屋内绕一圈大概用十天的时间，等它回到窝里时，那个蚂蚁世界的事情是否已几经变故，老蚂蚁死了，小蚂蚁出生，它们会不会还认识它呢？</u>

小黑蚂蚁不咬人。偶尔爬到人身上，好一阵才觉出一点点痒。大黄蚂蚁也不咬人，但我不太喜欢。<u>它们到处乱跑，且跑得飞快，让人不放</u>

这一段写想象中的蚂蚁世界，妙趣横生。

心。不像小黑蚂蚁，出来排着整整齐齐的队，要到哪就径直到哪。大黄蚂蚁也排队，但队形乱糟糟。好像它们的头管得不严，好像每只蚂蚁都有自己的想法。

大黄蚂蚁与小黑蚂蚁形成鲜明对比。

有一年春天，我想把这窝黄蚂蚁赶走。我想了一个绝好的办法。那时蚂蚁已经把屋内的洞口封住，打开墙外的洞口，在外面活动了。我端了半盆麸皮，从我们家东墙根的蚂蚁洞口处，一点一点往前撒，撒在地上的麸皮像一根细细的黄线，绕过林带、柴垛，穿过一片长着矮草的平地，再翻过一个坑（李家盖房子时挖的），一直伸到李家西墙根。我把撒剩的小半盆麸皮全倒在李家墙根，上面撒一把土盖住。然后一趟子跑回来，观察蚂蚁的动静。

先是一只洞口处闲游的蚂蚁发现了麸皮。咬住一块拖了一下，扔下又咬另一块。当它发现有好多麸皮后，突然转身朝洞口跑去。我发现它在洞口处停顿了一下，好像探头朝洞里喊了一声，里面好像没听见，它一头钻进去，不到两秒钟，大批蚂蚁像一股黄水涌了出来。

蚂蚁出洞后，一部分忙着往洞里搬近处的麸皮，一部分顺着我撒的线往前跑。有一个先头兵，速度非常快，跑一截子，对一粒麸皮咬一口，扔下再往前跑，好像给后面的蚂蚁做记号。我一直跟着这只蚂蚁绕过林带、柴垛，穿过那片长草的平地，再翻过那个洞，到了李家西墙根，蚂蚁发现墙根的一大堆麸皮后，几乎疯狂。它抬起两个前肢，高举着跳了几个蹦子，肯定还喊出了什么，但我听不见。跑了那么远的路，似乎一点不累。它飞快地绕麸皮堆转了一圈，又爬到堆顶上。往上爬时还踩翻一块麸皮，栽了一跟头。但它很快翻过身来，它向这边跑几步，又朝那边跑几步，看样子像是在伸长膀子量这堆麸皮到底有多大体积。

寻到了一个大"金矿"，蚂蚁手舞足蹈，快乐无限。

做完这一切，它连滚带爬从麸皮堆上下来，沿来路飞快地往回跑。没跑多远，碰到两只随后赶来的蚂蚁，见面一碰头，一只立马转头往回跑，另一只朝麸皮堆的方向跑去。往回跑的刚绕过柴垛，大批蚂蚁已沿这条线源源不断赶来了，仍看见有往回飞跑的。只是我已经分不清刚才发现麸皮堆的那只这会儿跑到哪去了。我返回到蚂蚁洞口时，看见一股更粗的黑黄泉水正从洞口涌出来，沿我撒的那一溜黄色麸皮浩浩荡荡地朝李家墙根奔流而去。

蚂蚁的分工合作。

蚂蚁的团结一致。

我转身进屋拿了把铁锨，当我觉得洞里的蚂蚁已出来得差不多，大部分蚂蚁已经绕过柴垛快走到李家墙根了，我便果断地动手，在蚂蚁的来路上挖了一个一米多长、20公分宽的深槽子。我刚挖好，一大群嘴里衔着麸皮的蚂蚁已翻过那个大坑涌到跟前，看见断了的路都慌乱起来。有几个，像试探着要跳过来，结果掉进沟里，摔得好一阵才爬起来，叼起麸皮又要沿沟壁爬上来，那是不可能的，我挖的沟槽下边宽上边窄，蚂蚁爬不了多高就原掉下去。

而在另一边，迟缓赶来的一小部分蚂蚁也涌到沟沿上，两伙蚂蚁隔着沟相互挥手、跳蹦子。

怎么啦？

怎么回事？

我好像听见它们喊叫。

我知道蚂蚁是聪明动物。慌乱一阵后就会自动安静下来，处理好遇到的麻烦事情。以它们的聪明，肯定会想到在这堆麸皮下面重打一个洞，筑一个新窝，窝里造一个能盛下这堆麸皮的大粮仓。因为回去的路已经断了，况且家又那么远，回家的时间足够建一个新家了。就像我们村有几户人，在野地打了粮食，懒得拉回来，就盖一间房子，住下来就地吃掉。李家墙根的地不太硬，打起洞来也不费劲。

蚂蚁如果这样去做我就成功了。

蚂蚁必须跨过的"坎"。

人常常会不自觉地凌驾于他者之上。

我已经看见一部分蚂蚁叼着麸皮回到李家墙根，好像商量着就按我的思路行动了。这时天不知不觉黑了，我才发现自己跟这窝蚂蚁耗了大半天了。我已经看不清地上的蚂蚁。况且，李家老二早就开始怀疑我，不住地朝这边望。他不清楚我在干什么。但他知道我不会干好事。我咳嗽了两声，装得啥事没有，踢着地上的草，绕过柴垛回到院子。

第二天，一大早我跑出来，发现那堆麸皮不见了，一粒也没有了。从李家墙根开始，一条细细的、踩得光光的蚂蚁路，穿过大土坑，通到我挖的沟槽边，沿沟边向北伸了一米多，到没沟的地方，又从对面折回来，再穿过草滩、绕过柴垛和林带，一直通到我们家墙根的蚂蚁洞口。

一只蚂蚁都没看见。

蚂蚁的聪明令人吃惊。

三　只　虫

　　一只八条腿的小虫，在我的手指上往前爬，爬得慢极了，走走停停，八只小爪踩上去痒痒的。停下的时候，就把针尖大的小头抬起往前望。然后再走。我看得可笑。它望见前面没路了吗，竟然还走。再走一小会儿，就是指甲盖，指甲盖很光滑，到了尽头，它若悬崖勒不住马，肯定一头栽下去。我正为这粒小虫的短视和盲目好笑，它已过了我的指甲盖，到了指尖，头一低，没掉下去，竟从指头底部慢慢悠悠向手心爬去了。

　　这下该我为自己的眼光羞愧了，我竟没看见指头底下还有路。走向手心的路。

　　人的自以为是使人只能走到人这一步。

　　虫子能走到哪里，我除了知道小虫一辈子都走不了几百米，走不出这片草滩以外，我确实不知道虫走到了哪里。

　　一次我看见一只蜣螂滚着一颗比它大好几倍

真正短视的是人啊。

的粪蛋，滚到一个半坡上。蜣螂头抵着地，用两只后腿使劲往上滚，费了很大劲才滚动了一点点。而且，只要蜣螂稍一松劲，粪蛋有可能原滚下去。我看得着急，真想伸手帮它一把，却不知蜣螂要把它弄到哪。朝四周看了一圈也没弄清哪是蜣螂的家，是左边那棵草底下，还是右边那几块土坷垃中间。假如弄明白的话，我一伸手就会把这个对蜣螂来说沉重无比的粪蛋轻松拿起来，放到它的家里。我不清楚蜣螂在滚这个粪蛋前，是否先看好了路，我看了半天，也没看出朝这个方向滚去有啥好去处，上了这个小坡是一片平地，再过去是一个更大的坡，坡上都是草，除非从空中运，或者蜣螂先铲草开一条路，否则粪蛋根本无法过去。

或许我的想法天真，蜣螂根本不想把粪蛋滚到哪去。它只是做一个游戏，用后腿把粪蛋滚到坡顶上，然后它转过身，绕到另一边，用两只前爪猛一推，粪蛋骨碌碌滚了下去，它要看看能滚多远，以此来断定是后腿劲大还是前腿劲大。谁知道呢？反正我没搞清楚，还是少管闲事。我已经有过教训。

那次是一只蚂蚁，背着一条至少比它大20倍的干虫，被一个土块挡住。蚂蚁先是自己爬上

人只能背起与自己等重的东西。这只比蚂蚁大 20 倍的干虫肯定超过蚂蚁自身的重量不少了。这是不是蚂蚁中的大力士？

土块，用嘴咬住干虫往上拉，试了几下不行，又下来钻到干虫下面用头顶，竟然顶起来，摇摇晃晃，眼看顶上去了，却掉了下来，正好把蚂蚁碰了个仰面朝天。蚂蚁一轱辘爬起来，想都没想，又换了种姿势，像那只蛣螂那样头顶着地，用后腿往上举。结果还是一样。但它一刻不停，动作越来越快，也越来越没效果。

我猜想这只蚂蚁一定是急于把干虫搬回洞去。洞里有多少孤老寡小在等着这条虫呢。我要能帮帮它多好。或者，要是再有一只蚂蚁帮忙，不就好办多了吗？正好附近有一只闲转的蚂蚁，我把它抓住，放在那个土块上，我想让它站在上面往上拉，下面的蚂蚁正拼命往上顶呢，一拉一顶，不就上去了吗？

可是这只蚂蚁不愿帮忙，我一放下，它便跳下土块跑了。我又把它抓回来，这次是放在那只忙碌的蚂蚁的旁边，我想是我强迫它帮忙，它生气了。先让两只蚂蚁见见面，商量商量，那只或许会求这只帮忙，这只先说忙，没时间。那只说，不白帮，过后给你一条虫腿。这只说不行，给两条。一条半。那只还价。

人经常会做一些一厢情愿的事。

我又想错了。那只忙碌的蚂蚁好像感到身后有动静，一回头看见这只，二话没说，扑上去就

那只蚂蚁还真是一位大力士呢。

打。这只被打翻在地，爬起来仓皇而逃。也没看清咋打的，好像两只牵在一起，先是用口咬，接着那只腾出一只前爪，抡开向这只脸上扇去，这只便倒地了。

那只连口气都不喘，回过身又开始搬干虫。我真看急了，一伸手，连干虫带蚂蚁一起扔到土块那边。我想蚂蚁肯定会感激这个天降的帮忙。没想到它生气了，一口咬住干虫，拼命使着劲，硬要把它原搬到土块那边去。

我又搞错了。也许蚂蚁只是想试试自己能不能把一条干虫搬过土块，我却认为它要搬回家去。真是的，一条干虫，我会搬它回家吗？

也许都不是。我这颗大脑袋，压根不知道蚂蚁那只小脑袋里的事情。

确实常有这样的事，人自以为是的事情，其实压根就不是那么回事。

老鼠应该有一个好收成

我用一个下午，观察老鼠洞穴。我坐在一蓬白草下面，离鼠洞约 20 米远。这是老鼠允许我接近的最近距离。再逼近半步老鼠便会仓皇逃进洞穴，让我什么都看不见。

老鼠洞筑在地头一个土包上，有七八个洞口。不知老鼠凭什么选择了这个较高的地势。也许是在洞穴被水淹多少次后，知道了把洞筑在高处。但这个高它是怎样确定的。靠老鼠的寸光之目，是怎样对一片大地域的地势作高低判断的。它选择一个土包，爬上去望望，自以为身居高处，却不知这个小土包是在一个大坑里。这种可笑短视行为连人都无法避免，况且老鼠。

> 从老鼠选择筑洞的地点看，人说"鼠目寸光"是完全错误的。

但老鼠的这个洞的确筑在高处。以我的眼光，方圆几十里内，这也是最好的地势。再大的水灾也不会威胁到它。

这个蜂窝状的鼠洞里住着大约上百只老鼠，每个洞口都有老鼠进进出出，有往外运麦壳和杂

> 人总是帮人说话，一不小心就流露出人胜"物"一筹的想法，即使像"我"这样的人也不例外。

渣的，有往里搬麦穗和麦粒的。那繁忙的景象让人觉得它们才是真正的收获者。

有几次我扛着锨过去，忍不住想挖开老鼠的洞看看，它到底贮藏了多少麦子。但我还是没有下手。

老鼠洞分上、中、下三层，老鼠把麦穗从田野里运回来，先贮存在最上层的洞穴。中层是加工作坊。老鼠把麦穗上的麦粒一粒粒剥下来，麦壳和渣质运出洞外，干净饱满的麦粒从一个垂直洞口滚落到最下层的底仓。

每一项工作都有严格的分工，不知这种分工和内部管理是怎样完成的。在一群匆忙的老鼠中，哪一个是它们的王，我不认识。我观察了一下午，也没有发现一只背着手迈着方步闲转的官鼠。

从这一点看，人其实不如鼠啊！

从这里看，人鼠又是何其相似啊！

我曾在麦地中看见一只当搬运工具的小老鼠，它仰面朝天躺在地上，四肢紧抱着几支麦穗，另一只大老鼠用嘴咬住它的尾巴，当车一样拉着它走。我走近时，拉的那只扔下它跑了，这只不知道发生了啥事，抱着麦穗躺在地上发愣。我踢了它一脚，才反应过来，一轱辘爬起来，扔下麦穗便跑。我看见它的脊背上磨得红兮兮的，没有了毛。跑起来一歪一斜，像是很疼的样子。

以前我在地头见过好几只脊背上没毛的死老鼠，我还以为是它们相互厮打致死的，现在明白了。

在麦地中，经常能碰到几只匆忙奔走的老鼠，它让我停住脚步，想想自己这只忙碌的大老鼠，一天到晚又忙出了啥意思。我终生都不会，走进老鼠深深的洞穴，像个客人，打量它堆满底仓的干净麦粒。

老鼠应该有这样的好收成。这也是老鼠的土地。

有谁这样关心过老鼠吗？

我们未开垦时，这片长满矮蒿的荒地上到处是鼠洞，老鼠靠草籽和草秆为生，过着富足安逸的日子。我们烧掉蒿草和灌木，毁掉老鼠洞，把地翻一翻，种上麦子。我们以为老鼠全被埋进地里了。当我们来割麦子的时候，发现地头筑满了老鼠洞，它们已先我们开始了紧张忙碌的麦收。这些没草籽可食的老鼠，只有靠麦粒为生。被我们称为细粮的坚硬麦粒，不知合不合老鼠的口味。老鼠吃着它胃舒不舒服。

有谁这样为老鼠着想过吗？

这些匆忙的抢收者，让人感到丰收和喜悦不仅仅是人的，也是万物的。

我们喜庆的日子，如果一只老鼠在哭泣，一只鸟在伤心流泪，我们的欢乐将是多么的孤独和

有谁这样思考过老鼠与人的关系吗？

尴尬。

　　在我们周围，另一种动物，也在为这片麦子的丰收而欢庆，我们听不见它们的笑声，但能感觉到。

　　它们和村人一样期待了一个春天和一个漫长夏季。它们的期望没有落空。我们也没落空。它们用那只每次只能拿一支麦穗、捧两颗麦粒的小爪子，从我们的大丰收中，拿走一点儿，就能过很好的日子。而我们，几乎每年都差那么一点儿，就能幸福美满地——吃饱肚子。

铁锨是个好东西

我出门时一般都扛着铁锨。铁锨是这个世界伸给我的一只孤手，我必须牢牢握住它。

铁锨是个好东西。

我在野外走累了，想躺一阵，几锨就会铲出一块平坦的床来。顺手挖两锨土，就垒一个不错的枕头。我睡着的时候，铁锨直插在荒野上，不同于任何一棵树、一杆枯木。有人找我，远远会看见一把锨。有野驴野牛飞奔过来，也会早早绕过铁锨，免得踩着我。遇到难翻的梁，虽不能挖个洞钻过去，碰到挡路的灌木，却可以一锨铲掉。这棵灌木也许永不会弄懂挨这一锨的缘故——它长错了地方，挡了我的路。我的铁锨毫不客气地断了它一年的生路。我却从不去想是我走错了路，来到野棘丛生的荒地。不过，第二年这棵灌木又会从老地方重长出一棵来，还会长到这么高，长出这么多枝杈，把我铲开的路密密封死。如果几年后我从原路回来，还会被这一棵挡

为什么是"孤手"？很形象，也富有寓意。在现代工业文明世界中，铁锨的世界成了一个孤独的世界；在现代工作文明世界中，"我"也成了一个孤独的存在。孤独的人，牢牢握住孤独的铁锨，就成了一种必然。对孤独的"我"来说，铁锨确是一个好东西，有了它，一切困难都可以解决；有了它，一切活都可以干完。

住。树木不像人，在一个地方吃了亏下次会躲开。树仅有一条向上的生路。我东走西走，可能越走越远，再回不到这一步。

在荒野上我遇到许多动物，有的头顶尖角，有的嘴龇利牙，有的浑身带刺，有的飞扬猛蹄，我肩扛铁锹，互不相犯。

我还碰到过一匹狼。几乎是迎面遇到的。我们在相距约 20 米远处同时停住。狼和我都感到突然——两匹低头赶路的敌对动物猛一抬眼，发现彼此已经照面，绕过去已不可能。狼上上下下打量着我。我从头到尾注意着狼。这匹狼看上去就像一个穷叫花子，毛发如秋草黄而杂乱，像是刚从刺丛中钻出来，脊背上还少了一块毛。肚子也瘪瘪的，活像一个没支稳当的骨头架子。

看来它活得不咋样。

这样一想倒有了一点优越感。再看狼的眼睛，也似乎可怜兮兮的，像在乞求：你让我吃了吧。你就让我吃了吧。我已经几天没有吃东西了。

狼要是吃麦子，我会扔给它几捆子。要是吃饭，我会为它做一顿。问题是，狼非要吃肉。吃我腿上的肉，吃我胸上的肉，吃我胳膊上的肉，吃我脸上的肉。在狼天性的孤独中我看到它选择

"我"可以尽自己所能为狼做许多事，但不能消灭自己。对狼选择食物的单一性感到非常遗憾。

唯一食物的孤独。

我没看出这是匹公狼还是母狼。我没敢把头低下朝它的后裆里看，我怕它咬断我的脖子。

在狼眼中我又是啥样子呢？狼那样认真地打量着我，从头到脚，足足有半小时，最后狼悻悻地转身走了。我似乎从狼的眼神中看见了一丝失望——一个生命对另一个生命的失望。我不清楚这丝失望的全部含意。我一直看着狼翻过一座沙梁后消失。我松了一口气，放下肩上的铁锨，才发现握锨的手已出汗。

"我"对自己不能满足狼的需求感到惋惜。

这匹狼大概从没见过扛锨的人，对我肩上多出来的这一截东西眼生，不敢贸然下口。狼放弃了我。狼是明智的。不然我的锨刃将染上狼血，这是我不愿看到的。

在你死我活的斗争中，人不会让步。

我没有狼的孤独。我的孤独不在荒野上，而在人群中。人们干出的事情放在这里。即使最无助时我也不觉孤独和恐惧。假若有一群猛兽飞奔而来，它会首先惊愕于荒野中的这片麦地，以及耸在地头的高大麦垛，而后对站在麦垛旁手持铁锨的我不敢轻视。一群野兽踏上人耕过的土地，踩在人种出的作物上，也会像人步入猛兽出没的野林一样惊恐。

人与兽是对等的。

人们干出的事情放在土地上。

人们把许多大事情都干完了。剩下些小事情。人能干的事情也就这么多了。

　　而那匹剩下的孤狼是不是人的事情？人迟早还会面对这匹狼，或者消灭或者让它活下去。

　　我还有多少要干的事情？哪一件不是别人干剩下的——我自己的事情。如果我把所有的活儿干完，我会把铁锨插在空地上远去。

　　曾经干过多少事情，刃磨短磨钝的一把铁锨，插在地上。

　　是谁最后要面对的事情。

野 兔 的 路

　　上午我沿一条野兔的路向西走了近半小时，我想去看看野兔是咋生活的。野兔的路窄窄的，勉强能容下我的一只脚。要是迎面走来一只野兔，我只有让到一旁，让它先过去。可是一只野兔也没有。看得出，野兔在这条路上走了许多年，小路陷进地面有一拳深。路上撒满了黑豆般大小的粪蛋。野兔喜欢把粪蛋撒在自己的路上，可能边走边撒，边跑边撒，它不会为排粪蛋这样的小事停下来，像人一样专门找个隐蔽处蹲半天。野兔的事可能不比人的少。它们一生下就跑，为一口草跑，为一条命跑，用四只小蹄跑。结果呢，谁知道跑掉了多少。

　　一只奔波中的野兔，看见自己昨天下午撒的粪蛋还在路上新鲜地冒着热气是不是很有意思。

　　不吃窝边草的野兔，为一口草奔跑一夜回来，看见窝边青草被别的野兔或野羊吃得精光又是什么感触。

既写出了兔路的狭窄，也写出了"我"对野兔的关切。

兔子没有人的思维，所以兔子不会有这样的想法。但这思考使"我"在荒野中不孤独。

087

兔的路小心地绕过一些微小东西，一棵草、一截断木、一个土块就能让它弯曲。有时兔的路从挨得很近的两棵刺草间穿过，我只好绕过去。其实我无法看见野兔的生活，它们躲到这么远，就是害怕让人看见。一旦让人看见或许就没命了。或许我的到来已经惊跑了野兔。反正，一只野兔没碰到，却走到一片密麻麻的铃铛刺旁，打量了半天，根本无法过去。我蹲下身，看见野兔的路伸进刺丛，在那些刺条的根部绕来绕去不见了。

这里的"笑"含有自嘲，更有抱歉。

往回走时，看见自己的一行大脚印深嵌在窄窄的兔子的小路上，突然觉得好笑。我不去走自己的大道，跑到这条小动物的路上闲逛啥，把人家的路踩坏。野兔要来来回回走多少年，才能把我的一只深脚印踩平。或许野兔一生气，不要这条路了。气再生得大点，不要这片草地了，翻过沙梁远远地迁居到另一片草地。你说我这么大的人了，干了件啥事。

过了几天，我专程来看了看这条路，发现上面又有了新鲜的小爪印，看来野兔没放弃它。只是我的深脚印给野兔增添了一路坎坷，好久都觉得不好意思。

春天的步调

刚发现那只虫子时，我以为它在仰面朝天晒太阳呢。我正好走累了，坐在它旁边休息。其实我也想仰面朝天和它并排儿躺下来。我把铁锨插在地上。太阳正在头顶。春天刚刚开始，地还大片地裸露着。许多东西没有出来。包括草，只星星点点地探了个头儿，一半儿还是种子埋藏着。那些小虫子也是一半儿在漫长冬眠的苏醒中。这就是春天的步骤，几乎所有生命都留了一手。它们不会一下子全涌出来。即使早春的太阳再热烈，它们仍保持着应有的迟缓。因为，倒春寒是常有的。当一场寒流杀死先露头的绿芽儿，那些迟迟未发芽的草籽、未醒来的小虫子们便幸存下来，成为这片大地的又一次生机。

春天，我喜欢早早地走出村子，雪前脚消融，我后脚踩上冒着热气的荒地。我扛着锨，拿一截绳子。雪消之后荒野上会露出许多东西：一截干树桩，半边埋入土中的柴火棍……大地像突

"我"总是与他者取平等态度。

任何生命都会遭遇危险。春天的最大的危险是倒春寒。

春天掀掉大地的雪被。

089

然被掀掉被子，那些东西来不及躲藏起来。草长高还得些时日。天却一天天变长。我可以走得稍远一些，绕到河湾里那棵歪榆树下，折一截细枝，看看断茬处的水绿便知道它多有生气，又能旺势地活上一年。每年春天我都会最先来到这棵榆树下，看上几眼。它是我的树。那根直端端指着我们家房顶的横权上少了两个细枝条，可能入冬后被谁砍去当筐把子了。上个秋天我爬在树上玩时就发现它是根好筐把子，我没舍得砍。再长粗些说不定是根好锨把呢。我想。它却没能长下去。

我无法把一棵树、树上的一根直爽枝条藏起来，让它秘密地为我一个人生长。我只藏埋过一个西瓜，它独独地为我长大、长熟了。

发现那棵西瓜时它已扯了一米来长的秧，而且结了拳头大的一个瓜蛋，梢上还挂着指头大两个小瓜蛋。我想是去年秋天挖柴的人在这儿吃西瓜掉的籽。正好这儿连根挖掉一棵红柳，土虚虚的，很肥沃，还有根挖走后留下的一个小蓄水坑，西瓜便长了起来。

那时候雨水盈足，荒野上常能看见野生的五谷作物：牛吃进肚子没消化掉又排出的整粒苞米，鸟飞过时一松嘴丢进土里的麦粒、油菜籽，

春天对任何生命的种子一视同仁。

鼠洞遭毁后埋下的稻米、葵花……都会在春天发芽生长起来。但都长不了多高又被牲畜、野动物啃掉。

　　这棵西瓜迟早也会被打柴人或动物发现。他们不会等到瓜蛋子长熟便会生吃了它。谁都知道荒野中的一棵瓜你不会第二次碰见。除非你有闲工夫，在这棵西瓜旁搭个草棚住下来，一直守着它长熟。我倒真想这样去做。我住在野地的草棚中看守过几个月麦垛，也替大人看守过一片西瓜地。在荒野中搭草棚住下，独独地看着一棵西瓜长大这件事，多少年后还在我的脑子想着。我却没做到。我想了另外一个办法：在那棵瓜蛋子下面挖了一个坑，让瓜蛋吊进去。小心地把坑顶封住。把秧上另两个小瓜蛋掐去。秧头打断，不要它再张扬着长。让人一看就知道这是一截啥都没结的西瓜秧，不会对它过多留意。

作为一种生活，恐怕不会有任何人能做到这样的事情了。所以这可以成为生活的一种至高理想。但科学考察不在此之列。

　　此后的一个多月里，我又来看过它三次。显然，有人和动物已经来过，瓜秧旁有新脚印。一只圆形的牛蹄印，险些踩在我挖的坑上。有一个人在旁边站了好一阵儿，留下一对深脚印。他可能不太相信自己的眼睛。还蹲下用手拨了拨西瓜叶——这么粗壮的一截瓜秧，怎么会没结西瓜呢？

又过了一些日子，我估摸着那个瓜该熟了。大田里的头茬瓜已经下秧。我夹了条麻袋，一大早悄悄溜出村子。当我双手微颤着扒开盖在坑顶的土、草叶和木棍——我简直惊住了，那么大一个西瓜，满满地挤在土坑里。抱出来发现它几乎是方的。我挖的坑太小，太方正，让它委屈地长成这样。

显而易见，非自然的生长空间对生命有多大的扭曲！

当我把这个瓜背回家，家里人更是一片惊喜。他们都不敢相信这个怪模怪样的东西是一个西瓜。它咋长成这样了。

出河湾向北三四里，那片低洼的荒野中蹲着另一棵大榆树，向它走去时我怀着一丝的幻想与侥幸：或许今年它能活过来。

这棵树去年春天就没发芽。夏天我赶车路过它时仍没长出一片叶子。我想它活糊涂了，把春天该发芽长叶子这件事忘记了。树老到这个年纪就这样，死一阵子活一阵子。有时我们以为它死彻底了，过两年却又从干裂的躯体上生出几条嫩枝，几片绿叶子。它对生死无所谓了。它已长得足够粗。有足够多的枝杈，尽管被砍得剩下三两个。它再不指点什么。它指向的绿地都已荒芜。在荒野上一棵大树的每个枝杈都指示一条路。有生路有死路。会看树的人能从一棵粗壮枝杈的指

老糊涂了，该做的事情就总是遗忘。

"生命之树"在这里可以得到最完美的诠释。

向找到水源和有人家的居住地。

我们到黄沙梁时，这片土地上的东西已经不多了——树、牲畜、野动物、人、草地，少一个我便能觉察出。我知道有些东西不能再少下去。

每年春天，让我早早走出村子的，也许就是那几棵孤零零的大榆树、洼地里的片片绿草，还有划过头顶的一声声鸟叫——鸟儿们从一棵树，飞向远远的另一棵。飞累了，落到地上喘气……如果没有了它们，我会一年四季待在屋子里，四面墙壁，把门和窗户封死。我会不喜欢周围的每一个人。恨我自己。

榆树、绿草、鸟……它们是我生命的重要部分。

在这个村庄里，人可以再少几个，再走掉一些。那些树却不能再少了。那些鸟叫与虫鸣再不能没有。

在春天，有许多人和我一样早早地走出村子，有的扛把锨去看看自己的地。尽管地还泥泞。苞谷茬端扎着。秋收时为了进车平掉的一截毛渠、一段埂子，还原样地放着。没什么好看的，却还是要绕着地看一圈子。

有的出去拾一捆柴背回来。还有的人，大概跟我一样没什么事情，只是想在冒着热气的野外走走。整个冬天冰封雪盖，这会儿脚终于踩在松软的土上了。很少有人在这样的天气窝在家里。

春天不出门的人，大都在家里生病。病也是一种生命，在春天暖暖的阳光中苏醒。它们很猛地生发时，村里就会死人了。这时候，最先走出村子挥锨挖土的人，就不是在翻地播种，而是挖一个坟坑。这样的年成命定亏损。人们还没下种时，已经把一个人埋进土里。

在早春我喜欢迎着太阳走。一大早朝东走出去十几里，下午面向西逛荡回来。肩上仍旧一把锨一截绳子。有时多几根干柴，顶多三两根。我很少捡一大捆柴压在肩上，让自己躬着背从荒野里回来——走得最远的人往往背回来的东西最少。

我只是喜欢让太阳照在我的前身。清早，刚吃过饭，太阳照着鼓鼓的肚子，感觉嚼碎的粮食又在身体里葱葱郁郁地生长。尤其平射的热烈阳光一缕缕穿过我两腿之间。我尽量把腿叉得开些走路，让更多的阳光照在那里。这时我才体会到阳光普照这个词。

我注意到牛在春天喜欢屁股对着太阳吃草。驴和马也这样。狗爱坐着晒太阳。老鼠和猫也爱后腿叉开坐在地上晒太阳。它们和我一样会享受太阳普照的亢兴与舒坦劲儿。

我同样能体会到这只常年爬行、腹部晒不到

春天善待一切。

阳光善待一切。

太阳的小甲壳虫，此刻仰面朝天躺在地上的舒服劲儿。一个爬行动物，当它想让自己一向阴潮的腹部也能晒上太阳时，它便有可能直立起来，最终成为智慧动物。仰面朝天是直立动物享乐的特有方式。一般的爬行动物只有死的时候才会仰面朝天。

这样想时突然发现这只甲壳虫朝天蹬腿的动作有些僵滞，像在很痛苦地抽搐。它是否快要死了？我躺在它旁边。它就在我头边上。我侧过身，用一个小木棍拨了它一下，它正过身来，光滑的甲壳上反射着阳光，却很快又一歪身，仰面朝天躺在地上。

我想它是快要死了。不知什么东西伤害了它。这片荒野上一只虫子大概有两种死法：死于奔走的大动物蹄下，或死于天敌之口。还有另一种死法——老死，我不太清楚。在小动物中我只认识老蚊子。其他的小虫子，它们的死太微小，我看不清。当它们在地上走来奔去时，我确实弄不清哪个老了，哪个正年轻。看上去它们是一样的。

老蚊子朝人飞来时往往带着很大的嗡嗡声。飞得也不稳，好像一只翅膀有劲，一只没劲。往人皮肤上落时腿脚也不轻盈，很容易让人觉察，

小甲虫也享受着春天阳光照耀的舒坦。

对一只小甲虫的生死"我"也非常在意。

死于一巴掌之下。

一次我躺在草垛上想事情，一只老蚊子朝我飞过来，它的嗡嗡声似乎把它吵晕了，绕着我转了几圈才落在手臂上。落下了也不赶紧吸血，仰着头，像在观察动静，又像在大口喘气。它犹豫不定时，已经触动我的一两根汗毛，若在晚上我会立马一巴掌拍在那里。可这次，我懒得拍它。我的手正在远处干一件想象中的美妙事。我不忍将它抽回来。况且，一只老蚊子，已经不怕死，又何必置它于死地。再说我一挥手也耗血气，何不让它吸一点血赶紧走呢？

它终于站稳当了。它的小吸血管可能有点钝，我发现它往下扎了一下，没扎进去，又抬起头，猛扎了一下。一点细细的疼传到心里，是我看见的。我的身体不会把这点细小的疼传到心里。它在我疼感不知觉的范围内吸吮鲜血。那是我可以失去的。我看见它的小肚子一点点红起来，皮肤才有了点痒，我下意识抬起一只手，做挥赶的动作。它没看见。还在不停地吸，半个小肚子都红了。我想它该走了。我也只能让它吸半肚子血。剩下的到别人身上去吸吧。再贪嘴也不能叮住一个人吃饱。这样太危险。可它不害怕，吸得投入极了。我动了动胳膊，它翅膀扇了一下，站稳身体，丝毫没影响嘴的吮吸。我真恼了，想一巴掌拍死它，又觉得那身体里满是我的血，拍死了可惜。

这会儿它已经吸饱了，小肚子红红鼓鼓的，我看见它拔出小吸管，头晃了晃，好像在我的一根汗毛根上擦了擦它吸管头上的血迹，一蹬腿飞起来。飞了不到两拃高，一头栽下去，掉在地上。

这只贪婪的小东西，它拼命吸血时大概忘了自己是只老蚊子了。它的翅膀已驮不动一肚子血。它栽下去，立马就死了。它仰面朝天，细长的腿动了几下，我以为它在挣扎，想爬起来再飞。却不是。它的腿是风刮动的。

想不到，蚊子贪婪也能置自己于死地。

我知道有些看似在动的生命，其实早死亡了。风不住地刮着它们，从一个地方，到另一个地方，再回来。

这只甲壳虫没有马上死去。它挣扎了好一阵子了。我转过头看了会儿远处的荒野、荒野尽头的连片沙漠，又回过头，它还在蹬腿，只是动作越来越无力。它一下一下往空中蹬腿时，我仿佛看见一条天上的路。时光与正午的天空就这样被它朝天的小细腿一点点地西移了一截子。

接着它不动了。我用小棍拨了几下，仍没有

反应。

我回过头开始想别的事情。或许我该起来走了。我不会为一只小虫子的死去悲哀。我最小的悲哀大于一只虫子的死亡。就像我最轻的疼痛在一只蚊子的叮咬之外。

我只是耐心地守候过一只小虫子的临终时光，在永无停息的生命喧哗中，我看到因为死了一只小虫而从此沉寂的这片土地。别的虫子在叫。别的鸟在飞。大地一片片明媚复苏时，在一只小虫子的全部感知里，大地暗淡下去。

"我"对一只小虫子的死亡，怀有很浓的悼念之情。

与 虫 共 眠

我在草中睡着时，我的身体成了众多小虫子的温暖巢穴。那些形态各异的小动物，从我的袖口、领口和裤腿钻进去，在我身上爬来爬去，不时地咬两口，把它们的小肚子灌得红红鼓鼓的。吃饱玩够了，便找一个隐秘处酣然而睡——我身体上发生的这些事我一点也不知道。那天我翻了一下午地，又饿又累。本想在地头躺一会儿再往回走，地离村子还有好几里路，我干活时忘了留点回家的力气。时值夏季，田野上虫声、蛙声、谷物生长的声音交织在一起，像支巨大的催眠曲。我的头一挨地便酣然入睡，天啥时黑的我一点不知道，月亮升起又落下我一点没有觉察。醒来时已是另一个早晨，我的身边爬满各种颜色的虫子，它们已先我而醒忙它们的事了。这些勤快的小生命，在我身上留下许多又红又痒的小疙瘩，证明它们来过了。我想它们和我一样睡了美美的一觉。有几个小家伙，竟在我的裤子里待舒

"共眠"不是一般意义上的同眠，这里是指虫子寄睡在"我"的身体上。

服了，不愿出来。若不是瘙痒得难受我不会脱了裤子捉它们出来。对这些小虫来说，我的身体是一片多么辽阔的田野，就像我此刻爬在大地的这个角落，大地却不会因瘙痒和难受把我捉起来扔掉。大地是沉睡的，它多么宽容。在大地的怀抱中我比虫子大不了多少。我们知道世上有如此多的虫子，给它们一一起名，分科分类。而虫子知道我们吗？这些小虫知道世上有刘亮程这条大虫吗？有些虫朝生暮死，有些仅有几个月或几天的短暂生命，几乎来不及干什么便匆匆离去。没时间盖房子，创造文化和艺术。没时间为自己和别人去着想。生命简洁到只剩下快乐。我们这些聪明的大生命却在漫长岁月中寻找痛苦和烦恼。一个听烦市嚣的人，躺在田野上听听虫鸣该是多么幸福。大地的音乐会永无休止。而有谁知道这些永恒之音中的每个音符是多么仓促和短暂。

我因为在田野上睡了一觉，被这么多虫子认识。它们好像一下子就喜欢上我，对我的血和肉的味道赞赏不已。有几个虫子，显然趁我熟睡时在我脸上走了几圈，想必也大概认下我的模样了。现在，它们在我身上留了几个看家的，其余的正在这片草滩上奔走相告，呼朋引类，把发现我的消息传播给所有遇到的同类们。我甚至感到

虫子睡在"我"身上，就像"我"睡在大地身上一样。"我"与虫本质上没有什么不同。

这样的比较是否有道理呢？

成千上万只虫子正从四面八方朝我呼拥而来。我的血液沸腾，仿佛几十年来梦想出名的愿望就要实现了。这些可怜的小虫子，我认识你们中的谁呢，我将怎样与你们一一握手？你们的脊背窄小得签不下我的名字，声音微弱得近乎虚无。我能对你们说些什么呢？

当千万只小虫呼拥而至时，我已回到人世的一个角落，默默无闻做着一件事，没几个人知道我的名字，我也不认识几个人，不知道谁死了谁还活着。一年一年地听着虫鸣，使我感到了小虫子的永恒。而我，正在世上苦度最后的几十个春秋。面朝黄土，没有叫声。

人不如虫啊！

第三单元 一个长梦

    每个人都有梦，有的人还做长梦，今天做了明天接着做，今年做了明年接着做。

    牲畜也有梦吗？那些狗呀、猫呀、鸡呀，是不是也有梦呢？是不是也做长梦呢？这一单元的文章叙述了作家眼中（心中）牲畜们的长梦，陌生中见熟悉，轻松中显沉重，开人眼界，启人长思。

狗这一辈子

一条狗能活到老，真是件不容易的事。太厉害不行，太懦弱不行，不解人意、善解人意了均不行。总之，稍一马虎便会被人剥了皮炖了肉。

狗本是看家守院的，更多时候却连自己都看守不住。

其实狗只有看家守院的权利，人没有也不可能赋予它看守自己命运的权利。如果一个人做了一条走狗，他的命运也是如此。狗与人的命运，或者说人与狗的命运，有时是极其相似的。

活到一把子年纪，狗命便相对安全了，倒不是狗活出了什么经验。尽管一条老狗的见识，肯定会让一个走遍天下的人吃惊。狗却不会像人，年轻时咬出点名气，老了便可坐享其成。狗一老，再无人谋它脱毛的皮，更无人敢问津它多病的肉体，这时的狗很像一位历经沧桑的老人，世界已拿它没有办法，只好撒手，交给时间和命。

一条熬出来的狗，熬到拴它的铁链朽了，不挣而断。养它的主人也入暮年，明知这条狗再走不到哪里，就随它去吧。狗摇摇晃晃走出院门，四下里望望，是不是以前的村庄已看不清楚。狗在早年捡到过一根干骨头的沙沟梁转转，在早年

104

恋过一条母狗的乱草滩转转，遇到早年咬过的人，远远避开，一副内疚的样子。其实人早好了伤疤忘了疼。有头脑的人大都不跟狗计较，有句俗话：狗咬了你你还去咬狗吗？与狗相咬，除了啃一嘴狗毛你又能占到啥便宜？被狗咬过的人，大都把仇记恨在主人身上，而主人又一股脑把责任全推到狗身上。一条狗随时都必须准备着承受一切。

人不应和狗计较。若与狗计较，人就等同于狗了。

在乡下，家家门口拴一条狗，目的很明确：把门。人的门被狗把持，仿佛狗的家。来人并非找狗，却先要与狗较量一阵，等到终于见了主人，来时的心境已落了大半，想好的话语也吓忘掉大半。狗的影子始终在眼前窜悠，答问间时闻狗吠，令来人惊魂不定。主人则可从容不迫，坐察其来意。这叫未与人来先与狗往。

狗误以为它把守的家是自己的家，其实这个家是人的家，不是狗的家。

有经验的主人听到狗叫，先不忙着出来，开个门缝往外瞧瞧。若是不想见的人，比如来借钱的、讨债的、寻仇的……便装个没听见。狗自然咬得更起劲。来人朝院子里喊两声，自愧不如狗的嗓门大，也就缄默。狠狠踢一脚院门，骂声"狗日的"，走了。

若是非见不可的贵人，主人一趟子跑出来，打开狗，骂一句"瞎了狗眼了"，狗自会没趣地躲开，稍慢一步又会挨棒子。狗挨打挨骂是常有的事，一条狗若因主人错怪便赌气不咬人，睁一眼闭一眼，那它的狗命也就不长了。

一条称职的好狗，不得与其他任何一个外人混熟。在它的狗眼里，除主人之外的任何面孔都必须是陌生的、危险的。更不得与邻居家的狗相往来。需要交配时，两家狗主人自会商量好了，公母牵到一起，主人在一旁监督着。事情完了就完了。万不可藕断丝连，弄出感情，那样狗主人会嫉妒。人养了狗，狗就必须把所有爱和忠诚奉献给人，而不应该给另一条狗。

狗这一辈子像梦一样飘忽，没人知道狗是带着什么使命来到人世。

人一睡着，村庄便成了狗的世界，喧嚣一天的人再无话可说，土地和人都乏了。此时狗语大作，狗的声音在夜空飘来荡去，将远远近近的村庄连在一起。那是人之外的另一种声音，飘远、神秘。莽原之上，明月之下，人们熟睡的躯体是听者，土墙和土墙的影子是听者，路是听者。年代久远的狗吠融入空气中，已经成寂静的一部分。

在这众狗猖猖的夜晚，肯定有一条老狗，默不作声。它是黑夜的一部分，它在一个村庄转悠

看家狗的本质是"咬人"。

一旦被人豢养，便没有了自由。

表明没有谁能真正听懂狗语。

到老，是村庄的一部分，它再无人可咬，因而也是人的一部分。这是条终于可以冥然入睡的狗，在人们久不再去的僻远路途，废弃多年的荒宅旧院，这条狗来回地走动，眼中满是人们多年前的陈事旧影。

狗这一辈子，就是人这一辈子。也可以反过来说。

两　条　狗

父亲扔掉过一条杂毛黑狗。父亲不喜欢它，嫌它胆小，不凶猛，咬不过别人家的狗，经常背上少一块毛，滴着血，或瘸着一条腿哭丧着脸从外面跑回来。院子里来了生人，也不敢扑过去咬，站在狗洞前光吠两声，来人若捡个土块、拿根树条举一下，它便哭叫着钻进窝里，再不敢出来。

这样的损狗，连自己都保不住咋能看门呢？

父亲有一次去50公里以外的柳湖地卖皮子，走时把狗装进麻袋，口子扎住扔到车上。他装了37张皮子，卖了38张的价。狗算了一张，活卖给皮店掌柜了。

回来后父亲物色了一条小黄狗。我们都很喜欢这条狗，胖乎乎的，却非常机灵活泼。父亲一抱回来便给它剪了耳朵，剪成三角，像狼耳朵一样直立着。不然它的耳朵长大了耷下来会影响听觉。

> 这种狗不具备看家狗的条件。狗要讨得主人的喜欢，勇敢与凶狠是必备的品格。

108

过了一个多月，我们都快把那条黑狗忘了。一天傍晚，我们正吃晚饭，它突然出现在院门口，瘦得皮包骨头，也不进来，嘴对着院门可怜地哭叫着。我们叫了几声，它才走进来，一头钻进父亲的腿中间，两只前爪抱住父亲的脚，汪汪地叫个不停。叫得人难受。母亲盛了一碗揪片子，倒在盆里给它吃。它已经饿得站立不稳。

从此我们家有了两条狗。黄狗稍长大些就开始欺负黑狗，它俩共用一个食盆，吃食时黑狗一向让着黄狗，到后来黄狗变得霸道，经常咬开黑狗，自己独吞。黑狗只有猥琐地站在一旁，等黄狗走开了，吃点剩食，用舌把食盆舔得干干净净。家里只有一个狗窝，被黄狗占了，黑狗夜夜躺在草垛上。进来生人，全是黄狗迎上去咬，没黑狗的份儿。一次院子里来了条野狗，和黄狗咬在一起，黑狗凑上去帮忙，没想到黄狗放开正咬着的野狗，回头反咬了黑狗一口，黑狗哭叫着跑开，黄狗才又和野狗死咬在一起，直到把野狗咬败，逃出院子。

后来我们在院墙边的榆树下面给黑狗另搭了一个窝。喂食时也用一个破铁锹头盛着另给它吃。从那时起黑狗很少出窝。有时我们都把它忘记了，一连数天想不起它。夜里只听见黄狗的吠

黑狗没有自立自强的本领，只能抱住"父亲"的脚哭，以引起"家人"的怜悯。

什么叫"霸道"？看看这条黄狗就很清楚了。这一段文字非常好地突出了黄狗之"独"——"独吞"一切。

叫声。黑狗已经不再出声。这样过了两年，也许是三年，黑狗死掉了。死在了窝里。父亲说它老死了。我那时不知道怎样的死是老死。我想它是饿死的，或者寂寞死的。它常不出来，我们一忙起来有时也忘了给它喂食。

　　直到现在我都无法完全体味那条黑狗的晚年心境。我对它的死，尤其是临死前那两年的生活有一种难言的陌生。我想，到我老的时候，我会慢慢知道老是怎么回事，我会离一条老狗的生命更近一些，就像它临死前偶尔的一个黄昏，黑狗和我们同在一个墙根晒最后的太阳，黑狗卧在中间，我们坐在它旁边，背靠着墙。与它享受过同一缕阳光的我们，最后，也会一个一个地领受到同它一样的衰老与死亡。可是，无论怎样，我可能都不会知道我真正想知道的——对于它，一条在我们身边长大老死的黑狗，在它的眼睛里我们一家人的生活是怎样一种情景，我们就这样活着有意思吗？

要真正进入另一个人的心中几乎是不可能的，何况是进入一条狗的心中呢？可贵的是，知其不可为而为之。

人眼看狗，如黑狗的一生充满悲苦与寂寞；狗眼看人，人又是怎样的呢？不得而知。

追　狗

我是吃粮食长大的，不是让狗吓着长大的。

我常听两个大人吵架，受到威胁的那一个便鼓足劲气说出这句话。其实，这个村子里没有哪个人不是让狗吓着长大的。

小时候一遇到狗就吓得跑。可是人怎么能跑过狗呢？没跑几步就被狗追上来，照脚后跟一口，哇的一声趴倒在地。狗一见人哭就住嘴不咬了。狗知道小孩一哭喊立马就有大人提棒子过来，狗得赶紧选好方向跑。

被狗咬的次数多了，渐渐地也就不怎么怕狗了，终于有一天，见狗追咬来了竟不转身逃跑，而是气恨恨地盯着狗跑近，待要扑咬时，一土块砸去，狗便惨叫一声，歪斜着身子逃跑了。

我从 12 岁开始满村子追着打狗。那时腿上胳膊上至少挂着十几块狗伤。我对狗有气。它趁我没长大时把我咬成这个样子。所以稍长大些我就开始报仇了。我整日在村里转悠，左手提棒，

这句话除了给自己鼓劲，是不是还有辱骂对方的味道？

111

右手拿着土块，碰见狗就追打，管它是谁家的，是否咬过我。能追上就照腰照腿一棒子。狗是铜头铁脖子，腰里挨不住一勺子。所以打头和脖子没用。打断一条腿，狗就再不敢咬人了。狗咬人之前首先想到的是逃跑，一旦它知道自己跑不动，就变得乖乖的了。当然，要在狗腰上抡一棒子，狗大概就废掉了。狗腰很细，狗前后腿间距又太大。就像一根细檩子，担在跨度很大的两面墙上，能结实吗？

要追不上狗，就扔土块。一条狗若被土块打伤一次，以后见了你就会躲得远远的。甚至你一躬身它就跑得没影了。狗会认人。被我追打过的狗，多少年后见了我都不敢叫一声，远远地就对我摇尾巴。那时我早已经不追打狗了，手里也不再拿土块和棒子。我已经是大人了。可我还是又让狗咬了一次。

狗也会暗算人，狗也会伪装，狗也会示弱，是向人学的呢，还是狗性如此？

是王多家的黑狗，平常见我乖得很。那天也是，远远地对我摇尾巴，像要讨好我似的凑到跟前，还小声呻吟着，可怜兮兮的样子。我都没在乎，自顾朝前走，就听脚边汪的一声，后腿上重重挨了一口。转过身时那条狗已经跑开了。这一口让我的左腿瘸了半个月。本想伤好后去找黑狗算账，却又懒得动了，那条狗早年间也挨过我一棒子，算是扯平了。

有一次在东边的闸板口村，我被一群狗围住。那个村里人也不过来解围，还站在一旁给狗助威。我虽然不太害怕，却也不知该咋办，手里只有一根细柳条，追打前面的狗，后面的扑过来，左右也都是狗，恶狠狠叫着，像要把我分食了。我稍镇定了一下。我的嘴里叼着半支烟，刚才没舍得扔一直叼在嘴里。这会儿我夹在手里，当冲在最前面那只大公狗猛地扑过来时，我轻轻一弹，半截烟进到狗嘴里。公狗大叫一声，像着了魔似的，转身狂跑起来。其他狗一愣，随即也跟着那条狗狂跑起来。它们大概以为我往公狗嘴里塞了一块肉，追着分肉去了。

狗与人斗，还是人高一筹。

我一见狗跑光了，拔腿朝自己村子飞奔起来，翻过一道沙梁，跃过一道沙沟，又跑过一片胡麻地，快跑进村子时，突然听到背后狗声大作，那群狗大概弄明白了怎么回事，追来报仇了。我看见它们涌出沙沟，一大群，从那片草滩上飞奔而来。我一头钻进村子，躲到一堵墙后面。我想这下有热闹看了。因为接下来肯定是两个村子的狗之间的事了。

人的劣根性之一，就是喜欢看狗咬狗，喜欢制造狗咬狗的悲喜剧。

狗全挣死了

"怎么听不见狗叫?"

没有狗叫的夜晚,就像没盐的菜一样寡淡。

狗在夜里说话。东一句、西一句的狗吠,将黑暗中独门独院的人家连成一片。

一个陌生人在黑夜里接近黄沙梁,他只要爬在村边上,扔一个土块,惊动一条狗,便很快会清楚村里有多少条狗,并从连片的狗吠中数清这个村庄有多少户人、每户人家的位置。

很早前狗都不拴。除了发情季节,狗一般不乱跑,整日卧在门口,各守各的院子。来人了叫几声,听到别的狗叫也帮衬着应几声。若那狗叫得急,全村的狗都会跑来助声助势。

狗的这一习性便被人利用了。

那是一伙外村人,在一个刮风的黑夜摸近村子。他们先潜伏在村南,派一个人绕到村北边,往村里扔一个土块,一条狗叫起来,其他狗随应着远远近近地叫起来。那人接连猛扔几个土块,

没有狗的人世,不是真实的人世。人与狗不可分离。

"利用"在这里是一种阴谋。人有时也看不出阴谋,何况狗呢?

114

被惊动的这条狗便猛叫起来，其他狗立马知道有大事了，全吠叫着向村北边涌来。夜里刮着南风，狗一张嘴，吠叫声便被刮到北边的荒野里，村里人听到的只是风刮过村子的声音。那人见狗全到齐了，故意地显出身影，边扔土块边往北边跑。狗追咬着跑出村子，一直跑到远处的荒野里。

潜伏在村南的人大摇大摆走进村子，见门撬门，见东西拿东西，等狗什么都没追到跑回来时，它们看守了多年的一些东西已经不见了。狗知道自己失职，全嘴对着天汪汪地哭叫起来。人这时候才醒来。

那以后狗便被拴在院子里，听到别的狗叫，也只能远远应几声，再不能跑去助威。

我一进村子就觉得不对劲。咋连条狗都没有。狗可是村庄的代言人。你走进一个村庄，不管去找谁，有多大的事，都得先耐住性子听狗吠叫一阵子。

路上只有几只鸡，在脚印里觅食吃。我不认识它们。黄沙梁不会有一只活了 20 多年还认得我的老母鸡。鸡活不到这个年纪。

有没有一头认识我的牛呢？或者一匹马、一头骡子。

大地上的生命都是大地之子。当这个生命失去了与大地的联系，他就会变异。

天黑前我只听到几句驴叫，叫声嗲嗲的，没有以前的驴叫好听。大概喂饲料的缘故。以前的牲畜都在大地上觅草吃，叫出来的声音也如大地般雄阔厚实。

应该还有一些东西能认得我吧。

那堆土，那个多年没有水迹的干渠沟，那几棵枝丫枯缺面目全非的老榆树、老柳树，泥皮脱落张着一只只大小墙窟望着我的那些土墙圈子。

曾经多么坚固厚实、密不透风的那些墙壁，也终于张开眼睛看世道了。在它空洞的注视里一个多年不见的人又回来了。

"那么狗呢？"

"狗全挣死了。"

我以为冯三睡着了，又问了一句，他动了动头，冒出一句话来。

"狗又不拉车犁地，咋会挣死？"

"哎，都是选村长的祸。每隔三年，一轮到选村长，狗就要挣死一茬子。"

"选村长有狗啥事。又不是选狗长。"

"你还不知道，前些年这个村长没人愿当。谁想当当去，别人也没意见。反正地是自己的，想种啥、想咋种都自做主。村长没啥可管的。这几年不一样了，谁都知道当村长可以捞好处，种

这些狗的死，与它们对狗性的坚持有着必然联系。它们先是被人"利用"而被村子里的人拴起来，狗的一半性命已丢失。后是叫坏了嗓子，另一半性命又丢掉了。这种现象令人深思。坚持还是放弃？这是一个问题。

三年地不富，当三年村长就富了。"

"现在是李老大的二儿子当村长。你知道呢，小时候傻呆呆的，十几岁了还鼻涕都擦不干净。"

"你说他也能当村长？"

"那咋办呢，村里有点本事的人都搬走了，到外面干大事情去了，剩下些没出息的，窝在村里。这帮尕小子，这些年轮换着当了遍村长，把官瘾过足了。这个当几年不行，换另一个。另一个还不行，两三年再换。反正矬子里面拔大个。黄沙梁可让那些尕小子轮换着胡整了一顿。你要早些天来，就看上热闹了。那几个想当村长的，一人拉一把子人，整夜整夜里拉选票，挨家挨户敲门，闹得狗彻夜吠叫，许多狗挨不到村长选出来，就早早挣死了。剩下的狗叫到最后也没声了，嗓子叫坏了。狗一叫坏嗓子，不几天就急死了。"

我看，黄沙梁也没被谁咋整过。好像人没管，它自己变成这样了。树是旱死的。房子是风吹旧的。人是太阳晒老的。我不知道冯三说的那些尕小子都胡整了些啥事情，我懒得问。冯三也懒得再理我，他独自扯着呼做梦去了。

这个村庄真是幸运，幸亏聪明人全走了。若让一个聪明人当上村长，村庄可能早变样了。他现代"聪明人"的所作所为，意味着对文化多样性的破坏、扼杀。

会把难看的破墙烂房子推倒，把像把钩镰形状的黄沙梁村规划成长方形或者正方形。引进一种新品种的牲畜，人工配种，让家家户户的牛变成一种牛，鸡变成一种鸡。再不存在谁家的黑牛或白额黄牛，不存在芦花鸡、红背白肚母鸡、好看的杂毛鸡。如果这样，这个村庄才真正地完蛋了。

通驴性的人

我四处找我的驴，这畜牲正当用的时候就不见了。驴圈里空空的。我查了查行踪——门前土路上一行梅花篆的蹄印是驴留给我的条儿，往前走有几粒墨黑的鲜驴粪蛋算是年月日和签名吧。我捡起一粒放在嘴边闻闻，没错，是我的驴。这阵子它老往村西头跑，又是爱上谁家的母驴了。我一直搞不清驴和驴是怎么认识的，它们无名无姓，相貌也差不多，唯一好分辨的也就是公母。

正是人播种的大忙季节，也是驴发情的关键时刻。两件绝顶重要的事对在一起，人用驴时驴也正忙着自己的事——这事儿比拉车犁地还累驴。土地每年只许人播种一次，错过这个时节种啥都白种；母驴也在一年中只让公驴沾一次身，发情期一过，公驴再纠缠都是瞎骚情。

我没当过驴，不知道驴这阵子咋想的。驴也没做过人。我们是一根缰绳两头的动物，说不上谁牵着谁。时常脚印跟蹄印像是一道的，最终却

119

走不到一起。驴日日看着我忙忙碌碌做人，我天天目睹驴辛辛苦苦过驴的日子。我们是彼此生活的旁观者、介入者。驴长了膘我比驴还高兴。我种地赔了本驴比我更垂头丧气。驴上陡坡陷泥潭时我会毫不犹豫地将绳搭在肩上四蹄爬地做一回驴。

我炒菜的油香飘进驴圈时，驴圈里的粪尿味也窜入门缝。

很多人总认为自己的那个"很美"的样子是自己一个人修炼出来的，其实他的那个样子中已融进了许许多多他不曾想过的"因子"。对这些"因子"，我们应当心怀感激。

我的生活容下了一头驴、一条狗、一群杂花土鸡、几只咩咩叫的长胡子山羊，还有我漂亮可爱的妻子女儿。我们围起一个大院子、一个家。这个家里还会有更多生命来临：树上鸟、檐下燕子、冬夜悄然来访的野兔……我的生命肢解成这许许多多的动物。从每个动物身上我找到一点自己。渐渐地我变得很轻很轻，我不存在了，眼里唯有这一群动物。当它们分散到四处，我身上的某些部位也随它们去了。有一次它们不回来，或回来晚了，我便不能入睡。我的年月成了这些家畜们的圈。从喂养、使用到宰杀，我的一生也是它们的一生。我饲养它们以岁月，它们饲养我以骨肉。

我觉得我和它们处在完全不同的时代。社会变革跟它们没一点关系，它们不参与，不打算改变自己。人变得越来越聪明自私时，它们还是原先那副憨厚样子，甚至拒绝进化。它们是一群古老的东西，身体和心灵都停留在远古。当人们抛弃一切进入现代，它们默默无闻伴前随后，保持着最质朴的品质。<u>我们不能不饲养它们。同样，我们不能不宰杀它们。我们的心灵拒绝它们时，胃却离不开它们。</u>

感恩不是非要回报，而是有心存感激的情怀。

也就是说，我们把牲畜一点不剩地接受了，除了它们同样憨厚的后代。我们没给牲畜留下什么，牲畜却为我留下过冬的肉，以后好多年都穿不破的皮衣。还有，<u>那些永远说不清道不明白的思绪。</u>

在驴面前我简直像个未成年的孩子。我们穿衣穿裤，掩饰身体隐秘的行为被说成文明。驴无丑可遮。它的每个部位都是最优秀的。它没有阴部。它精美的不用穿鞋套袜的蹄子，浑圆的脊背和尻蛋子。

这一点也可以延伸到其他方面。当人自身不能与他者相比时，就会想一些自身之外的东西来比，如比父母，甚至比祖宗八代。"功夫在身外"被许多人运用得"炉火纯青"。

自身比不了驴，只好在身外下工夫。<u>我们把房子装饰得华丽堂皇，床铺得柔软又温暖。但这并不比驴睡在一地乱草上舒服。咋穿戴打扮我们也不如驴那身皮自然美丽，货真价实。</u>

驴沉默寡言，偶尔一叫却惊天地泣鬼神。我的声音中偏偏缺少亢奋的驴鸣，这使我多年来一

通驴性的人　　**1 2 1**

中国文人中也只有李白发出了惊风雨、泣鬼神的"驴鸣"。"我"的渴望既是历史的，也是现实的。我们有太多的修饰和不真实。或许当我们真实到可以与驴相提并论时，我们就都可以发出一声惊天动地的"驴鸣"了。

"驴"常用来骂人，"蠢驴""笨驴"声不绝于耳。据说《黄河大合唱》中的"马在叫"最初是"驴在叫"，嫌不雅，将"驴"改为"马"。日常生活中，驴辛勤劳作，人却反而骂之为蠢笨，真是不知好歹。

直默默无闻。常想驴若识字，我的诗歌呀、散文呀就用不着往报刊社寄了。写好后交给驴，让它用激昂的大过任何一架高音喇叭的鸣叫向世界宣读，那该有多轰动。我一生都在做一件无声的事，无声地写作，无声地发表。我从不读出我的语言，读者也不会，那是一种更加无声的哑语。我的写作生涯因此变得异常寂静和不真实，仿佛一段黑白梦境。我渴望我的声音中有朝一日爆炸出驴鸣，哪怕以沉默十年为代价换得一两句高亢鸣叫我也乐意。

多少漫长难耐的冬夜，我坐在温暖的卧室喝热茶看电视，偶尔想到阴冷圈棚下的驴，它在看什么，跟谁说话？

总觉得这鬼东西在一个又一个冷寂的长夜，双目微闭，冥想着一件又一件大事。想得异常深远、透彻，超越了任何一门哲学、玄学、政治经济学。天亮后我牵着它拉车干活时，并不知道牵着的是一位智者、圣者。它透悟几千年的人世沧桑，却心甘情愿被我们这些活了今日不晓明天的庸人牵着使唤。幸亏我们不知道这些，知道了又能怎样呢？难道我们会因此把驴请进家，自己心甘情愿去做驴拉车住阴冷驴圈？

我是通驴性的人。而且我认为，一个人只有

通了驴性，方能一通百通，更通晓人性。不妨站在驴一边想想人。再回过头站在人一边想想驴。两回事搁在一块想久了，就变成一回事。驴的事也成了人的事，人的事也成了驴的事。实际上生活的处境常把人畜搅得难分彼此。

这一段"我"的"思绪"是与众不同的反思。

每年驴发情的喜庆日子，我宁可自己多受点累也绝不让我的驴筋疲力尽，在母驴面前丢我的人……每当别人夸我的驴时，我都像自己受了夸一般窃喜无比。我把省吃的精粮拌给驴吃，我生怕它没精神。我和妻子荒睡几个晚上不要紧，人一年四季都在发情，不在乎一夜半宿。驴可干的是面子上的事。驴是代表我当着全村男人女人的面耀威扬雄。驴不行村里人会说这家男人不行。在村里啥弄不好都会怪男人的。地不出苗是男人没本事。瓜不结果是男人工夫不到。连母羊不下羔都轮不到公羊负责。好在我的驴年年为我争光长面子。它是多么通人性的驴啊，风流了大半日回来，汗流浃背，也不休息一下便径直走到棚下，拉起车帮我干活了。驴的舒服和满足通过缰绳传到我身上。缰绳是驴和我之间的忠实导线。我的激动、兴奋和无可名状的情绪也通过缰绳传递给驴。一根绳那头的生命、幸福、遥远、神秘、望尘莫及。它连干七八头母驴剩下的劲，都比我大得多。有时嫉妒地想：驴的那东西或许本来是我的，结果错长在驴身上。要么我的欲望是驴的。我瘦小赢弱的躯体上负载着如此多如此强烈的大欲望，而那些雄健无比的大生命却悠哉游哉。它们身佩大壮之器，把雄心壮志空留给我，任这个弱小身子去折腾、去骚动、去拼命。

驴不会把它的东西白给我，我也不会将拥有的一切让给驴。好好做人是我的心愿，乖乖当驴是驴的本分。无论乖好与否，在我卑微的一生中，都免不了驴一般被人使唤，放弃自己想做的事、想住的房子、想爱的人乃至想说的话。一旦鞭子握在别人手里，我会首先想到驴，宁肯爬着往前走绝不跪着求生存，把低贱卑微的一生活得一样自在、风流且亢奋，而且并不因此压低嗓门，低声下气，用激扬的鸣叫压过沸沸人声。必要时，还要学一点"拉着不走打着后退"的倔犟劲。驴也好，人也好，永远都需要一种无畏的反抗精神。

驴最大的生存法则是"坚持自我"。

驴对人的反抗恰恰是看不见的。它不逃跑，不怒不笑（驴一旦笑起来是什么样子?）。你看不出它在什么地方反抗了你，抵制了你，伤害了你。对驴来说，你的一生无胜利可言，当然也不存在遗憾。你活得不如人时，看看身边的驴，也

就好过多了。驴平衡了你的生活，驴是一个不轻
不重的砝码。你若认为活得还不如驴时，驴也就
没办法了。驴不跟你比。跟驴比时，你是把驴当
成别人或者把自己当成驴。驴成了你和世界间的
一个可靠系数，一个参照物。你从驴背上看世界
时，世界正从驴胯下看你。

驴不像人，和
这个比，和那
个比。驴不和
别的牲畜比，
更不和人比。

　　所以卑微的人总要养些牲畜在身旁方能安心
活下去。所以高贵的人从不养牲畜而饲一群卑微
的人在脚下。

　　世界对于任何一个人都是强大的，对驴则不
然。驴不承认世界，它只相信驴圈。驴通过人和
世界有了点关系，人又通过另外的人和世界相
处。谁都不敢独自直面世界。但驴敢，驴的鸣叫
是对世界的强烈警告。

驴生活在驴的
世界中。

　　我找了一下午的驴回来，驴正站在院子里，
那神情好像它等了我一下午。驴瞪了我一眼，我
瞪了驴一眼。天猛然间黑了。夜色填满我和驴之
间的无形距离，驴更加黑了。我转身进屋时，驴
也回身进了驴圈。我奇怪我们竟没在这个时候走
错。夜再黑，夜空是晴朗的。

毕竟人不是
驴。通驴性的
人与通人性的
驴，两者本质
特征不会也不
容混淆。

逃 跑 的 马

我跟马没有长久贴身的接触，甚至没有骑马从一个村庄到另一个村庄这样简单的经历。顶多是牵一头驴穿过浩浩荡荡的马群，或者坐在牛背上，看骑马人从身边飞驰而过，扬起一片尘土。

我没有太要紧的事，不需要快马加鞭去办理。牛和驴的性情刚好适合我——慢悠悠的。那时要紧的事远未来到我的一生里，我也不着急。要去的地方永远不动地待在那里，不会因为我晚到几天或几年而消失。要做的事情早几天晚几天去做都一回事，甚至不做也没什么。我还处在人生的闲散时期，许多事情还没迫在眉睫。也许有些活我晚到几步被别人干掉了，正好省得我动手。有些东西我迟来一会儿便不属于我了，我也不在乎。许多年之后你再看，骑快马飞奔的人和坐在牛背上慢悠悠赶路的人，一样老态龙钟回到村庄里，他们衰老的速度是一样的。时间才不管谁跑得多快多慢呢。

在比马更快的交通工具出现之前，"快马加鞭"是我们能达到的最快的速度。因此，办要紧的事情总会"快马加鞭"地去做。这是常识。但这篇文章对此有独特的思考。

126

但马的身影一直浮游在我身旁，马蹄声常年在村里村外的土路上踏响，我不能回避它们。甚至天真地想，马跑得那么快，一定先我到达了一些地方。骑马人一定把我今后的去处早早游荡了一遍。因为不骑马，我一生的路上必定印满先行的马蹄印儿，撒满金黄的马粪蛋儿。

直到后来，我徒步追上并超过许多匹马之后，才打消了这种想法——曾经从我身边飞驰而过扬起一片尘土的那些马，最终都没有比我走得更远。在我还继续前行的时候，它们已变成一架架骨头堆在路边。只是骑手跑掉了。在马的骨架旁，除了干枯的像骨头一样的胡杨树干，我没找到骑手的半根骨头。骑手总会想办法埋掉自己，无论深埋黄土还是远埋在草莽和人群中。

看起来跑得很快的人，未必能到达很远的地方。

在远离村庄的路上，我时常会遇到一堆一堆的马骨。马到底碰到了怎样沉重的事情，使它如此强健的躯体承受不了，如此快捷有力的四蹄逃脱不了。这些高大健壮的生命在我们身边倒下，留下堆堆白骨。我们这些矮小的生命还活着，我们能走多远。

我相信累死一匹马的，不是骑手，不是长年的奔波和劳累，对马的一生来说，这些东西微不足道。

是什么累死一匹马？不仅仅是人让它快跑，更有马自己的事情。

马肯定有它自己的事情。

马来到世上肯定不仅仅是给人拉拉车当当坐骑。

村里的韩三告诉我，一次他赶着马车去沙门子，给一个亲戚送麦种子。半路上马陷进泥潭，死活拉不出来，他只好回去找人借牲口帮忙。可是，等他带着人马赶来时，马已经把车拉出来走了，走得没影了。他追到沙门子，那里的人说，晌午看见一辆马车拉着几麻袋东西，穿过村子向西去了。

韩三又朝西追了几十公里，到虚土庄子，村里人说半下午时看见一辆马车绕过村子向北边去了。

马自己的事情是什么呢?

韩三说他再没有追下去，他因此断定马是没有目标的东西，它只顾自己往前走，好像它的事比人更重要。竟然可以把人家等着下种的一车麦种拉着漫无边际地走下去。韩三是有生活目标的人，要到哪就到哪，说干啥就干啥。他不会没完没了地跟着一辆马车追下去。

韩三说完就去忙他的事了。以后很多年间，我都替韩三想着这辆跑掉的马车。它到底跑到哪去了？我打问过从每一条远路上走来的人，他们或者摇头，或者说，要真有一辆没人要的马车，他们会赶着回来的，这等便宜事他们不会白白放过。

我想，这匹马已经离开道路，朝它自己的方向走了。我还一直想在路上找到它。

马自己的方向在哪里呢？

但它不会摆脱车和套具。套具是用马皮做的，皮比骨肉更耐久结实。一匹马不会熬到套具朽去。

而车上的麦种早过了播种期，在一场一场的雨中发芽、霉烂。车轮和辕木也会超过期限，一天天地腐烂。只有马不会停下来。

这是唯一跑掉的一匹马。我们没有追上它，说明它把骨头扔在了我们尚未到达的某个远地。马既然要逃跑，肯定有什么东西在追它。那是我们看不到的、马命中的死敌。马逃不过它。

马命中的死敌是什么呢？

我想起了另一匹马，拴在一户人家草棚里的一匹马。我看到它时，它已奄奄一息，老得不成样子。显然它不是拴在草棚里老掉的，而是老了以后被人拴在草棚里的。人总是对自己不放心，明知这匹马老了，再走不到哪里，却还把它拴起来，让它在最后的关头束手就擒，放弃跟命运较劲。

更残酷的是，在这匹马的垂暮之年，它只能眼睁睁地看着堆在头顶的大垛干草，却一口也吃

马最大的死敌是它的生命大限。

不上。

我撕了一把草送到马嘴边，马只看了一眼，又把头扭过去。我知道它已经嚼不动这一口草。马的力气穿透多少年，终于变得微弱黯然。曾经驮几百公斤东西，跑几十里路不出汗不喘口粗气的一匹马，现在却连一口草都嚼不动。

"一麻袋麦子谁都有背不动的时候。谁都有老掉牙啃不动骨头的时候。"

我想起父亲告诫我的话。

好像也是在说给一匹马。

马老得走不动时，或许才会明白世上的许多事情，才会知道世上许多路该如何去走。马无法把一生的经验传授给另一匹马。马老了之后也许跟人一样。它一辈子没干成什么大事，只犯了许多错误，于是它把自己的错误看得珍贵无比，总希望别的马能从它身上吸取点教训。可是，那些年轻的活蹦乱跳的儿马，从来不懂得恭恭敬敬向一匹老马请教。它们有的是精力和时间去走错路，老马不也是这样走到老的吗？

马和人常常为了同一件事情活一辈子。在长年累月、人马共操劳的活计中，马和人同时衰老了。我时常看到一个老人牵一匹马穿过村庄回到家里。人大概老得已经上不去马，马也老得再驮

马与人一样，都是在错路上走向老年。没有年轻的愿意听从过来人或马的唠叨。如果年轻的人或马都听从老者的话，人世或者马世可能就不复存在了。没有了生机，就没有了生命。

不动人。人马一前一后，走在下午的昏黄时光里。

在这漫长的一生中，人和马付出了一样沉重的劳动。人使唤马拉车、赶路，马也使唤人给自己饮水、喂草加料、清理圈里的马粪。有时还带着马找畜医去看病，像照管自己的父亲一样热心。堆在人一生中的事情，一样堆在马的一生中。人只知道马帮自己干了一辈子活，却不知道人也帮马操劳了一辈子。只是活到最后，人可以把一匹老马的肉吃掉，皮子卖掉。马却不能对人这样。

有一个冬天的夜晚，我和村里的几个人，在远离村庄的野地，围坐在一群马身旁，煮一匹老马的骨头。我们喝着酒，不断地添着柴火。我们想：马越老，骨头里就越能熬出东西。更多的马静静站立在四周，用眼睛看着我们。火光映红了一大片夜空。马站在暗处，眼睛闪着蓝光。马一定看清了我们，看清了人。而我们一点都不知道马，不明白马在想些什么。

马从不对人说一句话。

我们对马的唯一理解方式是：不断地把马肉吃到肚子里，把马奶喝到肚子里，把马皮穿在脚上。久而久之，隐隐就会有一匹马在身体中跑

马看清了人的什么呢？或许它们看清了人不过是具有人形的马。

动。有一种异样的激情耸动着人，变得像马一样不安、骚动。而最终，却只能用马肉给我们的体力和激情，干点人的事情，撒点人的野和牢骚。

（旁注：人是胃比脑更发达的动物。）

我们用心理解不了的东西，就这样用胃消化掉了。

但我们确实不懂马啊。

记得那一年在野地，我把干草垛起来，我站在风中，更远的风里一大群马，石头一样静立着，一动不动。它们不看我，马头朝南，齐望着我看不到的一个远处。根本没在意我这个割草人的存在。

（旁注：人在潜意识中总以为自己什么都能。事实上，人只能做人事，不能做马事。）

我停住手中的活，那样长久羡慕地看着它们，身体中突然产生一股前所未有的激情。我想嘶，想奔，想把双手落到地上，撒着欢子跑到马群中去，昂起头，看看马眼中的明天和远方。我感到我的喉管里埋着一千匹马的嘶鸣，四肢涌动着一万只马蹄的奔腾声。而我，只是低下头，轻轻叹息了一声。

我没养过一匹马，也不像村里有些人，自己不养马喜欢偷别人的马骑。晚上趁黑把别人的马拉出来骑上一夜，到远处办完自己的事，天亮前把马原拴回圈里。第二天主人骑马去奔一件急事，马却死活跑不起来。马不把昨晚的事告诉主人。马知道自己能跑多远的路，不论给谁跑，马把一生的路跑完便不跑了。人把马鞭抽得再响也没用了。

马从来就不属于谁。

别以为一匹马在你胯下奔跑了多少年，这马就是你的。在马眼里，你不过是被它驮运的一件东西。或许马早把你当成了自己的一个器官，高高地安置在马背上，替它看路，拉缰绳，有时下来给它喂草、梳毛、修理蹄子。交配时帮它扶扶马锤子。马不像人，母马也不如女人那般温顺。马全靠感觉，凭天性。人在一旁看得着急，忍不住帮马一把。人把袖管挽起来，托起马锤子，放到该放的地方，马正好一用劲，事成了。人在一旁傻傻地替马笑两声。

其实马压根不需要人。人的最大毛病，是爱以自己的习好度量其他事物。

人只会扫马的兴，多管闲事。

也许，没有骑快马奔一段路，真是件遗憾的事。许多年后，有些东西终于从背后渐渐地追上我。那都是些要命的东西，我年轻时不把它们当回事，也不为自己着急。有一天一回头，发现它们已近在咫尺。这时我才明白了以往年月中那些不停奔跑的马，以及骑马奔跑的人。马并不是被

马是智者。

马是贵者。

人鞭催着在跑，不是。马在自己奔逃。马一生下来便开始了奔逃。人只是在借助马的速度摆脱人命中的厄运。

而人和马奔逃的方向是否真的一致呢？也许人的逃生之路正是马的奔死之途，也许马生还时人已经死归。

反正，我没骑马奔跑过，我保持着自己的速度。一些年人们一窝蜂朝某个地方飞奔，我远远地落在后面，像是被遗弃。另一些年月人们回过头，朝相反的方向奔跑，我仍旧慢慢悠悠，远远地走在他们前头。我就是这样一个人。我不骑马。

马是自觉自为者。"快马加鞭"并非人做什么要紧事，而是人"借助马的速度摆脱人命中的厄运"。

因此，徒步慢行可能最终走在最前头，因为他没有什么需要摆脱，而可以直接抵达。

最后一只猫

我们家的最后一只猫也是纯黑的，样子和以前几只没啥区别，只是更懒，懒得捉老鼠不说，还偷吃饭菜馍馍。一家人都讨厌它。小时候它最爱跳到人怀里让人抚摸，小妹燕子整天抱着它玩。它是小妹有数的几件玩具中的一个，摆家家时当玩具一样将它摆放在一个地方，它便一动不动，眼睛跟着小妹转来转去，直到它被摆放到另一个地方，还是很听话地卧在那里。

后来小妹长大了没了玩兴，黑猫也变得不听话，有时一跃跳到谁怀里，马上被一把拨拉下去，在地上挡脚了，也会不轻不重挨上一下。我们似乎对它失去了耐心，那段日子家里正好出了几件让人烦心的事。我已记不清是些什么事。反正，有段日子生活对我们不好，我们也没更多的心力去关照家畜们。似乎我们成了一个周转站，生活对我们好一点，我们给身边事物的关爱就会多一点。我们没能像积蓄粮食一样在心中积攒足

当生活对我们不好时，我们会有各种各样的坏表现，只有极少数人还能坚持好的表现。更有甚者，生活对他好，他还以为不够，还不停地向生活埋怨与索取。他一辈子也不会有想着要给予生活点什么的时候。

135

够的爱与善意，以便生活中没这些东西时，我们仍能节俭地给予。那些年月我们一直都没积蓄下足够的粮食。贫穷太漫长了。

黑猫在家里待得无趣，便常出去，有时在院墙上跑来跑去，还爬到树上捉鸟，却从未见捉到一只。它捉鸟时那副认真劲让人好笑，身子贴着树干，极轻极缓地往上爬，连气都不出。可是，不管它的动作多轻巧无声，总是爬到离鸟一米多远处，鸟便扑地飞走了。黑猫朝天上望一阵，无奈地跳下树来。

以后它便不常回家了。我们不知道它在外面干些啥，村里几户人家夜里丢了鸡，有人看见是我们家黑猫吃的，到家里来找猫。

它已经几个月没回家，早变成野猫了。父亲说。

野了也是你们家的。你要这么推辞，下次碰见了我可要往死里打，来人气哼哼地走了。

我们家的鸡却一只没丢过。黑猫也没再露面，我们以为它已经被人打死了。

又过了几个月，秋收刚结束，一天夜里，我听见猫在房顶上叫，不停地叫。还听见猫在房上来回跑动。我披了件衣服出去，叫了一声，见黑猫站在房檐上，头探下来对着我直叫。我不知道出了啥事，它急声急气地要告诉我什么。我喊了几声，想让它下来。它不下来，只对着我叫。我有点冷，进屋睡觉去了。

钻进被窝我又听见猫叫了一阵，嗓子哑哑的。接着猫的蹄声踩过房顶，然后听见它跳到房边的草堆上，再没有声音了。

第二年，也是秋天，我在南梁地上割苞谷秆。十几天前就已掰完苞米，今年比去年少收了两马车棒子，我们有点生气，就把那片苞谷秆扔在南梁上半个月没去理识。

只是少收了点苞谷，就不理识苞谷秆。我们有太多的索求啊！

别人家的苞谷秆早砍回来码上草垛。地里已开始放牲口。我们也觉得没理由跟苞谷秆过不去。它们已经枯死。掰完棒子的苞谷秆，就像一群衣衫破烂的穷叫花子站在秋风里。

不论收多收少，秋天的田野都叫人有种莫名的伤心，仿佛看见多少年后的自己，枯枯抖抖站在秋风里。多少个秋天的收获之后，人成了自己的最后一茬作物。一个动物在苞谷地迅跑，带响一片苞谷叶。我直起身，以为是一条狗或一只狐狸，提着镰刀悄悄等候它跑近。

它在距我四五米处窜出苞谷地。是一只黑猫。我喊了一声，它停住，回头望着我。是我们家那只黑猫，它也认出我了，转过身朝我走了两步，又犹疑地停住。我叫了几声，想让它过来。它只是望着我，咪咪地叫。我走到马车旁，从布包里取出馍馍，掰了一块扔给黑猫，它本能地前扑了一步，两只前爪抱住馍馍，用嘴啃了一小块，又抬头望着我。我叫着它朝前走了两步，它警觉地后退了三步，像是猜出我要抓住它。我再朝它走，它仍退。相距三四步时，猫突然做出一副很厉害的表情，喵喵尖叫两声，一转身窜进苞谷地跑了。

这时我才意识到提在手中的镰刀。黑猫刚才一直盯着我的手，它显然不信任我了。钻进苞谷地的一瞬我发现它的一条后腿有点瘸。肯定被人打的。这次相遇使它对我们最后的一点信任都没有了。从此它将成为一只死心塌地的野猫，越来越远地离开这个村子。它知道它在村里干的那些事，村里人不会饶它。

没有了"信任"做基础，一切都免谈。

一 个 长 梦

在黄沙梁，羊的数量是人的三倍或五倍。牛比人少，有人的三分之一。要按腿算，人腿和狗腿则相差不了几条。一个村庄哪种动物最多，在午后看地上的蹄印、脚印便一清二楚。

一般时候出门，碰见两头猪，遇到一个人；闻五句驴叫，听见一句人声；望穿一群羊，望见一个人；绕过四五垛柴草，看见一两个人——我在一垛麦草后面看见两个抱在一起的人，脸挨脸，肚子贴着肚子，像在玩一个好玩极了的游戏。

谁要问我沙沟沿上谁谁家的人长啥模样，一时半会，我可能真说不出。若提起他家的黄狗、黑母牛，我立马就能说出它们的毛色、望人望其他东西时的眼神、走路和跑起来的架势，连前腿内侧的一小撮杂毛、后蹄盖一个缺口我都记得清清楚楚。

我记住了太多的牲畜和其他东西，记住很少

为何记不清人的模样，却能说出黄狗黑牛的特征？因为人总是躲躲闪闪，牲畜与"我"更近。

139

一些人。他们远远地躲在那些事物后面——人跟在一车草后面，蹲在半堵墙后面，随在尘土飞扬的一群牛后面，站在金黄一片的麦田那边，出现又消失，隐隐约约，很少有人走到跟前，像一只鸡、一条狗那样近地让我看清和认识他们。

与树、草、庄稼、狗、驴相比，人很猥琐。

树又高又显，草、庄稼遍野遍滩，狗和驴高声叫喊，随地大小便。人低着头，躬着身，小声碎步地活在中间。好几年，我能听见王占元的一两声叫喊（他被什么东西整急了，低哑地叫唤两声，便又听不见）。好几个月，我能碰见一次陈有根，他还是那张愁巴巴的脸，肩上扛着锨，手里提一把镰刀，腰绑一根绳，从渠沿下来，一转眼消失在几堵破墙后面，再看不见。

我想起一件东西时，偶尔想起一个人，已经叫不上名字，衣着和相貌也都模糊，只记得是黄沙梁村人，住在北边一间矮土房里。常牵一头秃角白母牛下地。在我熟悉的那堵有一条大斜缝的土墙根坐过一个下午。领一条我认识的黑狗，公的，杂毛，跟我们家黑母狗有过一次恋情。是在我们家房后面的路上，两条狗纠缠在一起，杂毛公狗一会儿亲我们家黑狗的嘴、脖子，一会儿伸长舌头舔黑狗的屁股。我知道它们要干事，赶紧捡了块土块跑过去打开杂毛公狗。我不喜欢杂毛，我喜欢纯黑色的狗。我一直想让沙沟沿张户家的大黑狗配我们家母狗，可是两条狗见了面互不理识，好像前世有仇。

杂毛公狗吟叫着边跑边回头。黑母狗跟着它跑，我叫了两声，叫不回来。它们跑过大渠沿不见了。我追到渠沿上，只看见那边一片苞谷地哗哗地响动。几个月后，黑狗生了窝小狗，八只，一半是杂毛。我不喜欢，没等出月便把四只小杂毛偷偷抱出去，送到西边的闸板口村了。那时小狗还没睁开眼睛。它不知道自己生在哪里，长大了也不会再找回来。

鸡算最多的了，在黄沙梁，除了蚂蚁，遍地都是鸡。每家都养几十上百只。而且，鸡不住下蛋，蛋又不住地孵出鸡。

鸡这种小东西很难有个准确数目。它到处跑、到处钻。谁都不敢肯定地说他家有多少只鸡，就像不敢肯定他家门前树上有多少只鸟，屋里有多少只老鼠一样。

数鸡的方法很简单，往院子里撒一把苞谷粒，学着鸡嗓子"咯咯"尖叫几声，鸡便争先恐后从角角落落跑出来，拥在一起争食吃。

如果把谷粒撒成一条线，鸡便像排队一样挤成一长溜子，两只两只数，数到18或27，你觉

狗有狗缘。

着就这么多了，突然又从柴垛下"咯咯"地钻出一只。有时早晨数 24 只，下午却成了 23 只。又撒了几把苞谷，满院子"咯咯"地叫，站在门口朝路上叫，嗓子叫疼了也没再出来一只。第二天、第三天，仍然是 23 只。你断定这只鸡丢了，已经顶了谁家的锅盖了。你很生气，在没人处骂几句：哪个牲口把我们家鸡吃了。吃了烂嘴。吃了断肠子。然后装得若无其事，背着手，不慌不忙在村里转一圈，眼睛在人家垃圾堆上扫来扫去，想找到一根鸡毛、半只鸡头、几根鸡骨头。这是不可能的事。偷鸡的人都知道把鸡毛挖坑埋掉。坑挖得又深又隐秘，埋好了用脚踩瓷实，撒些干土，扔些草叶子，你从上面走过去都觉察不出。直到有一天，你在邻居家院子边取土，无意中挖出一团鸡毛，黑色，夹杂一点白色短绒毛，你觉得面熟，突然想起 20 年前丢掉的一只黑母鸡，肚皮下有块白短毛。咋就没想到他呢？你望着那扇门，怪自己 20 年前咋就没想到是邻居家偷的鸡呢。现在啥话都不能说了，两家早成了亲戚，邻居家的儿子娶了你女儿，两家好得跟一家似的。

最好在大中午，突然闯进一家门。老王，借根麻绳。看他们慌张的样子——赶紧把锅盖住，

再一次证明人的猥琐。想做不敢做，做了不敢当；想说不敢说，说了怕惹事；想看不敢看，看了也白看。

碗藏到桌子底下，嘴里顾不上嚼烂的东西一伸脖子咽下去。

装得很亲热，抱起人家的孩子亲亲，闻闻嘴里有没有鸡肉味。

又一次证明人的猥琐。闻出味来又怎么样呢？

丢一只鸡对一户人家来说，就像风刮走树上的一片叶子，根本算不上一件事。你要因一只鸡的事扰乱了村子，问东家骂西家，日后你万一丢一头牛，肯定会扰得世界都不得安宁。它是件太小的事情，只能发生在一个人心里。

我记得最深的是一只黑母鸡。全身纯黑纯黑，我们叫它黑夜。它真是一个黑夜的话，你千万别指望在那个夜里看见一丝星光，更别期盼你会熬到最后看到天边的一线曙色。那是一种彻底的黑，让人绝望。

以对"一线曙色"的"绝望"写"黑"的程度，高妙。

黑夜有一次失踪了很长时间，我们都以为它丢了。村里没有谁家有这么纯黑的鸡，有的毛是黑色的，冠却是红的，腿却是白的；有的肚皮下、脖圈里会夹杂些白绒红羽。听大人们说这种黑鸡吃了大补，还能治病。大哥就让我出去转一圈，看看村里那几个一年到头黄皮刮瘦的病秧子，有没有哪个突然壮实起来。如果有，肯定是偷吃了我们的黑鸡。

大概过了一个月，我们忙着地里的事，早出

晚归，都快忘了丢鸡的事了。一个早晨，黑夜突然领了一群小鸡，咯咯地唱叫着从柴垛底下出来，径直走到院子里。那些小鸡全黑黑的，像一个个小墨团，简直分不出嘴和爪子。

我们很少收到黑夜下的蛋。它的蛋壳上有黑斑。那时我们家有将近 30 只母鸡，每天收十几个蛋。大白鸡的蛋又白又大。芦花鸡的蛋发黄，灰团的蛋又小而圆，像乒乓球一样。蛋一收回来，我们就能知道哪只鸡下了哪只没下。

一连十几天没有黑夜的蛋。还以为它下蛋不行。是不是公鸡嫌它黑，不给它踩蛋。有时早晨摸黑夜的屁股，有蛋。下午就不知下哪去了。母亲让我盯着黑夜，看它是不是吃我们家的食给别人家窝里下蛋。大半天我都跟在它屁股后面。黑夜从不出院子，也不往别的鸡堆里钻。它有些孤僻，喜欢在树根下刨虫子吃，有时到墙根晒会儿太阳。我稍不留意，它便不见了。像黑夜一样消失了，剩下一个大白天。

后来我们找到了黑夜筑在柴垛底下的窝，有两米多深。从外面根本看不见，只有小小的一个缝线曲折地通到柴垛最里面。我们抽掉几根柴禾，让小弟钻进去。有一大堆蛋。小弟在里面喊。

鸡一定有人所不知晓的某种智慧。黑夜知道人不可能给它做"一个长梦"的机会，就自己躲起来做。它以自己的方式维护着自己的权利。

母亲让我们把蛋原放了进去，出口伪装成以前的样子。因为这些蛋里已经有红血丝。只有让黑夜再孵一窝黑鸡仔了。

黑夜几乎把她的每个蛋都怜惜地藏起来，孵成了墨黑墨黑的小鸡。母亲不喜欢黑鸡，稍长大些就把它们卖掉了。因为黑鸡能卖到好价，另一方面，我想是母亲不喜欢私自藏蛋坐窝的鸡。家里每年孵几窝小鸡都是母亲做主。到了那个月份，大多数母鸡会抢着坐窝，一天到晚爬在窝里不下来。抢不到鸡窝的便在草垛房顶上围个窝，死死抱住自己的几个蛋，见人走近便叨，有时会飞扑过来啄人的眼睛。鸡一坐窝便不再下蛋。这个时候，母亲就让我们去捉那些坐窝的鸡，用凉水激鸡头。母亲说鸡坐窝是因为没睡醒，母鸡每年这时候要做一个长梦，它梦见些什么人不知道。但我们知道怎样把它弄醒。鸡头往凉水盆里按几次，鸡就马上激醒了，甩几下头，瞪大眼睛，和人惊醒时一模一样。

母鸡坐窝的前一个月，母亲便着手选种蛋。选哪个鸡的蛋不选哪个鸡的蛋也都是母亲做主。母亲喜欢的大白鸡、芦花鸡、黄毛以及黑尾巴的蛋，总是选得最多。母亲不喜欢的黄团、灰毛那些鸡的蛋，她也每只选一两个，到时孵出几个她

做"一个长梦"是每只母鸡的最大心愿。但人为了让母鸡多下蛋而打破它的美梦，只根据自己的标准允许少数母鸡做完自己的梦。

仍然不喜欢的灰毛黄团来。

所有物种都有生生不息的美好愿望及独特方式。对此，人往往视而不见。

哪只鸡都希望自己的蛋能孵成小鸡，而不是被人吃掉。鸡和人一样的，母亲说，即使最难看的灰尾巴，也希望自己的难看尾巴一代一代传下去。

母亲那时已生养了我们七个儿女。母亲要是生蛋，一定生了几大筐了。那些蛋中也只有个别的几个孵成了我们。我们不知道其他更多的没有出生的弟弟妹妹们到哪去了，也许他们从另一个出口走了，我们没等到。

你出生那天你大哥一直站在地窝子门外等。母亲说，你大哥早就嚷着要个弟弟，他一个人太孤单。老大都这样，他先来了，你们都还没到，他就得等。

你大哥和你之间还有一个，也是男孩，没留住。母亲说。

三弟出生时我和大哥一高一矮站在门外等，从晌午吃过饭一直等到天快黑时，三弟出生了。

在老黄梁的地窝子里我们又等来一个弟弟和一个妹妹。其他两个弟妹是在黄沙梁出生的。最后一个弟弟出生时，我们已经兄弟姊妹六个，一挨排站在院子里，等了大半天，听见屋子里传来婴儿哭声，我们全拥进去看。又是个男娃。母亲说，这是最后一个了，再没有了。我们全望着母亲，觉得母亲把什么隐藏了。应该还有。还没有来够。我一直认为我会有许多许多的弟弟妹妹，我都看见他们排着长队从很远处一个接一个地走来，我们站在院子里等。我们栽好多树等他们，养好多家畜等他们，种好多地等他们（每年我们都想着再多种点地，多收些粮食，说不定又要添一口人）。

可是母亲说，再没有了。

在"我"的眼里，母亲生儿育女与母鸡孵小鸡没有二致。

共 同 的 家

为一窝老鼠我们先后养过四五只猫，全是早先一只黑母猫的后代。在我的印象中猫和老鼠早就订好了协议。自从养了猫，许多年间我们家老鼠再没增多，却也始终没彻底消灭，这全是猫故意给老鼠留了生路。老鼠每天夜里牺牲掉两只供猫果腹，猫一吃饱，老鼠便太平了，满屋子闹腾，从猫眼皮底下走过，猫也懒得理识。

我们早就识破猫和老鼠的这种勾当。但也没办法，不能惩罚猫。猫打急了会跑掉，三五天不回家，还得人去找。有时在别人家屋里找见，已经不认你了。不像狗，对它再不好也不会跑到别人家去。

我们一直由着猫，给它许多年时间，去捉那窝老鼠，很少打过它。我们想，猫会慢慢把这个家当成自己家，把家里的东西当成自己的东西去守护。我们期望每个家畜都能把这个院子当成家，跟我们一起和和好好往下过日子。虽然，有

这样的默契所在皆是。想一想，这是共同的家，老鼠和猫都有份啊。

148

时我们不得不把喂了两年的一头猪宰掉，把养了三年的一只羊卖掉，那都是没办法的事。

那头黑猪娃刚买来时就对我们家很不满意。母亲把它拴在后墙根，不留神它便在墙根拱一个坑，样子气哼哼的，像要把房子拱倒似的。要是个外人在我们家后墙根挖坑，我们非和他拼命不可。对这个小猪娃，却只有容忍。每次母亲都拿一个指头细的小树条，在小猪鼻梁上打两下，当着它的面把坑填平、踩瓷实。末了举起树条吓唬一句：再拱墙根打死你。

黄母牛刚买来时也常整坏家里的东西。父亲从邱老二家买它时才一岁半。父亲看上了它，它却没看上父亲，不愿到我们家来。拉着一个劲地后退，还甩头，蹄子刨地向父亲示威。好不容易牵回家，拴在槽上，又踢又叫，独自在那里耍脾气。它用角抵歪过院墙，用屁股蹭翻过牛槽。还踢伤一只白母羊，造成流产。父亲并没因此鞭打它。父亲爱惜它那身光亮的没有一丝鞭痕的皮毛。我们也喜欢它的犟劲，给它喂草饮水时逗着它玩。它一发脾气就赶紧躲开。我们有的是时间等。一个月、两个月，一年、两年，我们总会等到一头牛把我们全当成好人，把这个家认成自己家。有多大劲也再不往院墙牛槽上使。爱护家里

猪知道人对它有所求，所以有恃无恐？人确实对小猪有所求，所以容忍。如果对小猪没有什么欲望，还会如此吗？

人有耐心等待一头牛的回心转意，因为牛对人确实太重要了。

每一样东西,容忍羊羔在它肚子下钻来钻去,鸡在它蹄子边刨虫子吃,有时飞到脊背上啄食草籽。

牛是家里的大牲畜。我们知道养乖一头牛对这个家有多大意义。家里没人时,遇到威胁其他家畜都会跑到牛跟前。羊躲到牛屁股后面,鸡钻到羊肚子底下。狗会抢先迎上去狂吠猛咬。在狗背后,牛怒瞪双眼,扬着利角,像一堵墙一样立在那里。无论进来的是一条野狗、一匹狼、一个不怀好意的陌生人,都无法得逞。

在这个院子里我们让许多素不相识的动物成了亲密一家。<u>我们也曾期望老鼠把这个家当成自己家,饿了到别人家偷粮食,运到我们家来吃。可是做不到。</u>

几个夏天过去后,这个院子比我们刚来时更像个院子。牛圈旁盖了间新羊圈,羊圈顶上是鸡窝。猪圈在东北角上,全用树根垒起来的,与牛羊圈隔着菜窖和柴垛,是我们故意隔开的。牛羊都嫌弃猪。猪粪太臭,猪又爱往烂泥坑里钻,身子脏兮兮的。牛羊都极爱干净。尽管白天猪哼哼唧唧在牛羊间钻来钻去,也看不出牛和羊怎么嫌弃它,更没见羊和猪打过架,但我们还是把它们分开。一来院子东北角正对着荒地,需要把院墙

人的自私性到了对老鼠都有所图的地步。

垒结实。二来我们潜意识中觉得，那个角上应该有谁驻守。猪也许最合适。

经过几个夏天——我记不清经过了几个夏天，无论母亲、大哥、我、弟弟妹妹，还是我们进这个家后买的那些家畜们，都已默认和喜欢上这个院子。我们亲手给它添加了许多内容。除了羊圈，房子东边续盖了两间小房子，一间专门煮猪食，一间盛农具和饲料。院墙几乎重修了一遍，我们进来时有好几处篱笆坏了，到处是大大小小的洞，第一年冬天从雪地上的脚印我们知道，有野兔、狐狸，还有不认识的一种动物进了院子。拆掉重盖，又拆掉垒了三次狗窝。一次垒在院子最里面靠菜地的那棵榆树下，嫌狗咬人不方便，离院门太远，它吠叫着跑过院子时惊得鸡四处乱飞。二次移到大门边，紧靠门墩，狗洞对着院门，结果外人都不敢走近敲门，有事站在路上大嗓子喊。三次又往里移了几米。

人畜成为了一个整体。

这些小活都是我们兄弟几个干。大些的活父亲带我们一块干。父亲早年曾在村里当过一阵小组长，我听有人来找父亲帮忙时，还尊敬地叫他方组长，更多时候大家叫他方老二。

我们跟父亲干活总要闹许多别扭。那时我们对这个院子的历史一无所知，不知道那些角角落落里曾发生过什么事。"不要动那根木头。"父亲大声阻止。我们想把这根歪扭的大榆木挪到墙根，腾出地方来栽一行树。"那个地方不能挖土。""别动那个木桩。"我们隐约觉得那些东西上隐藏着许多事。我们太急于把手伸向院子的每一处，想抹掉那些不属于我们的陈年旧事，却无意中翻出了它们，让早已落定的尘埃重又弥漫在院子。我们挪动那些东西时已经挪动了父亲的记忆。我们把他的往事搅乱了。他很生气。他一生气便气哼哼地蹲到墙根，边抽烟边斜眼瞪我们。在他的乜视里我们小心谨慎干完一件又一件事，照着我们的想法和意愿。

挪动一个东西与挪动一段记忆紧密相连。人的很多无名火其实是有名的，只是一下子说不出，或不方便说。

　　牲畜们比我们更早地适应了一切。它们认下了门：朝路开的大门、东边侧门、菜园门、各自的圈门，知道该进哪个不能进哪个。走远了知道回来，懂得从门进进出出，即使院墙上有个豁口也不随便进出。只有野牲口（我们管别人家的牲口叫野牲口）才从院墙豁口跳进来偷草料吃。经过几个夏天（我总是忘掉冬天，把天热的日子都认成夏天），它们都已经知道了院子里哪些东西不能踩，知道小心地绕过筐、盆子、脱在地上没晾干的土块、农具，知道了各吃各的草，各进各的圈，而不像刚到一起时那样相互争吵。到了秋天院子里堆满黄豆、甜菜、苞谷棒子，羊望着咩咩叫，猪望着直哼哼，都不走近，知道那是人的食物，吃一口就要鼻梁上挨条子。也有胆大的牲畜趁人不注意叼一个苞谷棒子，狗马上追咬过去，夺回来原放在粮堆。

　　一个夜晚我们被狗叫声惊醒，听见有人狠劲顶推院门，门哐哐直响。父亲提马灯出去，我提一根棍跟在后面。对门喊了几声，没人应。父亲打开院门，举灯过去，看见三天前我们卖给沙沟沿张天家的那只黑母羊站在门外，眼角流着泪。

人畜和睦相处的至境。

共同的家　**153**

人畜共居的村庄

有时想想，在黄沙梁做一头驴，也是不错的。只要不年纪轻轻就被人宰掉，拉拉车，吃吃草，亢奋时叫两声，平常的时候就沉默，心怀驴胎，想想眼前嘴前的事儿。只要不懒，一辈子也挨不了几鞭。况且现在机器多了，驴活得比人悠闲，整日在村里村外溜达，调情撒欢。不过，闲得没事对一头驴来说是最最危险的事。好在做了驴就不想这些了，活一日乐一日，这句人话，用在驴身上才再合适不过。

做一头驴比做一个人悠闲。

做一条小虫呢？在黄沙梁的春花秋草间，无忧无虑把自己短暂快乐的一生蹦跶完。虽然只看见漫长岁月悠悠人世间某一年的光景，却也无憾。许多年头都是一样的，麦子青了黄，黄了青，变化的仅仅是人的心境。

做一条虫也无憾。

做一条狗呢？

或者做一棵树，长在村前村后都没关系，只要不开花，不是长得很直，便不会挨斧头。一年

做一棵树死与活都是一番境界。

154

一年地活着，叶落归根，一层又一层，最后埋在自己一生的落叶里，死和活都是一番境界。

如此看来，在黄沙梁做一个人，倒是件极普通平凡的事。大不必因为你是人就趾高气扬，是狗就垂头丧气。在黄沙梁，每个人都是名人，每个人都默默无闻。每个牲口也一样，就这么小小的一个村庄，谁还能不认识谁呢？谁和谁多少不发生点关系，人也罢，牲口也罢。

你敢说张三家的狗不认识你李四。它只是叫不上你的名字——它的叫声中有一句可能就是叫你的，只是你听不懂。也从不想去弄懂一头驴子，见面更懒得抬头和它打招呼。可那驴却一直惦记着你，那年它在你家地头吃草，挨过你一锨。好狠毒的一锨，你硬是让这头爱面子的驴死后不能留一张完整的好皮。这么多年它一直在瞅机会给你一蹄子呢。还有路边泥塘中的那两头猪，一上午哼哼叽叽，你敢保证它不是在议论你们家的事。猪夜夜卧在窗根，你家啥事它不清楚？

对于黄沙梁，其实你不比一只盘旋其上的鹰看得全面，也不会比一匹老马更熟悉它的路。人和牲畜相处几千年，竟没找到一种共同语言，有朝一日坐下来好好谈谈。想必牲口肯定有许多话

做一个人也没有什么了不起，是一件极平凡的事。与驴、虫、树一样平凡。

人并不比其他生命更有发言权。只是人总是以自大的方式向其他生命发言。

要对人说，尤其人之间的是是非非，牲口肯定比人看得清楚。而人，除了要告诉牲口"你必须顺从"外，肯定再不愿与牲口多说半句。

人畜共居在一个小小村庄里，人出生时牲口也出世，傍晚人回家牲口也归圈。弯曲的黄土路上，不是人跟着牲口走便是牲口跟着人走。

人踩起的尘土落在牲口身上。

牲口踩起的尘土落在人身上。

家和牲口棚是一样的土房，墙连墙，窗挨窗。人忙急了会不小心钻进牲口棚，牲口也会偶尔装糊涂走进人的居室。看上去似亲戚如邻居，却又根本不是那么回事，日子久了难免会认成一种动物。

人的身上其实综合着其他生命的重要特征。

比如你的腰上总有股用不完的牛劲。你走路的架势像头公牛，腿叉得很开，走路一摇三摆。你的嗓音中常出现狗叫鸡鸣。别人叫你"瘦狗"是因为你确实不像瘦马、瘦骡子。多少年来你用半匹马的力气和女人生活和爱情。你的女人，是只老鸟了还那样依人。

数年前一个冬天，你觉得有一匹马在某个黑暗角落盯你。你有点怕，它做了一辈子牲口，是不是后悔了，开始揣摩人。那时你的孤独和无助确实被一匹马看见了。周围的人，却总以为你是快乐的，像一只无忧无虑的夏虫，一头乐不知死的驴子、猪……

其实这些活物，都是从人的灵魂里跑出来的。它们没有走远，永远和人待在一起，让人从这些动物身上看清自己。

而人的灵魂中，其实还有一大群惊世的巨兽被禁锢着，如藏龙如伏虎。它们从未像狗一样咬脱锁链，跑出人的心宅肺院。偶尔跑出来，也会被人当疯狗打了，消灭了。

在人心中活着的，必是些巨蟒大禽。

在人身边活下来的，却只有这群温顺之物了。

人把它们叫牲口，不知道它们把人叫啥。

"人畜共居"在村庄，畜是人的镜子；"人兽共居"在人的灵府，兽将人践踏。

第四单元　风把人刮歪

　　能把"风"的形象描述得如此生动，如此有风度、有神韵；把"风"的出神入化呈现得如此清晰，如此有层次、有节奏；把"风"的力量表现得如此无可抵御，如此深入骨髓、抵达命运的最深处，似乎只有刘亮程做到了。

　　阅读本单元既要把"风"看作自然的风，也要充分注意"风"的象征性，领会"风"的不同意义。

风把人刮歪

这里的风既可实指自然界的风，也可虚指社会上的风。

无形的风在想象中有形了，且极生动，风发出的恐怖怪叫如在耳边。

刮了一夜大风。我在半夜被风喊醒。风在草棚和麦垛上发出恐怖的怪叫，像女人不舒畅的哭喊。这些突兀地出现在荒野中的草棚麦垛，绊住了风的腿，扯住了风的衣裳，缠住了风的头发，让它追不上前面的风。她撕扯，哭喊，喊得满天地都是风声。

我把头伸出草棚，黑暗中隐约有几件东西在地上滚动，滚得极快，一晃就不见了。是风把麦捆刮走了。我不清楚刮走了多少，也只能看着它刮走。我比一捆麦子大不了多少，一出去可能就找不见自己了。风朝着村子那边刮。如果风不在中途拐弯，一捆一捆的麦子会在风中跑回村子。明早村人醒来，看见一捆捆麦子躲在墙根，像回来的家畜一样。

每年都有几场大风经过村庄。风把人刮歪，又把歪长的树刮直。风从不同方向来，人和草木，往哪边斜不由自主。能做到的只是在每一场风后,把自己扶直。一棵树在各种各样的风中变得扭曲,古里古怪。你几乎可以看出它沧桑躯干上的哪个弯是南风吹的,哪个拐是北风刮的。但它最终高大粗壮地立在土地上,无论南风、北风都无力动摇它。

我们村边就有几棵这样的大树,村里也有几个这样的人。我太年轻,根扎得不深,躯干也不结实。担心自己会被一场大风刮跑,像一棵草一片树叶,随风千里,飘落到一个陌生地方。也不管你喜不喜欢,愿不愿意,风把你一扔就不见了。你没地方去找风的麻烦,刮风的时候满世界都是风,风一停就只剩下空气。天空若无其事,大地也像什么都没发生。只有你的命运被改变了,莫名其妙地落在另一个地方。你只好等另一场相反的风把自己刮回去。可能一等多年,再没有一场能刮起你的大风。你在等待飞翔的时间里不情愿地长大,变得沉重无比。

去年,我在一场东风中,看见很久以前从我们家榆树上刮走的一片树叶,又从远处刮回来。它在空中翻了几个跟头,摇摇晃晃地落到窗台上。那场风刚好在我们村里停住,像是猛然刹住了车。许多东西从天上往下掉,有纸片——写字的和没写字的纸片、布条、头发和毛,更多的是

遭遇哪个方向的风,就得往哪边斜。能不能在风后扶直自己,取决于风的轻重和人自身抵御能力的大小。

如果你不知道大风要来了,更不知道风来自哪个方向,遭遇一场风就成了必然。你就可能被莫名其妙地吹到某一个地方了。因此,预测有没有风、风来自哪个方向,是生活中非常重要的事。否则,你就可能身受风害。

树叶。我在纷纷下落的东西中认出了我们家榆树上的一片树叶。我赶忙抓住它，平放在手中。这片叶的边缘已有几处损伤，原先背阴的一面被晒得有些发白——它在什么地方经受了什么样的阳光。另一面粘着些褐黄的黏土。我不知道它被刮了多远又被另一场风刮回来，一路上经过了多少地方，这些地方都是我从没去过的。它飘回来了，这是极少数的一片叶子。

风是空气在跑。一场风一过，一个地方原有的空气便跑光了，有些气味再闻不到，有些东西再看不到——昨天弥漫村巷的谁家炒菜的肉香、下午晾在树上忘收的一块布、早上放在窗台上写着几句话的一张纸。风把一个村庄酝酿许久的、被一村人吸进呼出弄出特殊味道的一窝子空气，整个地搬运到百里千里外的另一个地方。

一场风总会带来一些新的东西。这些新东西会让你不适应，但熟悉了之后也就顺眼了，甚至为我所用了。

每一场风后，都会有几朵我们不认识的云，停留在村庄上头，模样怪怪的，颜色生生的，弄不清啥意思。短期内如果没风，这几朵云就会一动不动赖在头顶，不管我们喜不喜欢。我们看顺眼的云，在风中跑得一朵都找不见。

风一过，人忙起来，很少有空看天。偶尔看几眼，也能看顺眼，把它认成我们村的云，天热了盼它遮遮阳，地旱了盼它下点雨。地果真就旱了，一两个月没水，庄稼一片片蔫了。头顶的几朵云，在村人苦苦的期盼中果真有了些雨意，颜色由雪白变铅灰再变墨黑。眼看要降雨了，突然一阵北风，这些饱含雨水的云跌跌撞撞，飞速地离开村庄，在荒无人烟的南梁上，哗啦啦下了一夜雨。

我们望着头顶腾空的晴朗天空，骂着那些养不乖的野云。第二天全村人开会，做了一个严厉的决定：以后不管南来北往的云，一律不让它在我们村庄上头停，让云远远滚蛋。我们不再指望天上的水，我们要挖一条穿越戈壁的长渠。

那一年村长是胡木，我太年轻，整日缩着头，等待机会来临。

我在一场南风中闻见浓浓的鱼腥味。遥想某个海边渔村，一张大网罩着海，所有的鱼被网上岸，堆满沙滩。海风吹走鱼腥，鱼被留下来。

另一场风中我闻见一群女人成熟的气息，想到一个又一个的鲜美女子，在离我很远处长大成熟，然后老去。

各种各样的风经过了村庄。屋顶上的土，吹光几次，住在房子里的人也记不清楚。无论南墙、北墙、东墙、西墙都被风吹旧，也都似乎为一户户的村人挡住了南来北往的风。有些人不见

这荒唐的背后有着极真实的生活。

很多年来，人们吃了不知多少这样的亏：人们听信一场场风的大言、空言，结果挨饥受冻。之后，人们逐渐明白，浇庄稼的水还得自己去引，那一场风刮来的缥缈的云是不可靠的。

了，更多的人留下来。

什么留住了他们？

什么留住了我？

什么留住了风中的麦垛？

如果所有粮食在风中跑光，所有的村人，会不会在风停之后远走他乡，留一座空荡荡的村庄。

早晨我看见被风刮跑的麦捆，在半里外，被几棵铃铛刺拦住。

这些一墩一墩，长在地边上的铃铛刺，多少次挡住我们的路，挂烂手和衣服，也曾多少次被我们的镢头连根挖除，堆在一起一把火烧掉。可是第二年它们又出现在那里。

我们不清楚铃铛刺长在大地上有啥用处。它浑身的小小尖刺，让企图吃它的嘴、折它的手和践它的蹄远离之后，就闲闲地端扎着，刺天空，刺云，刺空气和风。现在它抱住了我们的麦捆，没让它在风中跑远。我第一次对铃铛刺深怀感激。

也许我们周围的许多东西，都是我们生活的一部分、生命的一部分，关键时刻挽留住我们。一株草、一棵树、一片云、一只小虫……它替匆忙的我们在土中扎根，在空中驻足，在风中浅唱……

　　任何一株草的死亡都是人的死亡。

　　任何一棵树的夭折都是人的夭折。

　　任何一粒虫的鸣叫也是人的鸣叫。

它们使人有了根，有了天地，有了精、气、神。因此，它们的死亡就是人的死亡。

风改变了所有人的一生

人的一生注定在风中。春风沐浴，夏风熏染，秋风梳理，冬风冰冻。走过四季，就是行走在风中，也就注定被风所塑。

冬天，牛站在雪野中过夜，一两头或几十头，全头朝西。风吹过牛头，在牛角尖上吹出日日声。风经过牛头、脖子、脊背到达牛后腿时，已经有了些暖意，不很刺骨，在牛后裆里打着旋儿。牛用整个躯体为自己的一个部位抵挡寒冷，就像人用两只手捂着耳朵。

如果秋天，发情季节，牛站在旷野里，屁股朝东，风在张开的牛水门上吹出呜呜咽咽的啸声，公牛鼻子对在风中，老远就能闻见母牛的气息，听见风刮过母牛的呜咽声。听见了就会直奔过来，不管多远，路多泥泞难行，公牛的阴囊在奔跑中飘荡起来，左摆右摆，像一架突然活起来的钟——我知道牛每年一次的那个幸福时辰又到了。

这时候我会看见父亲的嘴朝下风那边歪。他的嘴闭不紧，风把一边的腮帮子鼓起来，像含了一口粮食。父亲用一只手干活，一只手按住头上的帽子。我们是他的另一只手，往圈里拉牛、草垛上压木头。一刮风我就把帽子脱掉，放在地上拿个土块压住。父亲从来不脱帽子，再大的风也不脱，他不让风随便刮他的头。也不让太阳随便晒他的头。他一年四季戴着帽子，冬天戴一顶黑羊皮帽子，夏天戴一顶蓝布帽子。父亲太爱惜自己的头，早晨洗脸时总是连头一起洗了，擦干后很端正地戴上帽子，整个白天再不会动。别人跟他开玩笑时动什么地方都行，就是不允许动头，一动头他就生气。父亲用整个身体维护着一颗头。我们还在成长中，不知道身体的哪个部位应该特别器重。成长是一个自己不知道的秘密过程，我们不清楚自己已经长成了什么样子。身体的一些部位先长大了，一些部位静悄悄地待在那里发愣。生命像一场风，我们不知道刮过一个人的这场风什么时候停，不知道风在人的生命中已经刮歪几棵树，吹倒几堵墙。

（人在不自知中长大。常自以为成熟，其实还很嫩；自以为挺直，其实早被某股风吹歪；自以为健康，其实早已落下病根……）

我只看见风经过村庄时变成了一股子一股子。从墙洞钻过的风，过道窜过的风，牛肚子底下跑过的风，都有了形。

在风中叉开腿跳个蹦子，落下时就像骑在一条跑狗身上，顺风窜出去几米。大人们不让孩子玩这个游戏。"刮风时把腿夹紧。"他们总用这句是一场场风，把人带走，远离家门。此时人们总是得意忘形。当风定之后，发现回家的路很长很长，甚至不辨方向。于是，人在寻找失落的家园时，找回了自己。而此时，人多已步入暮年，满脸沧桑。人的悲剧性，就在于他不经历这样的沧桑，就不能真正明白何为人生。

话吓唬人。孩子们一玩起来就没尽头，一个蹦子一个蹦子地跳下去，全忘了身后渐渐远去的村子，忘了渐渐昏黄的天色。孩子们顺风跑起来时会突然想起来自己会飞，翅膀就在想起自己会飞的一瞬间长出来，一纵身几里，一展翅几百里。旷野盛得下人一生的奔跑和飞行。人最远走到自己的尽头。而旷野无垠。知道回家时家已丢得没影了。回过头全是顶风，或者风已停。人突然忘记了飞，脚落在地上，挪一步半尺，走一天才几十里。迷失在千里外的人，若能辨出顺风飘来的自己家的一丝一缕炊烟，便能牵着它一直回到家里。人在回家的路上一步步长成大人，出门时是个孩子，回到家已成老人。风改变了所有人的一生。我们都不知道风改变了所有人的一生。我们长大、长老，然后死去，刮过村庄的一场风还没有停。

寒 风 吹 彻

　　雪落在那些年雪落过的地方，我已经不注意它们了。比落雪更重要的事情开始降临到生活中。30岁的我，似乎对这个冬天的来临漠不关心，却又好像一直在倾听落雪的声音，期待着又一场雪悄无声息地覆盖村庄和田野。

　　我静坐在屋子里，火炉上烤着几片馍馍，一小碟咸菜放在炉旁的木凳上，屋里光线暗淡。许久以后我还记起我在这样的一个雪天，围抱火炉，吃咸菜啃馍馍想着一些人和事情，想得深远而入神。柴禾在炉中啪啪地燃烧着，炉火通红，我的手和脸都烤得发烫了，脊背却依旧凉飕飕的。寒风正从我看不见的一道门缝吹进来。冬天又一次来到村里，来到我的家。我把怕冻的东西一一搬进屋子，糊好窗户，挂上去年冬天的棉门帘，寒风还是进来了。它比我更熟悉墙上的每一道细微裂缝。

　　就在前一天，我似乎已经预感到大雪来临。

我劈好足够烧半个月的柴禾，整齐地码在窗台下。把院子扫得干干净净，无意中像在迎接一位久违的贵宾——把生活中的一些事情扫到一边，腾出干净的一片地方来让雪落下。下午我还走出村子，到田野里转了一圈。我没顾上割回来的一地葵花秆，将在大雪中站一个冬天。每年下雪之前，都会发现有一两件顾不上干完的事而被搁一个冬天。冬天，有多少人放下一年的事情，像我一样用自己那只冰手，从头到尾地抚摸自己的一生。

屋子里更暗了，我看不见雪。但我知道雪在落，漫天地落。落在房顶和柴垛上，落在扫干净的院子里，落在远远近近的路上。我要等雪落定了再出去。我再不像以往，每逢第一场雪，都会怀着莫名的兴奋，站在屋檐下观看好一阵，或光着头钻进大雪中，好像有意要让雪知道世上有我这样一个人，却不知道寒冷早已盯住了自己活蹦乱跳的年轻生命。

年轻人不会想到什么后果，用热情去拥抱一场雪。而一个生命的热情是无法抵消巨大的寒冷对生命的伤害的。

经过许多个冬天之后，我才渐渐明白自己再躲不过雪，无论我蜷缩在屋子里，还是远在冬天的另一个地方，纷纷扬扬的雪，都会落在我正经历的一段岁月里。当一个人的岁月像荒野一样敞开时，他便再无法照管好自己。

就像现在，我紧围着火炉，努力想烤热自己。我的一根骨头，却露在屋外的寒风中，隐隐作痛。那是我多年前冻坏的一根骨头，我再不能像捡一根牛骨头一样，把它捡回到火炉旁烤热。它永远地冻坏在那段天亮前的雪路上了。

那个冬天我 14 岁，赶着牛车去沙漠里拉柴禾。那时一村人都是靠长在沙漠里的一种叫梭梭的灌木取暖过冬。因为不断砍挖，有柴禾的地方越来越远。往往要用一天半夜时间才能拉回一车柴禾。每次去拉柴禾，都是母亲半夜起来做好饭，装好水和馍馍，然后叫醒我。有时父亲也会起来帮我套好车。我对寒冷的认识是从那些夜晚开始的。

牛车一走出村子，寒冷便从四面八方拥围而来，把你从家里带出的那点温暖搜刮得一干二净，让你浑身上下只剩下寒冷。

那个夜晚并不比其他夜晚更冷。

只是我一个人赶着牛车进沙漠。以往牛车一出村，就会听到远远近近的雪路上其他牛车的走动声，赶车人隐约的吆喝声。只要紧赶一阵路，便会追上一辆、或好几辆去拉柴的牛车，一长串，缓行在铅灰色的冬夜里。那种夜晚天再冷也不觉得。因为寒风在吹好几个人，同村的、邻村

"我"这根骨头早年在雪天被冻坏。冻坏的骨头无法再暖过来。但年轻的生命不会听从这样的忠告，只有当他用不自觉的实践检验后，才会感叹过来人的真诚。

的、认识和不认识的好几架牛车在这条夜路上抵挡着寒冷。

而这次，一夜的寒风吹着我一个人。似乎寒冷把其他一切都收拾掉了。现在全部地对付我。

我披着羊皮大衣，一动不动爬在牛车里，不敢大声吆喝牛，免得让更多的寒冷发现我。从那个夜晚我懂得了隐藏温暖——在凛冽的寒风中，身体中那点温暖正一步步退守到一个隐秘的连我自己都难以找到的深远处——我把这点隐深的温暖节俭地用于此后多年的爱情和生活。我的亲人们说我是个很冷的人，不是的，我把仅有的温暖全给了你们。

许多年后有一股寒风，从我自以为火热温暖的从未被寒冷浸入的内心深处阵阵袭来时，我才发现穿再厚的棉衣也没用了。生命本身有一个冬天，它已经来临。

天亮后，牛车终于到达有柴禾的地方。我的一条腿却被冻僵了，失去了感觉。我试探着用另一条腿跳下车，拄着一根柴禾棒活动了一阵，又点了一堆火烤了一会儿，勉强可以行走了，腿上的一块骨头却生疼起来，是我从未体验过的一种疼，像一根根针刺在骨头上又狠命往骨髓里钻——这种疼感一直延续到以后所有的冬天以及

最重要的经验多是来自刻骨铭心的苦难。

生命的冬天来临时，一切抵御特别是外在的抵御都无济于事。所以，应当在此之前，做更多的防御。为生命御寒。

夏季里阴冷的日子。

太阳落地时，我装着半车柴禾回到家里，父亲一见就问我：怎么拉了这点柴？不够两天烧的。我没吭声。也没向家里说腿冻坏的事。

我想很快会暖和过来。

那个冬天要是稍短些，家里的火炉要是稍旺些，我要是稍把这条腿当回事些，或许我能暖和过来。可是现在不行了。隔着多少个季节，今夜的我，围抱火炉，再也暖不热那个遥远冬天的我，那个在上学路上不慎掉进冰窟窿，浑身是冰往回跑的我，那个跺着冻僵的双脚，捂着耳朵在一扇门外焦急等待的我……我再不能把他们唤回到这个温暖的火炉旁。我准备了许多柴禾，是准备给这个冬天的。我才 30 岁，肯定能走过冬天。

"当回事"，把炉火烧"旺"，冬天就会"短些"。这样，虽然不能阻挡生命冬天的最后来临，但一定可以延缓生命冬天的脚步。

但在我周围，肯定有个别人不能像我一样度过冬天。他们被留住了。冬天总是一年一年地弄冷一个人，先是一条腿、一块骨头、一副表情、一种心境……尔后整个人生。

这是每个人都可能遇到的事。明白了这一点，就更应当谨慎地对待每一个冬天。

我曾在一个寒冷的早晨，把一个浑身结满冰霜的路人让进屋子，给他倒了一杯热茶。那是个上了年纪的人，身上带着许多个冬天的寒冷，当他坐在我的火炉旁时，炉火须臾间变得苍白。我没有问他的名字，在火炉的另一边，我感觉到迎面逼来的一个老人的透骨寒气。

他一句话不说。我想他的话肯定全冻硬了，得过一阵才能化开。

大约坐了半个时辰，他站起来，朝我点了一下头，开门走了。我以为他暖和过来了。

第二天下午，听人说村西边冻死了一个人。我跑过去，看见这个上了年纪的人躺在路边，半边脸埋在雪中。

我第一次看到一个人被冻死。

我不敢相信他已经死了。他的生命中肯定还深藏着一点温暖，只是我们看不见。一个人最后的微弱挣扎我们看不见，呼唤和呻吟我们听不见。

我们认为他死了。彻底地冻僵了。

他的身上怎么能留住一点点温暖呢？靠什么去留住？他的烂了几个洞、棉花露在外面的旧棉衣？底磨得快通、一边帮已经脱落的那双鞋？还有他的比多少个冬天加起来还要寒冷的心境……

落在一个人一生中的雪，我们不能全部看见。每个人都在自己的生命中，孤独地过冬。我们帮不了谁。我的一小炉火，对这个贫寒一生的人来说，显然微不足道。他的寒冷太巨大。

我有一个姑妈，住在河那边的村庄里，许多

每个人都会在孤独中走向生命的终点。这也是一种必然。但智者直面寒风，并冷静地应对寒风。人们或许真的不能摆脱这种孤独，不能抵御这种寒风，但相爱的人永远在孤独与寒风中并肩前行。这也就是生而为人的伟大。《寒风吹彻》也正是以一种对生命的深情抚摸表达作家对生命的极大敬意；携此对生命的吟唱与所有的生命并肩前行。

年前的那些个冬天，我们兄弟几个常手牵手走过封冻的玛河去看望她。每次临别前，姑妈总要说一句：天热了让你妈过来喧喧。

姑妈年老多病，她总担心自己过不了冬天。天一冷她便足不出户，偎在一间矮土屋里，抱着火炉，等待春天来临。

一个人老的时候，是那么渴望春天来临。尽管春天来了她没有一片要抽芽的叶子，没有半瓣要开放的花朵。春天只是来到大地上，来到别人的生命中。但她还是渴望春天，她害怕寒冷。

我一直没有忘记姑妈的这句话，也不止一次地把它转告给母亲。母亲只是望望我，又忙着做她的活。母亲不是一个人在过冬，她有五六个没长大的孩子，她要拉扯着他们度过冬天，不让一个孩子受冷。她和姑妈一样期盼着春天。

……天热了，母亲会带着我们，蹚过河，到对岸的村子里看望姑妈。姑妈也会走出蜗居一冬的土屋，在院子里晒着暖暖的太阳和我们说说笑笑……多少年过去了，我们一直没有等到这个春天。好像姑妈那句话中的"天"一直没有热。

姑妈死在几年后的一个冬天。我回家过年，记得是大年初四，我陪着母亲沿一条即将解冻的马路往回走。母亲在那段路上告诉我姑妈去世的事。她说："你姑妈死掉了。"

母亲说得那么平淡，像在说一件跟死亡无关的事情。

"怎么死的?"我似乎问得更平淡。

母亲没有直接回答我。她只是说："你大哥和你弟弟过去帮助料理了后事。"

此后的好一阵，我们再没说这事，只顾静静地走路。快到家门口时，母亲说了句：天热了。

我抬头看了看母亲，她的身上正冒着热气，或许是走路的缘故，不过天气真的转热了。对母亲来说，这个冬天已经过去了。

"天热了过来喧喧。"我又想起姑妈的这句话。这个春天再不属于姑妈了。她熬过了许多个冬天还是被这个冬天留住了。我想起爷爷奶奶也是分别死在几年前的冬天。母亲还活着。我们在世上的亲人会越来越少。我告诉自己，不管天冷天热，我们都常过来和母亲坐坐。

母亲拉扯大她的七个儿女。她老了。我们长高长大的七个儿女，或许能为母亲挡住一丝的寒冷。每当儿女们回到家里，母亲都会特别高兴，家里也顿时平添热闹的气氛。

但母亲斑白的双鬓分明让我感到她一个人的冬天已经来临，那些雪开始不退、冰霜开始不融

母亲平淡的语调中，透露着她对死亡的理解。死，没有什么大惊小怪的。当生命的大限来临时，就当视死如归。

这是一个生命对另一个生命的许诺。

这是一个生命对另一个生命的敬意。

化——无论春天来了，还是儿女们的孝心和温暖
备至。

隔着30年的人生距离，我感受着母亲独自
在冬天的透心寒冷。我无能为力。

雪越下越大。天彻底黑透了。

我围抱着火炉，烤热漫长一生的一个时刻。
我知道这一时刻之外，我其余的岁月，我的亲人
们的岁月，远在屋外的大雪中，被寒风吹彻。

对寒风保持清醒的意识，才能使自己体会到生存的时间性、真实性与独一无二性，才能迫使自己珍惜生活并积极地筹划生活。

只 剩 下 风

我想听见风从很远处刮来的声音，听见树叶和草屑撞到墙上的声音，听见那根拴牛的榆木桩直戳戳划破天空的声音。

什么都没有。

只有空气，空空地跑过去。像黑暗中没有偷到东西的一个贼。

西边韩三家院子只剩下几堵破墙，东边李家的房子倒塌在乱草里，风从荒野到荒野，穿过我们家空荡荡的院子。再没有那扇一开一合的院门，像个笨人掰着手指一下一下地数着风。再没有圈棚上的高高草垛，让每一场风都撕走一些、再撕走一些，把呜呜的撕草声留在夜里。

风刮开院门时一种声音，父亲夜里起来去顶住院门时又是另一种声音——风被挡住了。风在院门外喊，像我们家的一个人回来晚了，进不了门。我们在它的喊声里醒来，听见院门又一次被刮开，听见风呼呼地鼓满院子，顶门的歪木棍扑

腾倒在地上，然后一声不吭。它是歪的，滚
不动。

我一直清楚地记得父亲在深夜走过院子的情
景，记得风吹刮他衣服的声音。他或许躬着腰，
一手按着头上的帽子，一手捂着衣襟，去关风刮
开的院门。刮风的夜晚我们都不敢出去，或者装
睡不愿出去。躺在炕上，我们听见父亲在院子里
走动，听见他的脚步被风刮起来，像树叶一样一
片接一片飘远。

那样的夜晚我总有一种隐隐的担心。门大敞
着。我总是害怕父亲会顶着风走出院门，走过马
路，穿过路那边韩三家的院子，一直走进西边的
荒野里，再不回来。

许多年前，我的先父就是在这样一个深夜
（深得都快看见曙色了），独自从炕上坐起来，穿
好衣裳出去，再没有回来。那时我太小了，竟没
听见他开门关门的声音，没听见他走过窗口的脚
步和轻微的一两声咳嗽。或许我听见了。肯定听
见了，只是我还不能从我的记忆里认出它们。

那时候，一刮风我便能听见远远近近的各种
声音。地下密密麻麻的树根将大地连接在一起，
树根之间又有更密麻的草根网在一起，连树叶也
都相连着，刮风时一片叶子一动，很快碰动另一

片，另一片又碰动一片，一会儿工夫，百里千里外的树叶像骨牌一样全哗啦啦动起来。那时我耳朵贴在黄沙梁任何一棵树根上，就能听见百里外的另一棵树下的动静。那时我随便守住一件东西，就有可能知道全部。

可是现在不行了，什么都没有了。大树被砍光，树根朽在地里。草成片枯死。土地龟裂成一块一块的。能够让我感知大地声息的那些事物消失了，只剩下风，它已经没有内容。

虽然也栽了些树，一排一排地立在渠边地头，但那些树的根连在一起不知要多少年时间。它们一个不认识一个。那些从别处移来的树，首先不认识这块地，树根一埋进土里便迷路了。不像以前那些树，根扎得又深又远，自己在土层中找到水和养分。现在的树都要人引水去浇，不然就渴死了。

生命与生命间的感应，来自生命间的尊重与理解。

这两节与上一节形成对比，突出"我"的失落与感伤，隐约传达出对今天的人漠视生命的批判。

第五单元　住多久才算是家

"家"是什么？"家"在哪里？

家园、乡愁，几乎是中国文学中一个永恒的主题，但古今作品中很少有像"住多久才算是家"这样细腻感知"家"的作品。重要的原因是，"住多久才算是家"这一组文章是以体验的方式呈现"家"的生命气息的，而其他作品多是以说明、描述的方式言说对家的思念、怀念。

作家以细腻的笔调呈现了对"一条土路""一截土墙""一个洼地""一缕炊烟""一棵榆树""一顿晚饭"……的敏锐的感知，"家"的气息扑面而来。

一 条 土 路

每个村庄都用一条土路与外面世界保持着坑坑洼洼的单线联系，其余的路只通向自己。

每个村庄都很孤独。

他们把路走成这个样子，他们想咋走就咋走。咋走也走不到哪里。人的去处也是一只鸡、一头驴、一只山羊的去处。这条土路上没有先行者，谁走到最后谁就是幸福的。谁也走不到最后。

磨掉多少代生灵，路上才能起一层薄薄的溏土。人的影子一晃就不见了，生命像根没咋用便短得抓不住的铅笔。这些总能走到头的路，让人的一辈子变得多么狭促而具体。

走上这条路你就马上明白——你来到一个地方了。这些地方在一辈子里等着，你来不来它都不会在乎的。

一个早晨你看见路旁的树绿了，一个早晨叶子黄落。又一个早晨你没有抬头——你感到季节

一条土路通向一个村庄，一个村庄由一条土路与外界联系着。这是农耕时代的典型村落。它的特征是与外界的信息传递极其缓慢，甚至没有传递。在这样的村落，人、鸡、驴、羊享有同一生活节律。

的分量了。

人四处奔走时季节经过了村庄。

季节不是从路上来的。

路上的生灵总想等来季节。

这条路就这般犹犹豫豫，九曲回肠，走到头还觉得远着呢。这条路永远不会伸直。一旦伸直路会在目的地之外长出一截子。这截子是无处交代的。

谁也不能取消一段路。谁也不能把一条路上的生灵赶上另一条路。

这些远离大道的乡村小路形成另一种走势。

这些目的明确的路，使人的空茫一生变得有理可依。他看到更加真实的、离得不远的一些去处，日复一日消磨着人的远足。

这些路的归宿或许让你失望呢。

它们通向牛圈、马棚、独门孤院的一户人家、一块地、一坑水、一片麦场、一圈简陋茅厕……

——这些枝枝杈杈的土路结出不属于其他人的果实。

要是通到了别处肯定会让更多生灵失望呢。

今天，时代正把一条路上的生灵赶上另一条路。那条古老的乡村土路只能保留在作家的记忆中，或者保留在他的精神世界中。时代的不可逆转性，使作家的精神抢救产生了伤感的诗意。

闭着眼睛走路

文章对"闭着眼睛走路"充满羡慕，表明作家对这种古老乡村生活的留恋。

人离开了这里，但目光留下了，心留下了。

"那是谁家的牛圈，盖到路上也没有人管。"

闭上眼我又看见那堵墙，它挡住了我。以前这条路直直穿过村子，那是给西北风留的路。我们留不住不敢留的东西，留一条路让它快快过去。也是给声音留的路，在村那头喊一声，这头很快就会有人应。到了七八月，拉草拉麦捆的车一天不停地走来走去，路又压下去一尺。离开黄沙梁时我把目光留在了这里，它夜夜从我不知道的某个视角看见我和我正经历的一切。有时它像一阵风混混沌沌地刮过村子中间的马路，我看见卷起的土和叶子，看见赶着牛车的我，低着头，满身尘土地往北走，去拉早已拉回来的一车麦子。有时它悄无声息跟在月光里，让我看见，洒满银辉的房顶、树梢、树影下农具零乱的院子、坐在墙根握一把草神情茫然的那一年的我。有时它闭上了，我来到完全陌生的地方，看见事物在灰暗中没被看见时的样子。

184

冯三面朝东墙侧躺着，我面朝他的脊背躺着，有好一阵，我盯着他的背影。冯三躬着腰，曲着腿，像是暗暗地朝我不知道的一个地方走，我跟着他，也躬着腰，曲着腿。

冯三与"我"确实不在一条道上走。冯三还生活在古老的乡村，"我"却早已离开。

多少年后我会从后面的那堵墙上，看见此时此刻的情景。我弥留在西墙上的一束目光，会在那时回望过来，让我看见，断崖一样的半截土炕上侧睡的两个男人，一前一后，全躬着腰，曲着腿，那时我会在已经淡旧的夜色里，看见他们最后走到哪里。

按说路上不能盖房子。冯三说。那些脚印会在夜里醒过来。在旧庄子的时候，韩老大家经常闹鬼。那时韩老大还小，他爷爷当家，也算大户人家，老少二十来口人。天不怕地不怕，没人敢惹。可是一到晚上一家人便吓得要命，挤在东头一间房子里，整夜不敢睡着。

这类故事有乡村的精魂。乡村借这类的故事维系着、承传着。没有这类故事的乡村留不住人心。今天我们无法证明它的有无，但完全可以想象，随着时代的推进，随着古老乡村的消亡，这类故事也会逐渐消亡。

夜里只要月亮一出来，韩老大家顶西头的房子里就会响起人马走动的声音，彻夜不宁。月亮特亮时，还能看见大队人马的影子，来来回回，从前墙出来，走进后墙里，又从后墙走回来，好像永远走不完。后来请风水先生看了，才知道这间房子盖在一条废弃的老路上了。

韩家听了风水先生的话把那间房子拆了，院

墙也往东挪了几里，把占了的路整平，烧香点纸，一家人跪在一旁连连磕头求路上的魂灵原谅，那以后就再没闹过鬼。

一条路走到老时，路上走掉的人已经太多了。但脚印走不掉。脚印是人身上落下的叶子，它离开人体独自在时间里飘零。越飘越远，越飘越静。

有一段老路扔在这个地方，像埋在土里的一截绳子，我们不知道它从哪伸过来，又伸向了哪里。我们只知道那些脚印在有月光的夜里醒过来，一层一层的脚印在尘土里飘动。可能很多很多从这条路上走掉的人，在远处回忆往事，也可能许多许多脚在梦中又踏上了这条路。

这个村子多少年来只盖了一间新房子，就是那个牛圈，大半截坐在路上。

开始人也觉得气，走了几十年的马路上，突然冒出个牛圈，人和牲口不留意就撞到墙上。你知道那些活干累的人，傍晚收工都闭着眼走回来，边走边丢盹。

没过多久就没有人和牲口撞墙了。瞎子走到这一步也知道拐弯了。地宽着呢，谁能把谁挡住，这不，绕几步都过去了，人、牲口。

再说，都想着过几年就走。都在将就。都不

"醒过来"的其实是那些曾经留下脚印的人。

在乎了。连人家张三都不在乎，为了图省事把牛圈盖在路上，也不怕半夜闹鬼，别人还在乎啥呢？

冯三转过身，我跟着转过身。平躺在房顶下的两个人，就像两只埋没的黑脚印。我和冯三的对话像两条腿从脚印上长出来，直插夜空。在高远处，汇成一个人的身躯、手臂、头和星光一般迷茫的眼睛。这个不存在的巨人，在漆黑的夜空里孤独地迈动了步子。

我知道那些活干累的人、没干活精神十足的人，全低着头、半闭着眼走路。

清早下地时人还在睡梦里，迷迷糊糊抓一把锨。那时天没全亮，人也半醒。傍晚收工时人已经很困，最后几锨活仿佛挖在梦里，夜色涌起，跟在身后的牛也打着盹，一层一层的尘土落在身上，像盖了层棉被一样。

20 年前，我就走在那些丢盹的人前面收工回家，跟在那些半醒半睡的人后面下地。我知道他们彻底熟悉这个地方了。再没啥可看的，路上几个坑几个坎都一清二楚。地里从不会长出让人不认识的作物，除了田野上每年丢掉几棵树，失踪一两片草。更很少有生人来。过上一两年，村里会出生三四个牛仔、十几只羊羔、五六窝猪

一是逃离古老的乡村，一是不再相信古老乡村的传说。可见古老乡村正在消亡中。

娃、两三个孩子，这算不上新鲜事。过不了多久，他们又会长得跟父母一模一样。

在黄沙梁，过了 30 岁你就可以闭着眼睛活了。如果你不放心，过上七八年睁眼看一看，不会有让你新奇的事情。树多少年前就停止生长了，土地中越来越少的水和养分使它们每年只能勉强地保住命。房子会再脱落一层泥皮。人会更老一些，会死掉几个。这都是预料之中的事。除非有人在路上挖个坑，像张三一样把牛圈盖到路上。这个坑也很快会被人熟练地绕过去，就像绕过那个牛圈一样。

我的眼睛几十年前就半瞎了，冯三说，眼睛一天到晚蒙着一层雾，看啥都模模糊糊。有人说我的眼睛可以治好，到医院去把那层雾刮掉就能看清东西了。我才不枉花那个钱呢。即使眼睛不瞎我也不会用它了。白费眼光。

我不睁眼就知道天亮了。

从东边平射过来的晨光在推东墙时，房顶会嘎巴巴响。晨光很有劲。这面墙迟早会被早晨的阳光推倒。墙上有一道大斜缝，让毛和棉花塞得严严实实。还有许多我端着灯都找不见的小缝隙，被阳光和风找见了，它让我在冬天来临时，早早地感觉到穿墙而来的缕缕寒气，也让我在春

"眼光"在这里没有用"光"之地。

天的早晨躺在被窝里享受到第一束阳光的丝微
暖意。

天亮不亮跟我没多大关系。我只是知道它来
了，又去了。白天比夜晚要轻盈些。夜色落到房
顶上时，椽子会嘎巴巴响。天亮不亮跟那些椽子
也没多大关系。如果那些木头有白天，一定在自
己内心里。木头心是白的。它的黑夜是我们给它
的。你们住时已经熏黑又被我熏得更黑的椽子、
檩子，只是知道跟自己没多少关系的一个夜晚又
来了。

它离开时椽子不会发出声音。从东边平射过
来的晨光，铲草一样把黑夜从地皮上铲掉，从房
顶上铲掉。椽子、檩子不会再响。它不再像那些
细嫩树枝，落一只鸟压弯，鸟一飞走又马上弹伸
回来。房顶上的椽子、檩子不会再这样。压弯了
它就弯着。压断了它就嘎巴一声塌落下来。它再
不会弹回去。

按冯三的说法，我在黄沙梁如果再待上十
年，我也可以闭着眼睛走路了，可惜我没待够。
我一生中待得最久的地方，我认识它每个人、每
头牲畜，熟悉它每一样事物，但还是没待到足够
的久。

我把一些日子扔到了别处。我让其他地方的

垂垂老矣！

"我"对自己不能像冯三这样生活有遗憾之感。

太阳把自己晒老。其实我是可以在这个村子里活到老的。我完全可以熬到那堵东墙上裂开口子。本来应该吹到我身上的丝丝晨风、穿过那个墙缝照到我脸上的缕缕阳光，现在，全让冯三一个人独享了。那些感觉成他一个人的。在曾经是我们家的房子里，冯三感受到那么多我们未及感受的东西，这让我嫉妒。

老皇渠村的地窝子

地窝子门口长着五棵大榆树，两棵向西歪，一棵朝北斜着身子，另两棵弯向东边的大马路。夏天常有过路人走到这儿停下来，在路上的阴凉处歇脚。不时望一眼我们的房子。我们坐在西歪的两棵树荫里，也看着路上人。

日子久了我们便认下这一路人。叫不上名字，不知道他们到哪去，要走多远，却记住了模样。知道他们走过去还会回来。也有不回来的，时间一长被我们忘记。

即使早春和冬天，不需要乘凉，也有人走到这儿停住，放下包裹，蹲在地上缓几口气。似乎这几棵树下的气比别处多似的。

父亲不在的那年夏天，一个中午，路上走来一个瞎子。老远我们看见了，背个包袱，头昂得高高的，手里一根木棍左一下右一下地探着路。母亲和大哥拾柴禾去了。奶奶、我、三弟、四弟守在家里。小妹刚一岁，抱在奶奶怀里。大中午

老皇渠村的地窝子是"我"人生的一个驿站，它曾经是"我"的家。那大榆树下发生的一切还历历在目，可地窝子及大榆树却早已不见踪影。
文章不动声色的叙述中涌动着情感暗流，读来令人落泪。

191

地窝子里又潮又热，我们只好在榆树下坐着，打一会儿盹，眯眼望一阵远处。

奶奶说，你父亲没打算在这个村里住下去。村子中间有空地方，你父亲不进去。他把地窝子挖在路边，就是想走的时候方便，一抬脚就到路上了。

在甘肃金塔时我们住在城中间，夜里偷着往外跑，一家人背着能带上的家当，偷偷摸摸地走过一条街，又穿过几条黑巷子，才到了车站。

那个小镇的人都快跑光了。奶奶说，每天早晨起来都会少几户人。门大锁着，院子空空的。没粮吃，人都慌了，扔下几辈人建起来的家业往外跑。我们家在金塔时有一大院房子，都数不清有多少间。我不想出来，你父亲非要来新疆，没想到把命丢在了这里。

奶奶说着说着流出了泪，眼睛不由自主转向河湾荒草间的一堆新土，那是父亲的坟。本来村里死人都埋在西边的碱梁滩。我们在老皇渠村就外爷外奶一家亲戚。母亲请不来更多的人抬棺材。碱梁滩太远。好不容易请来的几个人磨磨蹭蹭，都不愿朝西边去。后来就选了对着我们家门的河湾里简单地埋了。

当时那片河湾只父亲孤零零一座坟，过了一

动荡年代，生活的不安定因素很多。父亲的选择既有理性的成分，也有无奈的情感。

年半旁边多了奶奶的一座坟。又过许多年（20年或22年），又添了姑妈的坟。那时这片河湾已变成大块墓地。曾经和我们、我父亲、奶奶一起在老皇渠村生活过多年的那一茬人，大部分都埋在了这里。坟地离村子已经很近，似乎死的人突然多起来，人们已懒得将他们埋到远处。

那个瞎子已走到树底下。不知他怎么摸见路的，似乎手中那根木棍头上长着眼睛。都快走过树荫了，他突然停住，朝天望了望。两只眼睛实实的。他好像觉到了阴凉，手中木棍朝东边敲打了几下，愣了一会儿，又突然转身朝西边敲打过来。

我们被他的举动吓坏了，全偎在奶奶身旁，一声不敢吭。路上再没人，村子里也看不见人，只有一个瞎子敲打着木棍朝我一点点走近。他敲到那棵树干了，用一只手摸了摸树，又前走了几步。我们害怕得心都要跳出来。他再走几步，那根木棍就敲到我们的腿了。这时他却停住了，耳朵对着村子那边细听了一会儿，大概听见村子里的狗叫声了，他稍微转了下身，朝着村子那边敲打着走去了。

后来我们知道这个瞎子是村里一户姓魏人家的老父亲。这户人从口内逃荒来新疆时，把瞎子

一个瞎子的响动也让我们一家人害怕，可见生活得多么提心吊胆啊！

老皇渠村的地窝子　**193**

父亲扔在了家里。后来不知瞎子从哪得到这个地址，背一个包袱，拿一根木棍便上路了。从口内坐火车到新疆省城，又坐汽车到县城，从县城坐马车到乡上，然后步行，一路打问着，用耳朵辨认方向，听着这片荒野上稀疏的狗吠人声，找到一个村子又一个村子，最后来到老皇渠。

由此可见我们是多么卑微隐忍地生活着。

他没听见我们家的一丝声息。他几乎从我们脚边走过去。在老皇渠村我们是声音最小的一户人家。只有两次——一次是父亲死了，一次是奶奶去世，我们的哭喊声惊动村子。那以后我们度过了愈加悄寂的一段日子，直到一年春天后父赶来马车，在那个早晨的狗吠声里扒掉房盖，装上不多的几根烂木头和破旧家什离开这个村子。

经常有树根顶破墙壁伸进地窝子。春天墙上一层白毛根。那些细小根须一不小心伸进我们的屋子，几天就长到一拃多长。父亲说挖地窝子时砍断了好多树根。一个根有人的大腿粗，是中间那棵歪榆树的根。砍它时那棵树不住地抖。抖下来许多叶子。

应该是上个秋天的叶子。父亲挖地窝子是在开春，榆钱才刚吐蕾呢。每年秋天树上都有一些不愿落地的叶子，点点片片地缀在枝头。秋雨中飘零一些，冬天刮寒风时雪地上坠落几片儿。其余的一直坚守到来年的新叶长出。

一棵树上总有几片老叶子看见下年的新叶子。早先每到春天就听奶奶说这句话。我以为她没事了说废话呢。谁朝春天的榆树上望几眼都能说出比这更有意思的一句话来。

奶奶的话中其实也寄托着希望。后来这希望中又增添了很重的悲伤。奶奶作为白发人，送走了自己的儿子啊！

后来我知道奶奶在说我们家斜对过的徐老太太。她们家是村里的老户，一排十几间房子，有钱有势。徐老太太比奶奶还显年轻些，已经抱上玄孙子。奶奶那时已下不了炕，她知道自己熬不到我们长大成人，看不到我们娶妻生子。

那个根又在动了。奶奶说这句话时又是一年春天了。前一年春天她便说过一次。

奶奶说的是从炕底下穿过来的那条粗树根。它一往前伸地上就起一层虚土。另一条粗树根贴着南边墙壁向西伸去。那片墙上也常往下掉土。

粗树根是我们家地上唯一的一片硬地皮，劈柴砸东西都垫在粗树根上。一砸到树根外面的榆树便震动，树上鸟会惊飞起来，有时震落几片叶子。刮大风时屋里的粗树根也会动。它似乎在用劲。耳朵贴上去能听见刮过整棵大树的呜呜风声。

在老皇渠村的那几年，我们似乎生活在地底下。半夜很静时，地上的脚步声停息，能听见土

这里一语双关：一是住在地窝子里与地下的树根、老鼠、小虫子同声共气，一是生活在老皇渠村的最底层。

里有一些东西在动。辨不清是树根在往前伸，还是虫子在地下说话。一只老鼠打洞，有一次打到地窝子里。那个洞在半墙上。我们一觉醒来，墙上多了拳头大一个窟窿。地上没土，我们知道是从外面挖进来的。也许老鼠在地下听到了我们的说话声，便朝这边挖掘过来，老鼠知道有人处便有粮食。或许老鼠想建一个粮仓，洞挖得更深更隐秘些，没想到和我们的地窝子打通了。

　　一到深夜地下的声音便窸窸窣窣的，似有似无。尤其半夜里一个人突然醒来，那些响动无声地压盖过来，像是自己脑子里的声音，又像在土里。那些挖洞的小虫子，小心翼翼，刨一阵土停下来听听动静。这块土地里许多动物在挖洞生存。小虫子会在地下很灵敏地避开大虫子。大虫子会避开更大的虫子。我们家是这块地下最大的虫子，我们的说话声、哭喊声、锅碗水桶的碰敲声，或许使许多挖向这里的洞穴改变了方向，也使一些总爱与人共居的小生命闻声找到了这里。

　　除了刮风时树根的响动，我们没听到有什么更大的声音从地下传来。地上的事情一件接一件冲击着我们家。父亲死了。隔一年半奶奶也死了。我们像一窝老鼠一样藏在这个村庄的地下，偶尔探头望望，出来晒会儿太阳。村里一阵急接一阵地嘈闹着。那些年大地上发生的所有事情都在这个村子发生了：武斗、闹派性、打人。父亲死后我们的生活大部分在地窝子里。我们开始害怕这个村子。土块在空中乱飞。眼睛发红的狗四处游走，盯着人脸上的肉、腿上的肉。一忽儿一群扛铁锤的人喊叫着跑过去，一忽儿一群骑马人挥舞镰刀冲过来。隔一阵响起一片哭声，说是又死了。树上很少的枝和叶子。树都没头。鸟惊叫着飞出村子。有时一条狗从屋顶跑过去，有时一个人跑过去。我们蹲在底下，看屋顶簌簌落土，椽子嘎巴巴响。

下雨时雨水从门口灌进地窝子。门口外打过一道防雨埂子，雨水还是灌进来。尤其一夜大雨，早晨地下全是水，鞋子和脸盆漂在上面，小木凳漂在上面。雨后的第一件事是往外端水，一脸盆一脸盆地端。柴禾泡湿了，生不了火。炕上的毡子也湿湿的。

冬天每一场大雪后，门都会堵死。只有从天窗出去，铲开堆在门道口的厚厚积雪，才能打开门。钻天窗是我的本事。先揭开天窗盖，我站到大哥肩上，大哥站到小木凳上。天窗口的积雪一尺多厚，先用手把雪拨开。雪落到大哥脖子里，他就喊，身子使劲晃动。我赶紧一纵身，爬到

生活的屈辱在"蹲"字中尽显。这几段写地上的事情，突出的是"我们一家"不断遭受天灾人祸打击的"地底下"生活。

屋顶。

我们在那几棵大榆树的根下生活了八九年，听到了树的全部声音。树根也听到了我们家的所有声音。它会不会为我们保密？我们可从没向谁说过一棵树的事。尽管我知道树的许多秘密。现在，那些大树一棵都没有时，我才一棵一棵地，讲出那些树的故事。

在"我们一家"处在"地底下"时，只有树们还在乎着"我们一家"。树们才不会趋炎附势呢！

树在风中哗哗响的时候，我会怀疑是那棵榆树在把我们家的事告诉另一棵树，另一棵又传给另一棵，一时天地间哗哗响彻的，或许是我们一家人的一件细碎小事。

那五棵榆树在我们离开老皇渠村的前一年秋天，被砍掉了两棵。是弯向马路的那两棵。树不是我们家的，我们不敢说什么，我们在这安家时树已经长得很大。

母亲的乞求声中也饱含着屈辱。

母亲还是上前阻止。他们要全砍掉，搭集体的牛圈棚。母亲说，给我们留下两棵吧，我们啥都没有了，留棵树给我的孩子们乘阴凉吧。

他们先砍倒了两棵。来了好多人。砍树的声音把半村子人都招来了。母亲抱着一棵树流着眼泪。砍倒的两棵大树横在马路上。

要砍中间那棵树了，他们突然犹豫起来。

再别砍了，就剩这几棵大榆树了。

留下吧，让娃娃们乘凉去。

涌来的村里人也开始说话了。

20多年后的一个清明节，我们兄弟姊妹几个去给先父和奶奶祭坟。末了转到村子里，找我们家的地窝子旧址，却再找不到了。老皇渠早已重新规划。房子都一排一排整整齐齐的。那条马路不知被他们挪到哪里。我们打听那几棵大榆树。找到那几棵榆树就会找到我们的地窝子遗址。

早没有了。一个村民对我们说。

都没有了十几年了。

坑　洼　地

那一坑洼地草叫张天整掉了。冯三给我说。

黄沙梁最茂密的一坑洼地草木，芦苇、灰蒿、铃铛刺、红柳……密密麻麻纠缠在一起，足有几百亩。冬天我们追一只野兔追到坑洼地，眼看着兔子的爪印在密匝匝的刺草根三绕两绕消失了。人和狗站在外面干叫，谁也进不去。

一年冬天胡木家黑狗追一只狐狸，钻进了坑洼地。进去就出不来了。人在外面听见狗在刺草中叫唤，直叫了半下午，最后没声音了。人以为狗死在里面了。第二天，狗竟出来了。只是身上的毛几乎被刺条刮光，肚子上一块皮也撕掉了，红兮兮的，嘴上、鼻子上、眼角上，到处淌着血。那条黑狗在坑洼地吃了次亏，一直没能缓过来。几年后我在村里碰见它，还是一副蔫不叽叽的样子，肚子上的毛仍没有长全。这可是村里有名的一条厉害狗。我们家黑狗跟它咬过两次架，都败了下来。一般的狗见了它老远就吓得跑开

这样的地方在许多村子都能看到。也许是无人问津，所以成了那些杂草的乐园；也许是杂草们先行占有了它，才无人敢问津。

坑洼地以它最自然的方式抵抗人（畜）的入侵。

了。一个村里出一条好狗跟出一个厉害人一样，不是件容易的事。得好多年、好几代的积累。有时好几代人和牲畜活得平平庸庸，没一个出众的，走在村里碰见尽是些傻乎乎的人、懒兮兮的狗和连头都抬不起来的牲口。村庄的历史中大段大段都是这样的年成。但是，正是这些烂干年成把好东西省下了，最终一点一点地积攒成一个大东西、厉害东西。一个村庄一般 30 年出两条厉害狗，300 年出一个攒劲人。

从这个角度看，那些"攒劲人"都是长久地集天地人之精华而成。一个村庄如此，一个国家也如此；一个家族如此，一个民族也如此。因此，"攒劲人"理当做出影响古今的大事业。

只是一条好狗还经受不了一次磨难就彻底废掉了。一个厉害人又能做些什么呢？我大概正好生在这个村子的平庸年月。我小的时候觉得村里好多人都非常厉害，现在一看，一个厉害的都没有了。连一条厉害点的狗都没有了。我父亲说，收拾一条厉害狗，瞅准了腰上抡一棒子，把狗的腰子打坏，狗就完蛋了。收拾一个厉害人，我想，就不用这么费劲，根本用不着谁动手。甚至把他忘了，像一根木头一样往这个地方一扔，扔上 30 年，一切都完了。

一个厉害人被抛弃 30 年，他头顶的天早黑了。当然更厉害的人可能被抛的时间还要更长些。

五六年前的秋天，冯三给我说，坑洼地的草仍旧很茂密，尽管每年都有人围着一圈砍铃铛刺，进去割芦草（人已经在里面踩出了路，牛羊可以进去吃草了），草木明显稀少了，但看去还满当当的一坑洼地，里面还有野兔子。

秋天好久没下雨，冯三给我说，坑洼地的草干黄干黄，一有风苇絮便飞飞扬扬，落得到处都是。张天选了一个刮南风的天气，把坑洼地的草点着烧掉了。火着了一天一夜，把天都烧烫了。

接着张天租了两台链轨拖拉机，带五铧犁犁了两三天，才把整个坑洼地翻了个个。那地太难犁了，各种草根密密匝匝交缠在一起，都织成一块厚实的地毯。尤其芦苇和红柳的根，扎得又深又结实，拖拉机走一走就要停一停，犁铧被草根缠住动弹不得。

地翻过之后，草根还密密麻麻朝天扎着，看上去仍像一滩草似的。张天本想秋天翻好地，第二年春上种棉花，可是春天根本种不成，地里全是草根，种子播不进去。天一热草又一窝蜂似的涌出来。没办法，只好把地又耕翻一遍，用钉刺耙将草根耙出来，堆在地边晒干，一把火烧掉。又在地里打了三遍灭草剂。浇水时还在上水口放上生石灰，把草根往死里烧。到了第三年春上，草再没长出来。张天播上棉花，结果，平展展一大块地，只出了几棵棉花，补种了一次，仍旧只出了几棵苗。而且，出来的几棵苗长到半高又都枯死了。

这块地死掉了，再不长东西了。冯三给我说，连草也一棵不长了。都几年过去了，还光溜溜地扔着。张天白花了几千块钱。

死掉的也许不止一块坑洼地。我对冯三说。整个这片土地都像是死掉了，看不出它有多少生机，到处光秃秃的。活得最旺势的，就算村里这些人了。尽管也稀稀拉拉、无精打采的样子，但都喘着气，一年一年地过着日子，还在生育。

让那些草木再繁茂一次、葱郁一次已经不可能，即使给它和以前一样的阳光、雨水和养分，和以前一样的无人践扰的生存环境——它们的根毁掉了。

草木如此，人也如此。我们民族从前赖以生生不息的"密密匝匝交缠在一起""扎得又深又结实"的文化之根许多已被铲除，有的正在被铲除。岂不痛哉！

一 截 土 墙

我走的时候还年轻，二十来岁。不知我说过的话在以后多少年里有没有人偶尔提起。我做过的事会不会一年一年地影响着村里的人。那时我曾认为什么是最重要最迫切的，并为此付出了多少青春时日。现在看来，我留在这个村庄里影响最深远的一件事，是打了这堵歪扭的土院墙。

换句话说，这是"我"在这个村庄最深的生命印记。

我能想到在我走后的 20 年里，这堵土墙每天晌午都把它的影子，从远处一点一点收回来，又在下午一寸寸地覆盖向另一个方向。它好像做着这样一件事：上午把黑暗全收回到墙根里，下午又将它远伸到大地的极远处。一堵土墙的影子能伸多远谁也说不清楚，半下午的时候，它的影子里顶多能坐三四个人，外加一条狗，七八只鸡。到了午后，半个村庄都在阴影中。再过一会儿，影子便没了尽头。整个大地都在一堵土墙的阴影里，也在和土墙同高的一个人或一头牛的阴影里。

204

我们从早晨开始打那截墙。那一年四弟 11 岁，三弟 13 岁，我 15 岁。没等我们再长大些，那段篱笆墙便不行了。根部的枝条朽了，到处是豁口和洞。几根木桩也不稳，一刮风前俯后仰的，呜呜地叫。那天早晨篱笆朝里倾斜，昨天下午还好端端的，可能夜里风刮的。我们没听见风刮响屋檐和树叶。可能一小股贼风，刮斜篱笆便跑了。父亲打量了一阵，过去蹬了一脚，整段篱笆齐齐倒了。靠近篱笆的几行菜也压倒了。我们以为父亲跟风生气，都不吭声地走过去，想把篱笆扶起来，再栽几个桩，加固加固。父亲说，算了，打段土墙吧。

母亲喊着：吃早饭啦！

太阳从我们家柴垛后面，露出小半块脸。父亲从邱老二家扛来一个梯子，我从韩四家扛来一个梯子。打头堵墙得两个梯子，一头立一个，两边各并四根直椽子，拿绳绑住，中间槽子里填土，夯实，再往上移椽子，墙便一截一截升高。

我们家的梯子用一根独木做的，打墙用不着。木头在一米多高处分成两杈，杈上横绑了几根木棍踏脚，爬在墙上像个头朝下的人，朝上叉着两条腿，看着不太稳当，却也没人掉下来过。梯子稍短了些，搭斜了够不着，只能贴墙近些，

打土墙的方法代代相传，人的生命也在这种方法中延续。这种古老的方法今天正在消失，我们的生命是不是也有某种程度的消失？

一 截 土 墙　205

这样人爬上去总担心朝后跌过去。梯子离房顶差一截子，上房时还容易，下的时候就困难些，一只脚伸下来，探几下挨不着梯子。挨着了，颤颤悠悠的不稳实。

只有我们家人敢用这个梯子上房。它看上去确实不像个梯子。一根木头顶着地，两个细杈挨墙，咋看都不稳当。一天中午正吃午饭，韩三和婆姨吵开了架，我们端着碗出来看，没听清为啥。架吵到火爆处，只听韩三大叫一声"不过了"，砰砰啪啪砸了几个碗，顺手一提锅耳，半锅饭倒进灶坑里，激起一股烟灰气。韩三提着锅奔到路上，抡圆了一甩，锅落到我们家房顶上，"腾"的一声响。我父亲不愿意了，跑出院子。

"韩三，你不过了我们还要过，房顶砸坏了可让你赔。"

下午，太阳快落时，我们在院子里乘凉，韩三进来了，向父亲道了个歉，说要把房顶上的锅取回去做饭。婆姨站在路上，探着头望，不好意思进来。父亲说，你自己上去拿吧。我这房顶三年没漏雨，你一锅砸的要是漏开了雨，到时候可要你帮着上房泥。韩三端详着梯子不敢上，回头叫来了儿子韩四娃，四娃跟我弟弟一样大，爬了两下，赶紧跳下来。

没事。没事。我们一个劲喊着。他们还是不敢上，望望我们，又望望梯子，好像认为我们有意要害他们。

后来四娃扛来自家的梯子，上房把锅拿下来。第二年秋天那块房顶果然漏雨了。第三年夏天上了次房泥，我们兄弟四个上的，父亲也参加了。那时我觉得自己已经长大，没什么是我不能干的。

我们以为父亲会带着我们打那堵墙。他栽好梯子，椽子并排绑起来，后退了几步，斜眼瞄了几下，过来在一边架子上跺了两脚，往槽子里扔了几锨土，然后扛着锨下地去了。

父亲把这件活扔给我们兄弟仨了。

我提夯，三弟、四弟上土。一堵新墙就在那个上午缓慢费力地向上升起。我们第一次打墙，但经常看大人们打墙，所以不用父亲教就知道怎样往上移椽子，怎样把椽头用绳绑住，再用一个木棍把绳绞紧别牢实。我们劲太小，砸两下夯就得抱着夯把喘三口气。我们担心自己劲小，夯不结实，所以每一处都多夯几次，结果这堵墙打得过于结实，以致多少年后其他院墙早倒塌了，这堵墙还好端端站着，墙体被一场一场的风刮磨得光光溜溜，像岩石一样。只是墙中间那个窟窿，

"我们家的梯子"也留下了"我"深深的生命印记。那独一无二的样子，那颤颤悠悠的品性，那让别人一望而生畏的严厉，都在"我"的记忆深处茂盛地生长着。

认真生活，就会结出像"岩石"一样坚硬的记忆之果。

比以前大多了，能钻过一条狗。

这个窟窿是我和三弟挖的，当时只有锹头大，半墙深。为找一把小斧头，我们在刚打好的墙上挖了一个洞。墙打到一米多高，再填一层土就可以封顶时，那把小斧头不见了。

会不会打到墙里去了。我望着三弟。

刚才不是你拿着吗，快想想放到哪了。三弟瞪着四弟。

"愣望了一阵"，认真的生活使四弟的记忆还原了睡在墙中的"一个斧头形状"。

四弟坐在土堆上，已经累得没劲说话。眼睛望着墙，愣望了一阵，站起来，捡了个木棍踮起脚尖在墙中间画了一个斧头形状。我和三弟你一锹我一锹，挖到墙中间时，看见那把小斧头平躺在墙体里，像是睡着了似的。

风也有体积吗？在生活细致的体验中，你会感到风的不同体积与形状，如"棍子风""扁担风""剃刀风""斧头风"等说法。在与风的接触中，因时因地因心境不同，风还会给人更特殊的感觉。

斧头掏出后留下的那个窟窿，我们用湿土塞住，用手按瓷。可是土一干边缘便裂开很宽的缝隙，没过多久便脱落下来。我们再没去管它，又过了许久，也许是一两年，那个窟窿竟通了，变成一个洞。三弟说是猫挖通的，有一次他看见黑猫爬在这个窟窿上挖土。我说不是，肯定是风刮通的。我第一次扒在这个洞口朝外望时，一股西风猛窜进来，有水桶那么粗的一股风，夹带着土。其他的风正张狂地翻过院墙，顷刻间满院子是风，树疯狂地摇动，筐在地上滚，一件蓝衣服飘起来，袖子伸开，像半截身子的人飞在天上。
我贴着墙，挨着那个洞站着。风吹过它时发出喔
喔的声音，像一个人鼓圆了嘴朝远处喊。夜里刮
风时这个声音很吓人，像在喊人的魂，听着听着
人便走进一场遥远的大风里。

后来我用一墩骆驼刺把它塞住了，根朝里，
刺朝外，还在上面糊了两锨泥，刮风时那种声音
就没有了。我们搬家那天看见院墙上蹲着坐着好
些人，才突然觉得这个院子再不是我们的了，那
些院墙再也阻挡不住什么，人都爬到墙头上了。
我们在的时候从没有哪个外人敢爬上院墙。从它
上面翻进翻出的，只有风。在它头上落脚、身上
栖息的只有鸟和蜻蜓。

现在那些蜻蜓依旧爬在墙上晒太阳，一动不
动。它们不知道打这堵墙的人回来了。

如果没有这堵墙，没有 20 年前那一天的劳
动，这个地方可能会长几棵树、一些杂草。也可
能光秃秃，啥也没有。

如果我趁黑把这堵墙移走，明天蜻蜓会不会
飞来，一动不动，爬在空气上？

如果我收回 20 年前那一天（那许多年）的
劳动，从这个村庄里抽掉我亲手给予它的那部
分——韩三家盖厨房时我帮忙垒的两层土块、抹

如果没有"我"的参与，生活肯定是另一副样子。"自其不变者而观之，则物与我皆无尽也"。天地间的一切，都永恒存在于历史中。只是没有多少人能够以这样的心境去体验自己真实的生命存在，而毫无知觉地把自己大把的生命丢失在来来去去的路上。

的一片墙泥，冯七家上屋梁时我从下面抬举的一把力气，我砍倒或栽植的树，踏平或踩成坑凹的那段路，我收割的那片麦地，趁夜从远处引来的一渠水，我说过的话，拴在门边柱子上的狗，我吸进和呼出的气，割草喂饱的羊和牛——黄沙梁会不会变成另个样子。

或许已经有人，从黄沙梁抽走了他们给予它的那部分。有的房子倒了，有的路不再通向一个地方，田野重新荒芜，树消失或死掉。有的墙上出现豁口和洞，说明有人将他们垒筑的那部分抽走了。其他人的劳动残立在风雨中。更多的人，没有来得及从黄沙梁收回他们的劳动。或许他们忘记了，或许黄沙梁忘记了他们。

过去千百年后，大地上许多东西都会无人认领。

我们家的一段路

　　直到最后一天，我们好像还没做好要离开黄沙梁的准备。尽管两个月前我们便开始收拾东西，把要带走的归顺整齐，一遍遍估算着装几车、用啥车拉走这些家当。

　　除此之外，搬家前的那段时间跟往常没啥不同，我们依旧做着该做的事。每天早晨我把牛拉出去，縻在那片啃了多少遍似乎还有东西可啃的芦草地。母亲一大早往院子里洒水（这是她多年的习惯了），扫净地上的草屑和树叶（那时树叶刚刚开始黄落，清早院子里零星地落着几片儿，平展展地贴着地。夜里有风就会落得更多些。我们家在黄沙梁的最后一个秋天似乎来得格外迟。下了两场雨，眼看变黄的田野又重新返绿。我们一再推迟，还是没等到树叶落光便离开这里）。父亲依旧早早套车下地。已经没有可收的东西。最后一片玉米，在十天前已掰光拉回来了。遍野里是别人家的粮食。父亲赶车经过那些地时，也许引起旁人的警惕——他去拉前一天砍倒的玉米秆，顺便割些田埂地头的草回来。车上放着铁锨，临出地他还攥起因进车平掉的一小段田埂，收好一个水口子，用脚把土踏瓷实。他似乎没想到从今以后这片田野上再不生长属于他的东西。他的马车将在另一片土地上往复颠簸。不知他能否走惯别处的路，种惯别处的地。或许他早已经不适应别处的生活。他的腿被黄沙的路摔惯成这个样子，有点罗圈，一摇一摆走路时，风从两腿间刮过去，狗能从两腿间钻过去，夹不住一只猫、一只逃窜的野兔，夹住一捆草、一麻袋麦子却像夹住一匹走马一样合适自如。

一天下午吃过饭，他又拿起锨，往房后那段路上扔了几锨土，垫平上一场雨后留下的几个牛蹄印。那是我们家的一段路，有四五十米长，我们自己修的，和大路一样宽展，从房后面通到东边的圈棚和柴垛旁。跟大路相接处有条渠沟，没有桥，渠沟浅浅的，有水没水都不碍事。这段路以前我们一家走。路上全是我们家的车辙脚印和牛蹄印。后来一户姓李的河南人在我们家东边盖了房子，自然要走这条路。父亲经常埋怨那户人家走路不爱惜，从来不知道往路上垫半锨土。尤其他家那头黑母牛，走路撇叉着两条后腿，故意

不留下一点生活的缺陷，让生活以最完美的形式呈现。若有不如意之处，则尽力补救，使之完好如初。
所以，父亲与李家吵架，实则不是"为一道车轱辘印"，而是为了那心中完美的生活。

用钉了铁掌的蹄子挖我们家的路，一蹄子下去就是一块土，一蹄子就是一块土。有一次李庄木（李家老二）到野滩拉柴禾压爆了轮胎，装了半牛车柴，一只轱辘滚着钢圈轧回来，在我们房后的路上深深碾了一道车印子。父亲望着那道车印望了半下午，也不见李家过来个人平一下，他生气了，过去和李家唠叨了几句，两家本来有气，这下气上加气，为一道车轱辘印大吵了一架。最后还是父亲动手把路填平整。

我们虽然要离开了，却没有故意整坏任何东西，没有在地里挖一个坑、路上扔一个土块疙瘩。我们让这个院子和它里面安安静静的生活保持到最后一天。

最后，当我们把所有东西装上车，要离开时，才发现曾是我们的家已惨不忍睹。树剩下孤零零几棵、房子拆掉了一间、圈棚成一个烂墙圈，路上、院子里到处扔着破烂东西……突然觉得心酸，眼泪止不住流出来——我们自己毁掉了这个家园，它不再像个家了。

那天来了许多人，路上、墙上、墙根，站着、蹲着都是人。有的过来说几句话，帮一把忙。更多的人只是围着看，愣愣地看。

我们被看得有点不自在，有点慌，有种被监

常听人说一句话："生活在别处。"相信这句话的人永远不会有家园感。生活在此时此刻，人的灵魂才会有真正的皈依之所。

视的感觉。

他们中间有几个人，大概怀着侥幸，想从我们一件件装车的东西中，发现他们早年丢失的一把锨、半截麻绳。另一些人——认定自己迟早也要搬走，袖着手，看我们怎样把家什搬出来又抬上车，怎样在一个车厢里，同时装下柜子、板凳、锅碗、木头、柴禾、草还有水缸，而又不相互挤压碰撞。其他更多的人，面无表情，好像一下不认识我们，好像怕我们搬走地、装走空气。

我忙着搬东西，不知谁代表这个村庄和我们道别。是那条站在渠沿上目光忧郁的狗，还是闲站在人群中看我们背麻袋抱木头的那头驴？它没等我们搬完，高叫了几声，屁股一扭一扭走掉了。我们稍一停顿，仿佛听到这个地方的叫声，一句紧接一句，悲壮又昂扬。它停住时，这个村庄一片静寂，其他声音全变得琐碎模糊。只是不清楚它是叫给我们的还是叫给另一头驴。它一个驴，或许懒得管人的事呢。你看它的眼神，向来对人不屑一顾。

村长没出来说话。谁是村长我已记不清楚。那时候谁是村长都一回事，只是戴了顶空帽子。该种地他还是种地，该放羊还去放羊。村长很少出来管村民的事。村民也懒得去找村长。牲畜更不把村长当回事，狗该咬照咬，管他是村长还是会计。牛发怒了照着谁都是一角一蹄子。

后来走远了离开久了才发现，我们留下了太多东西。不仅仅是那段又宽又平整的路、我们施足底肥以后多少年里为谁硕果累累的那块地。当我们在另一条渠边碰响水桶，已经是别处的早晨。

我们不照你的日头了——黄沙梁。

我们不吸你的气了——黄沙梁。

留下三间房子和房顶上面的全部天空。

早晨下午的地上再找不见一家人的影子。

我们不往你的天上冒烟了——黄沙梁。

我们一走，这地方的人又稀疏了一些。刮过村庄的风会突然少了点阻力。一场一场的西北风，刮过村中间的马路。每场风后路上刮得干干净净。马路走人也过风。早先人们在两边盖房子，中间留条大道，想到的就是让风过去。风是个大东西，不能像圈羊一样打个墙圈把风圈住。让天地间一切东西都顺顺当当过去的地方，人才能留住。

一天下午，我们兄弟四个背柴从野滩回来，走到村口时刮大风了。一场大风正呼喊着经过村子。风撕扯着背上的柴捆，呜呜叫着。老三被刮

"我"曾经将"我"的灵魂交给了那照过的日头、那吸过的气、那冒过的烟、那住过的房子、那头顶的天空、那来来去去的影子，在"我"离开这里后，它们也给了"我"灵魂自由进出的通行证。

得有些东歪，老四被吹得有点西斜。老大、老二稳稳地走着，全躬着腰，低着头。离家还有一大截路。每挪动一步都很难，腿抬起来，费劲朝前迈，有时却被风刮回去，反而倒退一步。

老四说，大哥，我们在墙根躲一阵吧，等风过去了，再回去。

人风争路，各不相让。多数情况下是人最终败下阵来，只有极少数人战胜风。

两边都是房子，风和人都只有一条路。土、草屑、烟和空气——满天满地地往北面跑，我们兄弟四个，硬要朝南走。

大哥说，再坚持一阵，就到家了。风要是一直不过去呢，我们总不能在墙根坐到老再回去。老四没吭声。他在心里说，为啥坐到老呢，坐到16岁、20岁，多大的风我们都能顶。

老大、老二在前。老三、老四跟在后面。风撩开头发，呜呜地吹过头顶，露出四个光亮的天灵盖。

碰在老大额头上的一粒土，碰在老二脑门上的一片叶子，碰在老三鼻梁上的沙石和擦过老四眼角的一片硬木，分别触动了他们哪部分心智，并在多少年后展现成完全不同的命运前途。

那场风，最后刮开谁骨肉闭锁的一扇门，扬扬荡荡，吹动他内心深处无边沉静的旷野和天空。

我们走到家门口时，风突然弱了，树梢开始朝东斜。那场风被我们顶了回去，它改变了方向，远远地绕过黄沙梁走了。

我们背柴回家的路，不是风的路。

小的时候，我们不懂得礼貌地让到一边，让一场大风刮过去。

多少年后它再刮过这里，漫天漫地随风飘逝的事事物物中，再不见那四个顶风背柴的人。

整个天空大地，都是风的路了。

这是我们家的一段路——生活之路：信念之路，诚实之路，完美之路，热情之路。

住多久才算是家

本篇以感性释
"家"字，"家"
的含义逐层呈
现，逐层丰富。

喜欢在一个地方长久地生活下去——具体点说，是在一个村庄的一间房子里。如果这间房子结实，我就不挪窝地住一辈子。一辈子进一扇门，睡一张床，在一个屋顶下御寒和纳凉。如果房子坏了，在我 40 岁或 50 岁的时候，房梁朽了，墙壁出现了裂缝，我会很高兴地把房子拆掉，在老地方盖一幢新房子。

我庆幸自己竟然活得比一幢房子更长久。只要在一个地方久住下去，你迟早会有这种感觉。你会发现周围的许多东西没有你耐活。树上的麻雀有一天突然掉下一只来，你不知道它是老死的还是病死的。树有一天被砍掉一棵，做了家具或当了烧柴。陪伴你多年的一头牛，在一个秋天终于老得走不动。算一算，它远没有你的年龄大，只跟你的小儿子岁数差不多，你只好动手宰掉或卖掉它。

一般情况，我都会选择前者。我舍不得也不

218

忍心把一头使唤老的牲口再卖给别人使唤。我把牛皮钉在墙上，晾干后做成皮鞭和皮具。把骨头和肉炖在锅里，一顿一顿吃掉。这样我才会觉得舒服些，我没有完全失去一头牛，牛的某些部分还在我的生活中起着作用，我还继续使唤着它们。尽管皮具有一天也会被磨断，拧得很紧的皮鞭也会被抽散，扔到一边。这都是很正常的。

甚至有些我认为是永世不变的东西，在我活过几十年后，发现它们已几经变故，面目全非。而我，仍旧活生生的，虽有一点衰老迹象，却远不会老死。

早年我修房后面那条路的时候，曾想到这是件千秋功业，我的子子孙孙都会走在这条路上。路比什么都永恒，它平躺在大地上，折不断、刮不走，再重的东西它都能经住。

有一年一辆大卡车开到村里，拉着一满车铁，可能是走错路了，想掉头回去。村中间的马路太窄，转不过弯。开车的师傅找到我，很客气地说要借我们家房后的路走一走，问我行不行。我说没事，你放心走吧。其实我是想考验一下我修的这段路到底有多结实。卡车开走后我发现，路上只留下浅浅的两道车辙辘印。这下我更放心了，暗想，以后即使有一卡车黄金，我也能通过这条路运到家里。

可是，在一年后的一场雨中，路却被冲断了一大截，其余的路面也泡得软软的，几乎连人都走不过去。雨停后我再修补这段路面时，已经不觉得道路永恒了，只感到自己会生存得更长久些。以前我总以为一生短暂无比，赶紧干几件长久的事业留传于世。现在倒觉得自己可以久留世间，其他一切皆如过眼烟云。

我在调教一头小牲口时，偶尔会脱口骂一句：畜牲，你爷爷在我手里时多乖多卖力。骂完之后忽然意识到，又是多年过去。陪伴过我的牲口、农具已经消失了好几茬，而我还那样年轻有力、信心十足地干着多少年前的一件旧事。多少年前的村庄又浮现在脑海里。

如今谁还能像我一样幸福地回忆多少年前的事呢？那匹三岁的儿马，一岁半的母猪，以及路旁林带里只长了三个夏天的白杨树，它们怎么会知道几十年前发生在村里的那些事情呢？它们来得太晚了，只好遗憾地生活在村里，用那双没见过世面的稚嫩眼睛，看看眼前能够看到的，听听耳边能够听到的。却对村庄的历史一无所知，永远也不知道这堵墙是谁垒的，那条渠是谁挖的，谁最早蹚过河开了那一大片荒地，谁曾经趁着夜

将一条路的永恒转入自己的生命中。

色把一大群马赶出村子，谁总是在天亮前提着裤子翻院墙溜回自己家里……这一切，连同完整的一大段岁月，被我珍藏了。成了我一个人的。除非我说出来，谁也别想再走进去。

当然，一个人活得久了，麻烦事也会多一些。就像人们喜欢在千年老墙万年石壁上刻字留名以求共享永生，村里的许多东西也都喜欢在我身上留印迹。它们认定我是不朽之物，咋整也整不死。我的腰上至今还留着一头母牛的半只蹄印。它把我从牛背上掀下来，朝着我的光腰杆就是一蹄子。踩上了还不赶忙挪开，直到它认为这只蹄印已经深刻在我身上了，才慢腾腾移动蹄子。我的腿上深印着好几条狗的紫黑牙印，有的是公狗咬的，有的是母狗咬的。它们和那些好在文物古迹上留名的人一样，出手隐蔽敏捷，防不胜防。我的脸上、身上几乎处处有蚊虫叮咬的痕迹，有的深，有的浅。有的过不了几天便消失了，更多的伤痕永远留在身上。一些隐秘处还留有女人的牙印和指甲印儿。而留在我心中的东西就更多了。

我背负着曾经与我一同生活过的众多生命的珍贵印迹，感到自己活得深远而厚实，却一点不觉得累。有时在半夜腰疼时，想起踩过我的已离

有幸福地回忆往事、自得地扫视晚辈的资本。

世多年的那头母牛，它的毛色和花纹，硕大无比的乳房和发情季节亮汪汪的水门。有时走路腿困时，记起咬伤我的一条黑狗的皮，还平展展地铺在我的炕上，当了多年的褥子。我成了记载村庄历史的活载体，随便触到哪儿，都有一段活生生的故事。

在一个村庄活久了，就会感到时间在你身上慢了下来。而在其他事物身上飞快地流逝着。这说明，你已经跟一个地方的时光混熟了。水土、阳光和空气都熟悉了你，知道你是个老实安分的人，多活几十年也没多大害处。不像有些人、有些东西，满世界乱跑，让光阴满世界追他们。可能有时他们也偶尔躲过时间，活得年轻而滋润。光阴一旦追上他们就会狠狠报复一顿，一下从他们身上减去几十岁。事实证明，许多离开村庄去跑世界的人，最终都没有跑回来，死在外面了。他们没有赶回来的时间。

平常我也会自问：我是不是在一个地方生活得太久了？土地是不是已经烦我了？道路是否早就厌倦了我的脚印，虽然它还不至于拒绝我走路。事实上我有很多年不在路上走了，我去一个地方，照直就去了，水里草里。一个人走过一些年月后就会发现，所谓的道路不过是一种摆设，

时间不会追你，你可以慢慢走，因为你成了时间的老朋友。

对村庄了如指掌，可作精神逍遥游。

供那些在大地上瞎兜圈子的人们玩耍的游戏。它从来都偏离真正的目的。不信去问问那些永远匆匆忙忙走在路上的人，他们走到自己的归宿了吗？没有。否则他们不会没完没了地在路上转悠。

而我呢，是不是过早地找到了归宿？多少年住在一间房子里，开一个门，关一扇窗，跟一个女人睡觉。是不是还有另一种活法，另一番滋味？我是否该挪挪身，面朝一生的另一些事情活一活？就像这幢房子，面南背北多少年，前墙都让太阳晒得发白脱皮了。我是不是把它掉个个，让一向阴潮的后墙根也晒几年太阳？

这样想着就会情不自禁在村里转一圈，果真看上一块地方，地势也高，地盘也宽敞。于是动起手来，花几个月时间盖起一院新房子。至于旧房子嘛，最好拆掉，尽管拆不到一根好檩子、一块整土块。毕竟是住了多年的旧窝，有感情，再贵卖给别人也会有种被人占有的不快感。墙最好也推倒，留下一个破墙圈，别人会把它当成天然的茅厕，或者用来喂羊圈猪，甚至会有人躲在里面干坏事。这样会损害我的名誉。

当然，旧家具会一件不剩地搬进新房子，柴火和草也一根不剩拉到新院子。大树砍掉，小树连根移过去。路无法搬走，但不能白留给别人

对家里的一切
用具都不能割
舍。

走。在路上挖两个大坑。有些人在别人修好的路上走顺了，老想占别人的便宜，自己不愿出一点力。我不能让那些自私的人变得更加自私。

我只是把房子从村西头搬到了村南头。我想稍稍试验一下我能不能挪动。人们都说：树挪死，人挪活。树也是老树一挪就死，小树要挪到好地方会长得更旺呢。我在这块地方住了那么多年，已经是一棵老树，根根脉脉都扎在了这里，我担心挪不好把自己挪死。先试着在本村里动一下，要能行，我再往更远处挪动。

搬走之后还很久（甚至永远）不能适应新的房子。

可这一挪麻烦事跟着就来了。在搬进新房子的好几年间，我收工回来经常不由自主地回到旧房子，看到一地的烂土块才恍然回过神。牲口几乎每天下午都回到已经拆掉的旧圈棚，在那里挤成一堆。我的所有的梦也都是在旧房子。有时半夜醒来，还当是门在南墙上。出去解手，还以为茅厕在西边的墙角。

家更重要的特征是在那房子里度过的生活，是"堆满房子角角落落的那些黄金般珍贵的生活情节"。

不知道住多少年才能把一个新地方认成家。认定一个地方时或许人已经老了，或许到老也无法把一个新地方真正认成家。一个人心中的家，并不仅仅是一间属于自己的房子，而是长年累月在这间房子里度过的生活。尽管这房子低矮陈旧，清贫如洗，但堆满房子角角落落的那些黄金般珍贵的生活情节，只有你和你的家人共拥共享，别人是无法看到的。走进这间房子，你就会马上意识到：到家了。即使离乡多年，再次转世回来，你也不会忘记回这个家的路。

我时常看到一些老人，在晴朗的天气里，背着手，在村外的田野里转悠。他们不仅仅是看庄稼的长势，也在瞅一块墓地。他们都是些幸福的人，在一个村庄的一间房子里，生活到老，知道自己快死了，在离家不远的地方，择一块墓地。虽说是离世，也离得不远。坟头和房顶日夜相望，儿女的脚步声在周围的田地间走动，说话声、鸡鸣狗吠时时传来。这样的死没有一丝悲哀，只像是搬一次家。离开喧闹的村子，找个清静处待待。地方是自己选好的，棺木是早几年便吩咐儿女们做好的。从木料、样式到颜色，都是照自己的意愿去做的，没有一丝让你不顺心不满意。

唯一舍不得的便是这间老房子，你觉得还没住够，亲人们也这么说：你不该早早离去。其实你已经住得太久太久，连脚下的地都住老了，头顶的天都活旧了。但你一点没觉得自己有多么"不自觉"。要不是命三番五次地催你，你还会装糊涂生活下去，还会住在这间房子里，还进这个门，睡这个炕。

家还包括在离生活了一辈子的房子的不远处自己瞅上的一块墓地。

我一直庆幸自己没有离开这个村庄，没有把时间和精力白白耗费在另一片土地上。在我年轻的时候、年壮的时候，曾有许多诱惑让我险些远走他乡，但我留住了自己。我做的最成功的一件事，是没让自己从这片天空下消失。我还住在老地方，所谓盖新房搬家，不过是一个没有付诸行动的梦想。我怎么会轻易搬家呢？我们家屋顶上面的天空，经过多少年的炊烟熏染，已经跟别处的天空大不一样。当我在远处，还看不到村庄、望不见家园的时候，便能一眼认出我们家屋顶上面的那片天空，它像一块补丁、一幅图画，不管别处的天空怎样风云变幻，它总是晴朗祥和地贴在高处，家安安稳稳坐落在下面。家园周围的这一窝子空气，多少年被我吸进呼出，也已经完全成了我自己的气息，带着我的气味和温度。我在院子里挖井时，曾潜到三米多深的地下，看见厚厚的土层下面褐黄色的沙子，水就从细沙中缓缓渗出。而在西边的一个墙角上，我的尿水年复一年已经渗透到地壳深处，那里的一块岩石已被我含碱的尿水腐蚀得变了颜色。看看，我的生命上抵高天，下达深地。这都是我在一个地方地久天长生活的结果。我怎么会离开它呢？

无论你住多久，有了这样的感觉，才有了真正的家的感觉——家是上抵高天、下达深地的生命感。

炊烟是村庄的根

当时在刮东风，我们家榆树上的一片叶子，和李家杨树上的一片叶子在空中遇到一起，脸贴脸，背碰背，像一对恋人和兄弟，在风中欢舞着朝远处飞走了。它们不知道我父亲和李家有仇。它们快乐地飘过我的头顶时，离我只有一米多高，我手中有根树条就能打落它们。可我没有。它们离开树离开村子满世界转去了。我站在房顶，看着满天空的东西向东飘移，又一个秋天了，我的头愣愣的，没有另一颗头在空中与它遇到一起。

如果大清早刮东风，那时空气潮湿，炊烟贴着房顶朝西飘。清早柴禾也潮潮的，冒出的烟又黑又稠。在沙沟沿新户人家那边，张天家的一溜黑烟最先飘出村子，接着王志和家一股黄烟飘出村子（烧碱蒿子冒黄烟，烧麦草和苞谷秆冒黑烟、烧红柳冒紫烟、梭梭柴冒青烟、榆树枝冒蓝烟……村庄上头通常冒七种颜色的烟）。

大人之间的情仇对孩子的影响深入到了情感世界的底层，连两家树上叶子的飞翔也投上了阴影。

这是一种行将消亡的乡村经验。炊烟消亡之日，就是乡村消亡之时。所以，炊烟实为乡村之根。

老户人家这边，先是韩三家、韩老二家、张桩家、邱老二家的炊烟一挨排出了村子。路东边，我们家的炊烟在后面，慢慢追上韩三家的炊烟，韩元国家的炊烟慢慢追上邱老二家的炊烟，冯七家的炊烟慢慢追上张桩家的炊烟。

我们家烟囱和韩三家烟囱错开了几米，两股烟很少相汇在一起，总是并排儿各走各的，飘再远也互不理识。韩元国和邱老二两家的烟囱对个正直，刮正风时不是邱老二家的烟飘过马路追上韩元国家的烟，就是韩元国家的烟越过马路追上邱老二家的烟，两股烟死死缠在一起，扭成一股绳朝远处飘。

炊烟也是这两家的根。将两家的炊烟拆开，就是从根子上斩除两家的情谊。

早先两家好的时候，我听见有人说，你看这两家好得连炊烟都缠抱在一起。后来两家有了矛盾，炊烟仍旧缠抱在一起。韩元国是个火爆脾气，他不允许自家的孩子和邱老二家的孩子一起玩，更不愿意自家的炊烟与仇家的纠缠在一起，他看着不舒服，就把后墙上的烟囱捣了，挪到了前墙上。再后来，我们家搬走的前两年，那两家又好得不得了了，这家做了好饭隔着路喊那家过来吃，那家有好吃的也给这家端过去，连两家的孩子间都按大小叫哥叫弟，只是那两股子炊烟，再走不到一起了。

如果刮一阵乱风，全村的炊烟像一头乱发绞缠在一起。麦草的烟软，梭梭柴的烟硬，碱蒿子的烟最呛人。谁家的烟在风中能站直，谁家的烟一有风就趴倒，这跟所烧的柴禾有关系。

　　炊烟是村庄的头发。我小时候这样比喻。大一些时我知道它是村庄的根。我在滚滚飘远的一缕缕炊烟中，看到有一种东西被它从高远处吸纳了回来，丝丝缕缕地进入每一户人家——从烟囱进入每一口锅底、锅里的饭、碗、每一张嘴。

　　夏天的早晨我从草棚顶上站起来，我站在缕缕炊烟之上，看见这个镰刀状的村子冒出的烟，在空中形成一把巨大无比的镰刀，这把镰刀刃朝西，缓慢而有力地收割过去，几百个秋天的庄稼齐刷刷倒了。

炊烟看似飘在乡村的上面，却是乡村的根。它不仅是形式上的根，比如城市的上空没有炊烟；而且是内容上的根，它是"炊烟、饭、人"循环往复的第一环，是乡村生生不息的动力之源。

老 根 底 子

李家门前只有不成行的几棵白杨树，细细的，没几个枝叶，连麻雀都不愿落脚。尤其大一点的鸟，或许看都不会看他们家一眼，直端端飞过来，落到我们家树上。

像鹞鹰、喜鹊、猫头鹰这些大鸟，大都住在村外的野滩里，有时飞到村子上头转几圈，大叫几声，往哪棵树上落不往哪棵树上落，都是看人家的。它不会随便落到一棵树上，一般都选上了年纪的老榆树落脚。老榆树大都长在几个老户人家的院子里。邱老二家、张保福家、王多家和我们家树上，就经常落大鸟。李家树上从没有这种福气，连鸟都知道那几棵小树底下的人家是新来的，不可靠。

一户人家新到一个地方，谁都不清楚他会干出些啥事。老鼠都不太敢进新来人家的房子。蚂蚁得三年后才敢把家搬到新来人家的墙根，再过三年才敢把洞打进新来人家的房子。鸟在天空把

树大根深。这是最浅表的特征。有厚度的人家，必定有高大沧桑的老树。

新来的人家脚还没有立稳，哪有根呀，他们还生活在表层，所以连老鼠、蚂蚁都"歧视"他们。

230

啥事都看得清楚，院子里的鸡、鸡窝、狗洞、屋檐下的燕子窝、檐上的鸽子。鸟会想，能让这么多动物和睦共居的家园，肯定也会让一只过路的鸟安安心心歇会儿脚。在大树顶上，大鸟看见很多年前另一只大鸟压弯的枝，另一只大鸟踩伤的一块树皮。一棵被大鸟踩弯树头的榆树，最后可能比任何一棵树都长得高大结实。

我们家是黄沙梁有数的几家老户之一，尽管我们来的时间不算长，但后父他们家在这里生活了好几辈人，老庄子住旧了又搬到新庄子。新庄子又快住旧了。在这片荒野上人们已经住旧了两个庄子，像穿破的两只鞋，一只扔在西边的沙沟梁，一只扔在更西边的河湾里。人们住旧一个庄子便往前移一两里，盖起一个新庄子。地大得很，谁都不愿在老地方再盖新房子。房子住破时，路也走坏了，井也喝枯了，地毁得坑坑洼洼，人也死了一大茬，总之，都可以扔掉了。往前走一两里，对一个村庄来说，只是迈了一小步。

有些东西却会留下来，一些留在人的记忆里，更多的留在木头、土块、车辙、筐子、麻袋及一截皮绳上。这些东西十分齐全地放在老户人家的院子里。新来的人家顶多有两把新锨，和一把别人扔掉的破锄头，锄刃上的豁口跟他没一点关系，锄背上的那个裂缝也不认识他。用旧一样东西得好几年的时间。尤其一个院子，它像扔一把旧锄头或一截破草绳一样，扔掉好几辈人，才能轮到人抛弃它。

老户人家都有许多扔不掉的老东西。

老户人家的柴垛底下压着几十年前的老柴禾，或上百年前的一截歪榆木。全朽了，没用了。这叫柴垛底子。有了它，新垛的柴禾才不会潮，不会朽掉。

老户人家粮仓里能挖出上辈人吃剩的面和米。老户人家有几头老牲口，牙豁了，腿有点儿瘸，干活慢腾腾的，却再没人抽它鞭子。

老户人家羊圈底下都有几米厚的一层肥土。那是几十年上百年的羊粪尿浸泡出来的，挖出来比羊粪还值钱，却从不挖出来，肥肥地放着——除非万不得已。那就叫老根底子。

在黄沙梁我们接着后父家的茬往下生活，那是我们的老根底子。在东刮西刮的风和明明暗暗的日月中，我们看见他们上辈人留下的茬头，像一根断开长绳的一头找到了另一头。我们握住他们从黑暗中伸过来的手，接住他们从地底下喘上来的气，从满院子的旧东西中我们找到自己的新

生活。他们握那把锹、使那架犁时的感觉又渐渐
地、全部地回到我们手里。这些全新的旧日子让
我们觉得生活几乎能够完整地、没有尽头地过
下去。

村 庄 的 头

《老根底子》是实写，《村庄的头》是虚写。实写指向具象的形，虚写指向抽象的神。村庄的神看不见，摸不着，但逐步深入人的心中，深不可测。所以，当人恍惚的时候，他就常常幻化为有形的炊烟、沙石、没人理识的榆木疙瘩，出没于那风雨日头空气之中，行走于土路之上。

黄沙梁，谁是你伸向天空的手——炊烟、树、那根直戳戳插在牛圈门口的榆木桩子，还是我们无意中踩起的一脚尘土？

谁是你永不挪动却转眼间走过许多年的那只脚——盖房子时垫进墙基的一堆沙石、密密麻麻扎入土地的根须、哪只羊的蹄子？或许它一直在用一只蚊子的细腿走路。一只蚂蚁的脚或许就是村庄的脚，它不住地走，还在原地。

谁是你默默注视的眼睛呢？

那些晃动在尘土中的驴的、马的、狗的、人和鸡的头颅中，哪一颗是你的头呢？

我一直觉得扔在我们家房后面那颗从来没人理识的榆木疙瘩，是这个村庄的头。它想了多少年事情。一只鸡站在上面打鸣又拉粪，一个人坐在上面说话又放屁，一头猪拱翻它，另一面朝天。一个村庄的头低埋在尘土中，想了多少年事情。

谁又是你高高在上的魂呢？

如果你仅仅是些破土房子、树、牲畜和人，如果你仅仅是一片含沙含碱的荒凉土地，如果你真的再没有别的，这么多年我为什么总忘不掉你呢？

为啥我非要回到你的旧屋檐下听风躲雨，坐在你的破墙根晒最后的日头呢？

别处的太阳难道不照我，别处的风难道不吹我的脸和衣服？

我为啥非要在你的坑洼路上把腿走老，在你弥漫尘土和麦香的空气中闭上眼，忘掉呼吸？

我很小的时候，从一棵草、一只鸡、一把铁锨、半碗米开始认识你。当我熟悉你所有的事物，我想看见另一种东西，它们指给我——那根拴牛的榆木桩一年一年地指着高处，炊烟一日一日地指向高处，所有草木都朝高处指。

我仰起头，看见的不再是以往空虚的天际。

村庄的一切都亲切生动，只有它的魂高高在上难以捉摸，但难以捉摸不是不可捉摸，对它顶礼膜拜者如"我"，则可享受朝拜的幸福。

房子的主人回来了

我们把房子卖给冯三也许卖对了。他并没有糟践它。尽管门前的菜地已经荒芜，可以看出很多年没种过东西。芦苇和灰蒿子杂长在院子。我们走时一点没拆的完整院墙如今只剩下西边靠马路的一截孤墙。房子东边的牛圈不见了，菜窖塌陷成一个凹坑……这些都是自自然然发生的，跟冯三没一点关系。就像一个人老了跟周围的其他人没多大关系一样。岁月让它变成这样的。

这个下午，我站在破败的院子里，茫然地看着我们家的残断墙垣。冯三躬着腰站在旁边，他很内疚地说了句：我一手没动，都是自己倒掉的。

他好像对自己没能守好这个宅院，让它破败成现在这个样子很不好意思。

"牛圈是让雨冲倒的。圈墙本来就薄，加上顶上没有垛草，压不住墙角，雨一泡墙根就软了。"

"哪一年倒掉的?"我问。

"四五年前吧,在一个夜里。雨倒下得不大,就是不停地下,下了一夜。早晨我起来看见牛圈倒掉了,倒了三面墙。幸亏我没养牛,要不也压死了。"

"另一面墙到去年秋天才倒。谁也没碰它,连风都没刮,站得好好的突然扑腾一声就倒了,平平地躺在了地上,像是人推倒的似的。其实谁也没碰它。"

"菜窖是韩三家的牛踏塌的。还把一根牛腿别断了。"

冯三紧跟在我后面,像个看守宅院的老房客,终于等来了主人。他不时给我指这说那。有点怯生生的样子。他似乎完全忘了这个宅院是他掏钱买的。

不知冯三一个人年复一年住在我们家旧房子里是什么滋味。所有东西都是我们用旧的。桌子、炕、门窗、木梁,包括地上的土。可以看出冯三是多么爱惜地将这些旧东西用到了更旧,他没有粉刷它们。一件东西在人手中磨弄多年后,磨出一种颜色来——旧木桌边缘上的那种颜色,老木椅扶手上的那种颜色。原先的漆色已磨净,露出里面的木头来。那木头在油漆下隐匿多年,

也不似以前的木头,但你熟悉、喜欢、认识。一
块经世多年的木头和经世多年的一个人,终于互
解互认。经年的相依中一些木质已进入掌纹和身
体,人的气息和心境也渐渐磨进木头。到了那时
候,你才能够从心里说一句:这些东西是我
的了。

　　我听说在旧庄子的时候,有一户人家买了别
人的旧宅子,已经住了 20 年,爷爷辈死了,孙
子辈在这个宅院里出生。他们从来没有怀疑过这
个宅院是他们的。他们太熟悉它了。早就认定这
个家了。

　　可是 20 年后的一天,原先主人的孙子拿着
一张发黄的纸片来到宅院,进了里屋,对着纸片
打量半天,然后说,他爷爷在西边这个墙角下埋
了些东西,他要挖走它。这个墙角立着一个扫
把,还堆着些早晨扫起来没簸走的垃圾。垃圾旁
放着水桶。他们找来一把锹,递给那个人,然后
呆呆地看着他在墙角往下挖,挖到半米深时,挖
出来一坛金子。

　　那个人抱着一坛金子离开后,这户人家突然
觉得不安起来,开始怀疑房子的角角落落,他们
在另外三个房角上各挖了一个坑,啥也没挖到。
又在房子中间正对天窗的地上挖了一个坑,依旧

只挖出一堆黄土。他们开始怀疑墙壁，怀疑院子里的那棵老榆树。每当墙上脱落一块泥皮，他们都会把脸凑上去，从土块缝仔细往墙里窥视，还会很冲动地挖掉一块墙体，看看墙里到底藏着啥东西。那棵老榆树干也被凿了三个大洞。他们听说早先有人把贵重东西藏在树干里，树会慢慢将藏东西的洞长住，在洞口处结成一个树疙瘩。结果两个是早年砍掉的树杈，树体将它们包住了，包得很深，像是树长到脸盆粗时被砍掉的，现在树长到水缸粗了。另一个树疙瘩里面啥也没有。树无缘无故地长了个疙瘩，让人纳闷，所以这个洞凿得很深，都快到树心了。啥也没有。

　　这户人就这样心神不定地又翻腾了七八年，宅院里到处是他们挖的坑、打的洞，后来房子终于被翻腾得住不成了。他们原打算拆掉旧房子，在宅院里重起一幢新房子。可是他们还是不放心这块地，不知道地下还埋着什么东西。最后他们弃了这个宅院到别处安家去了。

　　很早前我们家屋里也挖过一个坑，是父亲挖的，在外屋门口处，一米多深。白天坑上担着两块木板，到了晚上木板取掉。父亲用这种方式防备盗贼。晚上盗贼开门进来，会一脚踩空，跌进坑里，即便摔不死也会惊动屋里人。

在一个不熟悉的宅子里，或者永远熟悉不了的宅子里，人心无法安定，谈何安居？

害怕、胆怯当然无法安居。

可惜从来没有一个盗贼晚上进过我们家门。倒是父亲有一天黄昏背着半麻袋苞谷进屋，一脚踩断木板，直直地掉了进去，半麻袋苞谷压在身上，动弹不得。我们费了很大劲才把父亲从坑里拉出来。父亲的腰扭伤了，腿也受了点伤，在炕上躺了半个月才缓过来。

我们终于知道了这个坑的厉害。进门时总要先看看地下。直到现在我仍无法改掉这个习惯，不管进谁家的门，楼房还是平房，迈脚时总要看看门口处有没有坑。

后来我们稍大些时，父亲把这个坑填掉了。他已经不怕贼进屋了。他的五个儿子，大的十八九、二十岁，小的八九岁，齐排排躺在炕上，对付起盗贼来，总比那个坑管用和厉害。

若把房子卖给陈吉民，他肯定不会像冯三这样，任这院房子一年年地破落下去，那是一大家闲不住的人。他们会今天在院子里修个猪圈，明天盖一间小房子，后天又给墙上抹一层泥，甚至把院门堵掉重开个门。如果那样，这个院子就彻因为这个院子有着我们一家太深的生命印记。底给毁掉了。我宁愿时间把它夷为平地，也不想看到别人在它身上动手动脚，最后将它改变得面目全非。房子有自己的命，我希望它能和我一样最终在时间里安静地死去。

我们搬走前陈吉民来过好几次。但我还是把他的相貌忘记了。那段日子父亲和母亲常提起陈吉民这个人，说他想买我们家的房子。所以我记住了这个名字。好像记忆中也有这样一个人，个子矮矮的，比父亲低一个头。一天下午我回来，见父亲领着一个人在看我们的房子，前前后后里里外外看了好长时间。连仓房都打开进去看了。

　　仓房是从来不让外人进去的，里面装着我们家所有的粮食，还有农具、皮货之类。这些东西都是不能让外人看见的，尤其仓里的粮食，那是一个家庭最大的秘密，多多少少，都不能让外人知道。仓房没有天窗和窗户，只在接近屋顶的高墙上开着两个通风小洞口。房子里黑得啥都看不见。我们小的时候，谁也不敢进去。门用很大的铁锁锁着，钥匙在母亲那里，有时她打开门，进去摸索半天，端出一盆苞米或麦子。仓房里装着我们家一年的粮食，有时是好几年的粮食，粮堆顶到了房顶。个别的年成仓里所剩无几，我们节省着吃，半饱半饥地熬到了又一年的麦子长熟。

　　无论多少，粮食都黑黑地锁在仓房里，就像我们一家人黑黑地躺在那些长夜里。我们的睡眠像粮食一样没有人知道。没人知道我们梦见了什么，也没人知道我们没梦见什么。当这一家人秘

在缺吃少穿、物质极度匮乏的年代，庄户人的粮仓成了最大的秘密。

密地睡着，谁敢说他们只是简单地活着。他们像伐倒的树一样横躺了一炕的长短身体，仅仅是为睡好了再起来干活吗？这场秘密深远的睡眠中，他们中间的一个人，突然从土炕上坐起来，穿好衣服，梦幻般地飘走了。在外面，他看到月光将村庄和田野照亮得同白天一样。

父亲和陈吉民经过一下午的讨价还价，终于在天黑后说定了。我们家五间大房子、两间小耳房，加上牛圈总共卖 780 块钱。父亲想争到 800 块钱，费了很多口舌，没争上去。

晚上一家人在油灯下吃饭时，父亲说那个陈吉民太心细，把我们家房顶的椽子挨个数了一遍。

"数了多少根。"我问。我们天天躺在屋顶下面也没数过有几根椽子。

"他数了 87 根。"父亲说。

精明人碰上了精明人，一番心力的较量不可避免。

"不过仓房里的没数上，房子太黑看不清，我说了 20 根，陈吉民不信，出来数了屋檐下的椽子头，只有 15 个椽头。其实两个是假的，盖房时压上去的。幸亏仓房里看不清，都是些烂椽子，要是看清楚了说不定他不出这个价呢。"

我记得最清是父亲和陈吉民站在外屋讨价还价的情景。

"光屋顶这根檩条就能卖 100 多块钱。"父亲说。"村里谁不知道我这根梁，早先有人出过 150 块钱我都没卖。要是拆下来，200 块都让人抢掉了。"

那是我们家房顶上最粗最直的一根木头，盖房时父亲将它刮得光光溜溜，特意担在外屋的顶上，让人一进门就能看见。

这根木头也确实为我们家长了不少面子。我听到不少人坐在我们家炕上聊天时，不止一次地赞赏过这根木头。他们围坐成一圈，边抽烟边说些人和牲口的事，说到没话处，便有人仰起头，对着木梁赞叹几句。无非是赞叹过多少遍的那些话：

"这根梁真直。"

"做啥都是根好材料呢。"

"就是。""就是。"其他人也赶紧帮几句嘴。话题自然就引到了木头上。父亲满脸放光，腰也挺直了。他扬起脸把那根让他引以为豪的木梁从大头看到小头，把他怎样弄到这根木头的经过再添油加醋地叙说一遍。人们边抽烟边听着。因为父亲每次说的都不太一样，每次都会加一些新内容，所以每次都能让人听下去。只有母亲不耐烦，她坐在炕的另一头纳鞋底，听到父亲吹牛便

"显摆"有时也令人羡慕。

写父亲的得意，神形兼具。

会奚落几句。

我们兄弟几个在地下或院子里玩耍，有时也会坐在大人们身后，悄无声息地听一下午。有时听到月高星稀。

母亲不喜欢那些男人们，说他们都是来混烟抽的。他们从来不带烟，烟瘾犯了就来找父亲说书聊天。父亲话越多他们越高兴听，反正没事情，熬时间，时间越长越能多抽几根。

"你吹牛呢。"陈吉民不相信父亲的话。"别看这个梁又粗又直，说不定里面早空了。胡杨树长到这么粗一般里面都长空了。要拆下来，没准只能当劈柴。"

"你尽满嘴胡说，我还没听见谁说这样大梁不好呢。你说它空掉了，我让你听听，是不是空掉了。"

美好的记忆与想象，被眼前的事实击毁。人常常在过于自信的时候犯错。

父亲生气了，他从外面拿来一截木头，对准大梁，狠劲地捣上去。只听空洞而沉闷的一声巨响，我们全惊呆了。这幢房子从来没发出过这种响声。房梁上的尘土、草屑簌簌地落了一炕一地。

陈吉民家最终没有福气住进我们家的宅院。这或许是缘分。这院房子注定由光棍冯三孤守着，年复一年地破败下去。

第二天一早陈吉民来送定钱时，见我和父亲正在砍房边上的一棵柳树，他不愿意了。"已经说好把房子卖给我了。这树就全是我的了，你要再砍我可不愿意。我昨天已经数过了，大大小小187棵，交房子时少一棵我都不愿意。"

父亲愣了半天才回过神。

"啥。你说啥。我卖房子又没卖树。房前屋后的树我都要砍掉带走。"

"我买房子就是看上了这些树，要没这些树，500块钱我都不要呢。"

两人说着说着吵骂起来。吵到后来父亲一生气不卖给陈吉民了，再贵也不卖给他了。陈吉民也不买了，再便宜也不买了。

两个人成了仇人。

两个月后，我们全家搬出黄沙梁。光棍冯三住进了这个空荡荡的大院子。全部房子作价550块钱卖给了冯三。能成点材的树，都被我们砍倒拉走了。房子前面和左右林带仅剩下几棵半大的小榆树。那是留给冯三的。我们砍树时冯三一直站在旁边看。我们砍了一整天。我们每年都在房子周围栽树，栽了十几年。我们走进这个家园时，只有房前屋后长着两排树，现在前后左右都已绿树成荫。

人活一口气。人就常常活在像父亲与陈吉民这样较劲的一口气中。

砍到剩下不多几棵时，冯三走过来说话了。

他说："这几棵留给我乘凉吧。别全砍光了。你们以后来黄沙梁，也有个乘凉的地方。"

20多年后的一个炎热的秋天，我果真站在了当时留下的一棵弯柳树下面。那棵树好像还是我们离开时的大小和样子，这么多年它似乎一点没长，稀疏的枝条上稀落地缀着些叶子，没多少树荫，却已经足够我乘凉了。

回到原来的房子前，无意间寻回了一段丢失在时间中的生活，也就寻回了一段丢在时间中的生命。

一 顿 晚 饭

冯三打开锁，从柜子里舀出半碗米，掂量了一下，又手伸进去抓出来一把，放在碗里。

这是我跟冯三的第二顿晚饭。中午我在老胡家混了一顿，顺便翻了翻村里的户口本。老胡是村里的老会计，户口本由他专门保管着。

我蹲在灶口烧火，冯三躬着腰在锅头上忙乎。就一个锅，得先焖好米饭，盛出来再炒菜。

冯三在我们家搬走的第二年，便把地全包给了别人，每年给他一些口粮。冯三说他种地种害怕了。

别人种地都担心冰雹、大风和虫害。我从来没想过这些。我最担心的是我的命。冯三说，在所有东西中我最把握不准的就是我的命。虫吃了庄稼总会留下一些。冰雹、大风即使让地绝收，也还有下一季，重新犁地撒种子。最害怕麦芒青青的、苞谷叶还嫩嫩的，人的命突然没有了。我一个光棍，说不定哪天就真的没工夫吃这一季的

冯三说出了真理。人最把握不准的就是命。但不同的人对此有不同的态度。冯三是担心，总怕命随时就没了，所以生活将就着过。更多的人是不去理会，该咋过就咋过，绝不马虎，绝不亏待自己。

粮食了。人家有儿女的人，后事有儿女准备，自己不用着急。我得自己料理。

冯三在村里唯一的一件事，是谁家死了人叫他过去给死人脱换新衣。这件事村里只有他能干。或给临死的人说几句好话。只是村里三五年才死一个人。早年冯三干这活时，还向人家收点东西。后来他就白帮忙了。人家给东西他也不要了。

我死的时候，至少有 20 个人会过来帮忙。冯三说。我都替他们家人料理过后事。不过有几户已经搬走了。

平常时候冯三一个人待在屋子里。他很少出去坐在墙根晒太阳。

冯三显然比村里人对死有更深的认识，有更通达的态度。村里人是躲避，冯三是迎接。

我一过去他们就走开了。冯三说。他们都害怕跟我说话。也不跟我握手。嫌我的手摸死人摸得多了，阴晦。其实不到那时候，我也不会说出那些话。更不会动他们一指头。

灶口不住地往外冒黑烟。我拿一根柴禾棍捅了几下，一股浓烟灰猛窜出，呛得人直流眼泪。

烟囱让灰锈住了。冯三咳嗽着说。

早些年炉灶利得很，我也没想到上房去捅捅烟囱。现在我爬不上去房了，它又锈住了。

你也不找个人上去捅捅。这么冒烟哪能行？

我说，要不我上去捅捅。有没有梯子？

唉，算球了，不捅了。我都将就了好几年了。冯三说。我估摸着房顶已经不结实，上去万一不小心踏个窟窿，冬天都过不去了。这些椽子檩子，再硬棒也就能陪人一辈子。房子在你父亲手里有二十年光景，你们来又住了十几年，到我手里又 20 多年。算下来也到寿数了。

你们住时可能在房顶上放过重东西，要么人经常上去踏，你看房顶已经下弓了。我现在啥都不害怕，这口锅底一时半会还不会烧通，能把我陪到头，炕没问题，门窗也能凑合，炉子冒烟就冒去吧，我最担心的就是房顶，它要能将就着强撑几年，让我把日子熬完，我就给它磕头了。

我们吃饭时外面已经黑透彻。饭菜摆在柜子上。冯三坐在炕沿，我坐在一只旧方凳上。

吃，没啥好的。就当装装肚子。

刚好蒸了两碗米饭。冯三的碗里一半是锅巴。饭蒸得有点硬。一碟炒白菜在我们中间冒着热气。

吃，吃，没啥油水……冯三不停地让着我。

突然想起多少年前的一顿饭（无数顿饭），就是在这间房子里，炕上摆着小方桌，围不下一家人。母亲坐在炉子旁，端一只大瓷碗，碗沿有个豁口，老盛不满饭。大哥捧着青瓷盆坐在炕沿，父亲坐在炕里边，背靠着墙。好像天天都是一样的晚饭：汤面、馍馍。三弟端碗出门去了。天这么黑，小心把饭吃到眼睛里。母亲喊。一股风吹进来，灯影直摇晃。谁放下碗过去关门。谁到外屋盛饭去了，铁勺碰响锅。

乡村的小孩子，都是在摔碗声中长大。

不知从哪天开始的，家里人都悄悄认下了自己的碗，谁端错了立马就叫唤着换。梅子端小花搪瓷碗，边上有个铅皮补丁，摔烂后大哥用牙膏皮补的。燕子的碗跟梅子一样，碰掉好几片瓷。我们都摔碎过饭碗，挨过多次骂后逐渐能端牢一碗饭。父亲用大厚墩瓷碗，又大又重，盛满饭足有两公斤，母亲每次只给他盛半碗。我抱着灰瓷盆爬在柜沿上——多少年后我还能爬在这个木柜上吃一顿饭，似乎生活一直都没有向前。它停顿在这里，只要我回来，就能全部地看见。

生活在某个特殊的时候往往可以重拾。吃"一顿晚饭"就是如此。

留住这个村庄

我没想这样早地回到黄沙梁。应该再晚一些。再晚一些。黄沙梁埋着太多的往事。我不想过早地触动它。一旦我挨近那些房子和地，一旦我的脚踩上那条土路，我一生的回想将从此开始。我会越来越深地陷入以往的年月里，再没有机会扭头看一眼我未来的日子。

我来老沙湾只是为了离它稍近一些，能隐约听见它的一点声音，闻到它的一丝气息。我给自己留下这个村庄，今生今世，我都不会轻易地走进它，打扰它。

我会克制地，不让自己去踩那条路、推那扇门、开那页窗……在我的感觉中它们安静下来，树停住生长，土路上还是我离开时的那几行脚印，牲畜和人，也是那时的样子，走或叫，都无声无息。那扇门永远为我一个人虚掩着，木窗半合，树叶铺满院子，风不再吹刮它们。

我曾在一个秋天的傍晚，站在黄沙梁东边的

想回来，又担心回来后再走不出来。这种矛盾，体现"我"对人生的某种惶惑。

既然有强烈的思念，为何又不"轻易地走进"？害怕什么呢？害怕破坏它？害怕它已被破坏？或者两者都有？

荒野上，让吹过它的秋风一遍遍吹刮我的身体。我本来可以绕过河湾走进村子，却没这样做。我在荒野上找我熟悉的一棵老榆树。连根都没有了。根挖走后留下的树坑也让风刮平了。我只好站在它站立过的那地方，像一截枯木一样，迎风张望着那个已经光秃秃的村子。

我太熟悉这里的风了。多少年前它这样吹来时，我还是个孩子。多少年后我依旧像一个孩子，怀着初次的、莫名的惊奇、惆怅和欢喜，任由它一遍遍地吹拂。它像吹那些秃墙一样吹我长大硬朗的身体。刮乱草垛一样刮我的头发。抖动树叶般抖我浑身的衣服。我感到它要穿透我了。我敞开心，松开每一节骨缝，让穿过村庄的一场风，同样呼啸着穿过我。那一刻，我就像与它静静相守的另一个村庄，它看不见我。我把它的一草一木、一事一物，把所有它知道不知道的全拿走了，收藏了，它不知觉。它快变成一片一无所有的废墟和影子了，它不理识。

还有一次，我几乎走到这个村庄跟前了。我搭乘认识不久的一个朋友的汽车，到沙梁下的下闸板口村随他看亲戚。一次偶然相遇中，这位朋友听说我是沙湾县人，就问我知不知道下闸板口村，他的老表舅在这个村子里，也是甘肃人。30

将"这个村庄"拿走、收藏，用"仇恨"的方式占有"这个村庄"。

年前逃荒进新疆后没了音信，前不久刚联系上。他想去看看。

我说我太熟悉那个地方了，正好我也想去一趟，可以随他同去。

我没告诉这个朋友我是黄沙梁人。一开始他便误认为我在沙湾县城长大。我已不太像一个农民。当车穿过那些荒野和田地，渐渐地接近黄沙梁时，早年的生活情景像泉水一般涌上心头。有几次，我险些就要忍不住说出来了，又觉得不应该把这么大的隐秘告诉一个才认识不久的人。

<u>故乡是一个人的羞涩处，也是一个人最大的隐秘</u>。我把故乡隐藏在身后，单枪匹马去闯荡生活。我在世界的任何一个地方走动、居住和生活，那不是我的，我不会留下脚印。

将"这个村庄"隐藏起来，秘不示人。

我是在黄沙梁长大的树木，不管我的杈伸到哪里，枝条蔓过篱笆和墙，在别处开了花结了果，我的根还在黄沙梁。

他们整不死我，也无法改变我。

他们可以修理我的枝条，砍折我的丫杈，但无法整治我的根。他们的刀斧伸不到黄沙梁。

我和你相处再久，交情再深，只要你没去过（不知道）我的故乡，在内心深处我们便是陌路人。

汽车在不停的颠簸中驶过冒着热气的早春田野，到达下闸板口村已是半下午。这是离黄沙梁最近的一个村子，相距三四里路。我担心这个村里的人会认出我。他们每个人我看着都熟悉，像那条大路、那片旧房子一样熟悉。虽然叫不上名字。那时我几乎天天穿过这个村子到十里外的上闸板口村上学，村里的狗都认下我们，不拦路追咬了。

我没跟那个朋友进他老舅家。我在马路上下了车。已经没人认得我。我从村中间穿过时，碰上好几个熟人，他们看一眼我，仍低头走路或干活。窜出一条白狗，险些咬住我的腿。我一蹲身，它后退了几步。再扑咬时被一个老人叫住。

好着呢嘛，老人家。我说。

我认识这个老人。我那时经常从他家门口过。这是一大户人家，院子很大，里面时常有许多人。每次路过院门我都朝里望一眼。有时他们也朝外看一眼。

老人家没有理我的问候。他望了一眼我，低头摸着白狗的脖子。

黄沙梁还有哪些人？我又问。

不知道。他没抬头，像对着狗耳朵在说。

王占还在不在？

在呢。他仍没抬头。去年冬天见他穿个皮袄从门口过去。不过也老掉了。

我又问了黄沙梁的一些事情，他都不知道。

那个村子经常没人。他说，尤其农忙时一连几个月听不到一点人声。也不知道那一村人在忙啥。地让他们越种越远。村子附近的地全撂荒了。

我走出村子，站在村后的沙梁上，久久久久地看着近在眼底的黄沙梁村。它像一堆破旧东西扔在荒野里。正是黄昏，四野里零星的人和牲畜，缓缓地朝村庄移动。到收工回家的时候了。烟尘稀淡地散在村庄上空。人说话的声音、狗叫声、开门的声音、铁锨锄头碰击的声音……听上去远远的，像远在多少年前。

我莫名地流着泪。什么时候，这个村庄的喧闹中，能再加进我的一两句声音，加在那声牛哞的后面，那个敲门声前面，或者那个母亲叫唤孩子的声音中间……

我突然那么渴望听见自己的声音，哪怕极微小的一声。

我知道它早已经不在那里。

将"自己的声音"从远处唤回，融入"这个村庄"。

第六单元 远远的敲门声

有一种声音从遥远的天际传来；

有一种声音从地底的深处涌动；

有一种声音从木门的那边呼唤；

有一种声音在生命的深处敲响；

……

这一组文章中，人成了主角。他们最本色地生活着，他们几乎没有什么掩饰地生活着。从他们身上，也几乎看不到文化，看不到政治。他们几乎近于自然！

阅读这一组文章，将有一种博大的声音如秋天的湖水般漫溢你的心灵！

村东头的人和村西头的人

一般来说，南方人和北方人的相貌及性情差异是显而易见的。住在村东头的人和住在村西头的人有啥不同便少有人知了。村庄是这个世界上的最小地方，一般的村子户不过百，人不足千，东西跨度也就几百米，那头咳嗽一声这头也能听得清清楚楚。这样的弹丸之地竟也有东西人之分，听起来你会觉得可笑。

住在村东头的人，被早晨的第一缕阳光照醒。这是一天的头一茬阳光，鲜嫩、洁净，充满生机。做早饭的女人、收拾农具的男人，沐浴在一片曙光中，这顿鲜美的"阳光早餐"不是哪个地方的人都能随意享受。阳光对于人的喂养就像草对于牲畜。光线的质量直接决定着人的内心及前途的光亮程度。而当阳光漫过一个房顶又一个房顶到达村西头，光线中已沾染了太多的烟尘、人声和鸡鸣狗叫，变为世俗的东西。

早晨村东头的屋影、树影、烟影、人畜影层

这是一个不易察觉的世界，但察觉之后你一定不会遗忘。由此，你还可能学会与作家一样去体察那些习焉不察的东西——照耀在你头顶的每一缕阳光、吹拂在你脸上的每一缕清风、撒播在你心中的每一滴雨露……

258

层叠叠压向村西头。早晨的影子是残梦，是梦幻与现实的暧昧与交替。这种影子里长大的人，忧郁、怀疑、好妄想。午后村西头的影子正好反过来压向村东头。午后的影子是疲惫，是一整天勤劳带来的收获与遗憾，是先到的夜晚。坐在这种阴影里吃晚饭的人们，咀嚼生活的自足与艰辛。早熟，早恋，早有所成。

　　住在村东头的男人，早晨面朝太阳，一泡激尿撒出三米远两丈高。这是憋了一夜的老尿，所以憋一夜不在三五更放掉，就是为了一大早地晒晒太阳。撒尿是个多好的正当理由，它让这个见不得人的家伙偶尔出来放放风见见阳光。

　　水往东边流，一渠水村西人洗过衣服村东人洗，虽说水过百米自然清，百米外的清水肯定已不是以前的水。风向西边刮，村东头的尘土刮到村西头，村西的尘土又刮到更西边另一个村庄的东头。

　　村东头的人以为太阳落尽时，太阳才落到村西头的房子后面，几栋矮土房足够遮挡人的眼光。就像村西人以为太阳还未出来时，村东人已饮足了早晨的头茬子阳光。村西人的黄昏漫长，夜相对短些。村东人的黎明早，昼相应长些。前后一算又是一样的。先醒的人也先睡着。误差极

人活在自己的世界中。哪怕一个弹丸之地的村子，东西两头的人也不能共享朝阳与晚霞。

微小，才不易觉察地影响着人。

一个人日复一日、年复一年地被太阳先照那么一阵子，一个人夜夜早睡早醒，早早下到地里，四寂无人地先干那么一阵子。

另一个人总是最后目睹日头落尽，看着人全回村，牲口都归圈。尔后关好院门。只有他知道一天真的完了。他最后一个端起饭碗，最后一个点灯又最后一个把灯吹灭。半村人鼾声大震时，另半村人正醒着。

这样的两种人就像生活在两个不同时代，他们气质、禀性中的不同东西肯定比相同的东西多得多。

人虽非草木，家却是根，把人牢牢拴在一处。人可以走东窜西，跑南奔北，大部分时间却还是在家里度过。家的位置对人一生有多重要。家安在盐碱滩，你的脚底就一辈子返潮。家住沙沟梁，有风无风你都得把眼眯缝上。不同的生活方位造就着不同的人。几步之外，另有乾坤。村人早就知道这个道理。所以他们在活得不对劲时，要想方设法搬搬房子，这比搬动其他更容易些。树挪死，人挪活嘛。

由此看来，对于村子里的人来说，选择某一"好"地方安家，实在是一件最重大的事。

冯　　四

很多年，我注意着冯四这个人。

我没有多少要干的事。除了比较细微地观察牲口，我也留意活在身边的一些人，听他们说话、吵架，谈论收成和女人，偶尔不冷不热地插上两句。从这些不同年龄的人身上，我能清楚地看到我活到这些年龄时会有多大意思。一个人一出世，他的全部未来便明明白白摆在村里。当你15 岁或20 岁的时候，那些30 岁、50 岁、70 岁的人便展示了你的全部未来。而当你80 岁时，那些40 岁、20 岁、10 岁的人们又演绎着你的全部过去。你不可能活出另一种样子——比他们更好或更差劲。活得再潦倒也不过如冯四，家徒四壁，光棍一世，做了一辈子庄稼人没给自己留下种子。再显贵也不过如马村长，深宅大院，牛、羊、马成群，走在村里昂首挺胸，老远就有人奔过去和他打招呼。我14 岁时羡慕过住在村头的马贵，每天早晨，我看着他乐颠颠地伴着新娘下

每个村子几乎都生活着冯四这样的人。在村人的眼里，冯四这样的人不值一提，但"我"的观察与思考，给出了冯四这类生命存在的答案。

地干活，晚上一块儿回到家里吃饭睡觉。那段时间，我整夜想着马贵和他的新娘在炕上的一系列情景。我想，能活到马贵这份上，夜夜搂着女人睡觉真是美死了。不到 30 岁我便有了一个比马贵的新娘要娇艳十倍千倍的新娘子。从那以后我就谁都不羡慕了。我觉得在这个村里，活得跟谁一样都是不坏的一生。一个人投生到黄沙梁，生活几十年，最后死掉。这是多么简单纯粹的一生。难道还会有比这更适合的活法？

有一天我活得不像这个村里人时，我肯定已变成另一种动物。多少年我对村人的仔细观察是学习也是用心思索。我生怕一生中活漏掉几大段岁月，比如有一个好年成他们赶上了，而我因一件鸡毛蒜皮的小事出了远门，或者在我的生活中忽视了像挖鼻孔、翻眼睛、撇嘴这样有意思的小动作。这样我的一生就不完整了，丢三落四。许多干了大事业的人临终前都非常遗憾地发现他们竟没干过或没干成一两样平常小事。这使他们只配享用"伟大"这样空洞乏味的赞美词，而无缘接近平凡了。接近平凡更需要漫长一生的不懈努力。像我，更多时候，也只能隔着一条路、一块长满荒草的地或几头牛这样的距离与村人相处。我想看清全部，又绝不能让村里人觉出我在偷窥

记住生命中的每一个细节，让生命有一种最实在的感觉，是一件极不易的事情。

他们的一辈子。

一个人的一辈子完了就完了。作为邻居、亲人和同乡，我们会在心中留下几个难忘的黑白镜头，偶尔放映给自己和别人。一个人一死，他真真实实的一生便成为故事。

而一村庄人的一生结束后，一个完整的时代便过去了。除了村外新添的那片坟墓，年复一年提示着一段历史。几头老牲口，带着先人使唤时养就的毛病，遭后人鞭骂时依稀浮想昔年盛景。在活着的人眼中，一个村庄的一百年，也就是草木枯荣一百次、地耕翻一百次、庄稼收获一百次这样简单。

其实人的一生也像一株庄稼，熟透了也就死了。一代又一代人熟透在时间里，浩浩荡荡，无边无际。谁是最后的收获者呢？谁目睹了生命的大荒芜——这个孤独的收获者，在时间深处的无边金黄中，农夫一样，挥舞着镰刀。

这个农夫肯定不是我。我只是黄沙梁村的一个人，我甚至不能把冯四和身边这一村人的一生从头看到尾，我也仅有一辈子，冯四的戏唱完时，我的一生也快完蛋了，谁也带不走谁的秘密。冯四和我迟早都是这片旷野上的一把尘土。生时在村里走走跑跑叫叫，死了被人抬出去，埋

所有的人都在时间里，冯四和"我"都一样。

在沙梁上。多少年后又变成尘土被风刮进村里，落在房顶、树梢、草垛上，也落在谁的饭锅、饭碗里，成为佐料和食物。

由此看来，我对冯四长达一生的观察可能毫无意义。

这天早晨，冯四扛一把锨出去翻地，他想好了去翻一块地，种些玉米什么的。这样到了秋天他就有事可干，别人成车往家里收粮食时，他也会赶一辆车出去，好赖拉回些东西。多少个秋天他只是个旁观者，手揣在袖筒里，看别人丰收，远远地闻点谷香。

没人知道冯四这些年靠什么维持生活，他家的烟囱从没冒过一缕烟，也从没见他为油盐酱醋这档子事忙碌。他的那几亩地总是荒荒地夹在其他人家郁郁葱葱的麦田中间，就像他穷困的一辈子夹在村人们富富裕裕的一辈子中间——长长的一溜儿。有时邻家的男人撒种，不小心撒几粒落在他的田里，也跟着长熟了。只是冯四不种地也从不知道他的地里每年都稀稀地长着几株野庄稼。经常出门在外的冯四，似乎从来也没走出黄沙梁，按说像他这样无儿无女、无牵无挂的人，应该四处漂泊了，可他硬是死守着黄沙梁不放，他在依恋什么呢？记得冯四唯一关心的一件事

黄沙梁的人都走不出黄沙梁，冯四和"我"都一样。

是——每隔一两年，就去找村长问问户口册上有没有他的名字。他好像很在乎自己是不是黄沙梁人。只要看见自己的名字还笔画完好地爬在那个破户籍本上，他就活得放心了。也有过一段日子冯四忽然不见了，像蛇一样冬眠了，没人清楚他死了还是活到别处去了。好像冯四有意跟村里人玩"捉迷藏"游戏，他藏好一个地方，期待人们去找他，先是藏得很深很隐秘，怕人们找不到又故意露点马脚。可是谁有空理他呢？这是一村庄大人，人人忙着自己的事。冯四藏得没趣，有一天便忽然从一堵墙后面钻出来，悻悻地穿过村中间那条马路。其实，我想冯四压根不会跟谁玩游戏，他是个认真的人，尽管从没认真地做过什么事。

冯四一回到他那间又破又低矮的土屋，我便只能望着屋顶上那尊又粗又高的烟囱发愣：它多像一门大炮啊，一年又一年地瞄准着天空深处某个巨大的目标，静静地瞄着，一炮不发。这使冯四的夜生活显得异常神秘难测，他没有女人，他跟自己睡觉也能一夜一夜地睡到天亮。有几个晚上我溜到窗根也没听到什么，屋子里一片死寂，不知冯四正面朝一生中的哪几件事昏昏而睡或黑黑地醒着。

在被人视为一场戏的人生中，每个人都被"暗暗观察"，冯四和"我"都一样。

在我偷窥冯四时，肯定有很多双眼睛已暗暗观察了我很多年。每一个来到村里的人，都理所当然会受到怀疑，无论新出生的还是半道来的，弄清楚你是个什么东西人们才会放心地和你生活在一个村里，这是很正常的事。况且，一个人要使自己活得真实就难免不把别人的一生当一场戏。

出门不久冯四遇到了张五，张五的上半辈子是在别处度过的，在冯四眼中他只有下半辈子。和这种人交往，冯四总觉得不踏实，在张五烟波浩渺的一辈子里，他只看见露出水面的三五块礁石。"看不见的岁月是可怕的。"冯四总担心会不小心陷进别人的一生里，再浮不出来。

张五正牵着五头驴，要卖到别处去。

"让驴换个地方生活，长长见识。"张五认真地说。

"驴吃惯了黄沙梁的草，到别处怕过不惯呢。"冯四说。

"没事。驴到哪都是拉车，往哪拉都一样用力……"

"不一样的。有些地方路平，有些地方路难走，驴要花好几年才能适应。"

说话时冯四注意到一头黑母驴的水门亮汪汪

冯四比张五更通驴性，尽管张五有几头驴，冯四一无所有。

的，凭经验他一眼断定这是头正在发情期的年轻母驴，再看另四头，也都年纪轻轻，毛色油亮而美丽，不用往裆里乜也清楚都是母驴。一下子卖掉五头母驴，对黄沙梁村将是多大的损失。五头驴所干的活将从此分摊到一村人身上，也可能独独落到某几个人头上。他们将接过驴做剩的事儿，辛辛苦苦，没日没夜忙碌下去——像驴一样。尤其一下子卖掉五头母驴，在缺女人一样本来就缺少母驴的黄沙梁，这种损失更难预计。作为男人，冯四首先为黄沙梁的公驴们想到以后的日子。没当过光棍的人不会想到这些事。冯四不知道驴为了什么理想和目标在活一辈子。凭他多年的观察，一头公驴若在发情期不爬几次母驴发泄发泄，整个一年都会精神不振，好像生活一下子变得没意思，再好的草料嚼着也无味了，脾气变得很坏，故意把车拉到沟里弄翻，天黑也不进圈，有时还气昂昂地举着它那警棍一般粗黑的家伙吓唬女人。似乎它没日上母驴全都怪人。看来交配对人和牲口都是件顶顶重要的大事。而冯四光棍一辈子没娶上女人这又怪谁呢？怪驴。怪嫖走女人的男人。我猜想有几个季节冯四真的羡慕过驴呢，甚至渴望自己立马变成一头公驴，把积攒多年的激情挨个地发泄给村里的母驴。我们筋疲力尽或年迈无力时希望自己是一头牛或者驴，轻轻松松干完眼前的大堆活计。有些年月我们也只有变成牲口，才能勉强过下去那不是人过的日子。这便是村人们简单而又复杂的一辈子。由此可以推想，冯四替驴操心时也更多地为自己着想，现在他决意要留住这五头母驴。黄沙梁若没有了母驴，做个公驴还有多大乐趣。他想。

冯四的视野穿越了人，深入到了驴的心中。

"张五，我知道有个地方要母驴，那个村子里全是公驴，一头母驴也没有。一到晚上，公驴整夜地叫唤，已经好几年了，害得村里人睡不好觉。起先大家都以为鬼在作怪，最近一个细心人（也是光棍）才发现了根本缘由——没有母驴，公驴急得慌。这阵子村里人到处打问着买母驴，我有个熟人，就在这村里，前天他还托我给找几个母驴，这不，碰到了你，这几头母驴赶过去，肯定卖大价呢。"

"真有这好事，在哪个村子?"

"别问那么多，跟我走就是了。"

他们的身影绕过三间房子，朝西边的沙梁上走去，一会就看不见了。

很多年来我怀着十分矛盾的心理生活在黄沙梁，我不是十足的农夫，种地对我来说肯定不是一辈子的事，或者三年五载，或者十年二十年。

迟早我会扔掉这把锄子。但我又必须守着这一村人种完一辈子的地。我要看最后的收成——一村庄人一生的盈利和亏损。我投生到僻远荒凉的黄沙梁，来得如此匆忙，就是为了从头到尾看完一村人漫长一生的寂寞演出。我是唯一的旁观者，我坐在更荒远处。和那些偶尔路过村庄，看到几个生活场景便激动不已，大肆抒怀的人相比，我看到的是一大段岁月。我的眼睛和那些朝路的窗户、破墙洞、老树窟一起，一动不动，注视着一百年后还会发生的永恒事情：夕阳下收工的人群、敲门声、尘土中归来的马匹和牛羊……无论人和事物，都很难逃脱这种注视。在注视中新的东西在不断地长大、觉悟，过不了几年，某堵墙、某棵树上又会睁开一只看人世的眼睛。

天快黑时，冯四、张五和五头驴的脚印跟蹄印进了村子。走出去这么多，还回来这么多，对黄沙梁来说，这一天没有什么损失。冯四编了个故事，整个一天张五和五头驴都在他的故事中，他们朝一个不存在的村庄（或者一个真实的但不需要母驴的村庄）走。路是真实的，阳光实实在在照在人脸和驴背上，几座难翻的沙梁和几个难过的泥沟确实耗费了人的精力，并留下难忘的记忆。但此行的目的是虚无的，或者根本没有目冯四、张五和五头驴，都在故事中度过了一天。对张五而言，是虚度的一天；对冯四而言，是实现重要目标的一天；对五头驴而言，是漫无目标的一天；对黄沙梁而言，是值得庆幸的一天。冯四的隐秘心理，改变了驴们的命运，也改变了黄沙梁的命运。

的。当冯四意识到张五和五头驴的一天将因此虚度，自己的一天也猛然显得不真实。他同样搭上了整个一天的工夫。他编了一个故事，自己却不能置身于故事之外，就像有收成和无收成的人一同进入秋季，忙人和闲人在村里过着一样长短的日子。时间一过，可能一切都变得毫无意义。

冯四的一天就这么过去了。天黑之后，冯四把扛了一天的锨原放回屋角。在这个小小农舍里，光线黑暗，不管冯四在与不在，地上的木桌永远踱着方步朝某个方向走着，挂在墙上的镰刀永远在收割着一个秋天的麦子，倒挂在屋顶的锄头永远锄着一块禾田里的杂草，斜立屋角的铁锨永远挖着一个黑暗深邃的大坑……这是看不见的劳动。我们能看见的仅仅是锨刃一天天变薄变短了，锨把一年年变细。仿佛什么东西没完没了地经过这些闲置不动的农具，造成磨蚀和损失。

在黄沙梁，稍细心点便会看到这样两种情景：过日子的人忙忙碌碌度过一日——天黑了；慵懒的人悠悠闲闲，日子经过他们——天黑了。天从不为哪个人单独黑一次，亮一次。冯四的一天过去后，村里人的一天也过去了。谁知道谁过得更实在些呢？反正，多少个这样的一天过去后，冯四的一辈子就完了。黄沙梁再没有冯四这个人了。他撇下朝夕相处的一村人走了。我们埋掉他，嘴里念叨着他的好处，我们都把死亡看成一件美事，我们活着是因为还没有资格去死。

在世上走了一圈啥也没干成的冯四，并没受到责怪，作为一个生命，他完成了一生。与一生这个漫长宏大的工程相比，任何事业都显得渺小而无意义。我们太弱小，所以才想干出些大事业来抵挡岁月。一年年地种庄稼、耕地，难道真因为饥饿吗？饥饿是什么？我们不扛一把锨势必要扛一把刀、一杆枪或一支笔，我们手中总要拿一件东西——叫工具也好、武器也好，身体总要摆出一种姿势——叫劳动、体育或打斗。每当这个时候，我便惊愕地发现，我们正和冥冥中的一种势力较着劲。这一锄砍下去，不仅仅是砍断几株杂草，这一锨也不仅仅翻动了一块黄土。我们的一辈子就这样被收拾掉了。对手是谁呢？

> 所有的人冥冥中都有一种势力在同他较劲，最终都败下阵来。冯四也是。

冯四是赤手空拳对付了一生的人。当宏大而神秘的一生迎面而来时，他也慌张过，浮躁过。但他最终平静下来，在荒凉的沙梁旁盖了间矮土屋，一天一天地迎来一生中的所有日子，又一个个打发走。

现在他走了，走得不远，偶尔还听到些他的消息。我迟早也走。我没有多少要干的事。除了

> 一个赤手空拳对付一生的人，是不是比手持各种武器对付一生的人更值得探究？从某种程度说，是更值得尊敬，还是更值得鄙视？

观察活着的人，看看仍旧撒欢的牲口。迟早我也
会搁荒一块地，住空一幢房子，惹哭几个亲人。
我和冯四一样，完成着一辈子。冯四先完工了。
我一辈子的一堵墙，还没垒好，透着阳光和风。

父　亲

我们家搬进这个院子的第二年，家里的重活开始逐渐落到我们兄弟几个身上，父亲过早地显出了老相，背稍重点的东西便显得很吃力，嘴里不时嘟囔一句：我都50岁的人了，还出这么大力气。

他觉得自己早该闲坐到墙根晒太阳了。

母亲却认为他是装的。他看上去那么高大壮实，一只胳膊上的劲，比我们浑身的劲都大得多。一次他发脾气，一只手一拨，老三就飞出去三米。我见他发过两次火，都是对着老三、老四。我和大哥不怎么怕他，时常不听他的话。我们有自己的想法。我们一到这个家，他便把一切权力交给了母亲。家里买什么不买什么，都是母亲说了算。他看上去只是个干活的人，和我们一起起早贪黑。每天下地都是他赶车，坐在辕木上，很少挥鞭子。他嫌我们赶不好，只会用鞭子打牛，跑起来平路颠路不分。他试着让我赶过几

父亲是个有力气的人，但现在已不大愿意出大力了。

273

次车。往前走叫"哒球"。往左拐叫"噢"。往右叫"外"。往后退叫"缩、缩"。我一慌忙就叫反。一次左边有个土疙瘩，应该喊"外"让牛向右拐绕过去。我却喊成"噢"。牛愣了一下，突然停住，扭头看着我，我一下不好意思，"外、外"了好几声。

我一个人赶车时就没这么紧张。其实根本用不着多操心，牛会自己往好路上走，遇到坑坎它会自觉躲过。它知道车辖辘碰到疙瘩陷进坑会使自己多费劲。

我们在黄沙梁使唤老了三头牛。第一头是黑母牛，我们到这个家时它已不小岁数了，走路肉肉的，没一点脾气。父亲说它八岁了。八岁，跟我同岁，还是孩子呢。可牛只有十几岁的寿数，活到这个年龄就得考虑卖还是宰。黑母牛给我印象最深的是那副木讷神情。鞭子抽在身上也没反应。抽急了猛走几步，鞭子一停便慢下来，缓缓悠悠地挪着步子。父亲已经适应了这个慢劲。我们不行，老想快点走到地方，担心去晚了柴被人砍光草被人割光。一见飞奔的马车、牛车擦身而过，便禁不住抡起鞭子，"哒球、哒球"叫喊一阵。可是没用。鞭抽在它身上就像抽在地上一样，只腾起一股白土。黑母牛身上纵纵横横爬满

父亲是个干活的人，起早贪黑，但节奏缓慢如老牛。

了鞭痕。我们打它时一点都不心疼。似乎我们觉得，它已经不知道疼，再多抽几鞭就像往柴垛上多撂几棵柴一样无所谓了。它干得最重的活就是拉柴禾，来回几十公里。遇到上坡和难走的路，我们也会帮着拉，肩上套根绳子，身体前倾着，那时牛会格外用力，我们和牛，就像一对兄弟。实在拉不动时，牛便伸长脖子，晃着头，哞哞地叫几声，那神情就像父亲背一麻袋重东西，边喘着气边埋怨：我都快50岁的人了，还出这么大力气。

一年后，我才能勉强地叫出父亲。父亲一生气就嘟囔个不停。我们经常惹他生气。他说东，我们朝西。有一段时间我们故意和他对着干，他生了气跟母亲嘟囔，母亲因此也生气。在这个院子里我们有过一段很不愉快的日子。后来我们渐渐长大懂事，父亲也渐渐地老了。

我一直觉得我不太了解父亲，对这个和我们生活在一起叫他父亲的男人有种难言的陌生。他会说书，讲故事，在那些冬天的长夜里，我们围着他听。母亲在油灯旁纳鞋底。<u>我们围坐在昏暗处，听着那些陌生的故事，感觉很远处的天，一片一片地亮了。</u>我不知道父亲在这个家里过得快不快乐，幸福不幸福。他把我们一家人接进这个

父亲是个会说书、讲故事的人，陌生的故事带给"我们"远处的光亮。

院子后悔吗？现在他和母亲还有我最小的妹妹、妹夫一起住在沙湾县城。早几年他喜欢抽烟，吃晚饭时喝两盅酒。他从不多喝，再热闹的酒桌上也是喝两盅便早早离开。我去看他时，常带点烟和酒。他打开烟盒，自己叼一根，又递给我一根烟——许多年前他第一次递给我烟时也是这个动作，手臂半曲着，伸一下又缩一下，脸上堆着不自然的笑，我不知所措。现在他已经戒烟，酒也喝得更少了。我不知道该给他带去些什么。每次回去我都在他身边，默默地坐一会儿。依旧没什么要说的话。他偶尔问一句我的生活工作，就像许多年前我拉柴回到家，他问一句"牛拴好了吗?"我答一句。又是长时间的沉默。

父亲与"我"很少说话，相互之间很陌生。

这样的父亲真实得仿佛就在眼前。

木　匠

　　一个人在夜里敲打东西，我睡不着。外面刮着清风，有一阵没一阵，好像大地在叹气。

　　敲打声一下一下蹦到高空，又顺风滑落下来，很沉地撞着人的耳膜。冯三一躺倒就开始说梦话，还是昨晚上说过的内容，他在跟梦中的一个人对话。他说一句，那个人说一句。我听不见他梦中那个人说些什么，所以无法明白冯三说话的全部内容。有一阵冯三长时间不吭声，他说了半句话，突然停住。我侧起身耳朵贴近他的头，想听听梦中打断他说话的那个人正在说些什么。房子里亮堂堂的，那扇糊着报纸落满尘土的小窗户，还是把月光全放了进来。

　　一连两个晚上，我一睡倒，便感到自己躺在一片荒野上。冯三做梦的身体远远地横着，仿佛多少年的野草稀稀拉拉地荒在我们之间。

　　梦离他的身体又有多远？

　　我也睡着，我的梦离冯三的梦又有多远？

一种声音、一种敲打声，使"我"无法入睡。那是一个木匠抡起一把斧子敲打木头的声音。这种声音把"我"带回童年，让"我"重温往日的生活；这种声音把"我"引向生命深处，使"我"闻到一种失落已久的生命的气息，并深深地伤感。

277

曾经是我们一家人睡了多少年的这面土炕上，冯三一个人又躺了多年。他一觉一觉地延接下去的已经不是我们家的睡眠。但他夜夜梦见的，会不会全是我们以往的生活呢？

在那些生活将要全部地、无可挽救地变成睡梦的时候，我及时地赶了回来。

外面亮得像梦中的白天。风贴着地面刮，可以感到风吹过脚背，地上的落叶吹出一两拃远便停住。似乎风就这么一点点力气。

本没有"喊""我"，是"我"觉得它在"喊""我"，是"我"的一种生命感觉。

那个敲打声把我喊出了门，它在敲打一件我认识的东西。我必须出去看看。我11岁那年，有个木匠想带我出去跟他学手艺。他给母亲许诺，要把所有木工手艺都传给我。母亲问我去不去。我没有主意，站着不吭声。

那个木匠在他丁丁咣咣的敲打声里，把我熟悉的木头棍棍棒棒变成了桌子、板凳和木箱。

我的影子黑黑地躺在地上，像一截烧焦的木头。其他东西的影子都淡淡的，似有似无，可能月光一夜一夜地，已经渗透那些墙和树木，把光亮照到它们的背阴处。我在这个地方少待了20年。20年前，这里的月光已经快要照透我了。我在别处长出的一些东西阻挡了它。

夜越静，那声音就越有穿透力。

整个村子静静的，只有一个声音在响。我能

听出来，是这个村子里的一件东西在敲打另一件东西。不像那个木匠，用他带来的一把外地斧头，砍我们村的木头，声音生刺生刺，像不认识的两条狗狠劲相咬，一点不留情。

许多年前的一个中午，一群孩子围在我们家院子里，看一个外地来的木匠打制家具。他的工具锁在一个油黑的木箱里，用一件取一件，不用的原装进去锁住。一件也不让人动。

那群孩子只有呆呆地看着他在木头上凿眼，把那些木棍棍锯成一截一截地摆放整齐。其中一个孩子想，要能用一下他的刨子，把这块木板刨平该多好呀。另一个想，能动动他的墨盒，在这根歪木头上打一根直直的黑线多好。

吃午饭时，那群孩子看着大人们给木匠单独做的白面馍馍，炒的肉菜。

长大了我也要当木匠。一个孩子说。

我也背个木箱四处去给人家做家具。另一个孩子说。

赶我们长大不知还有没有木头了。另一个孩子想。

我记不清自己为什么没有跟那个木匠去学艺，而是背着书包去了学堂。

那个木匠临走前在门外等了好长一阵。母亲

越不让人动，孩子们越有动的欲望。

把我拉进屋里。忘了是劝我去还是劝我不去。出来时，那个木匠刚刚离去。他踩起的一溜土还没落下来。

那群孩子中的一个，后来果真当了木匠。现在他就在我面前敲打着一样家具，身旁乱七八糟堆着些木料。一盏灯高挂在草棚顶上。我站在院墙外的黑暗处，想不起这个人的名字。但他肯定是那群孩子中的一个，过去多少年后，一个村庄里肯定有一大批人把孩提时候的梦想忘得一干二净，肯定还会有一个人默无声息地留下来。那一代人最初的生存愿望，被他一个人实现了，尽管这种愿望早已经过时。

我没去打扰他。

他抢一把斧子，干得卖力又专心。不知他能不能听到他的敲打声。整个村子在这个声音里睡着了。我猜想他已经叮叮当当地敲打了多少年。他的敲打声和狗吠鸡鸣一样已经成为村子的一部分。他砍这根木头时，村子里其他木头在听。他敲那个铆时，他早年敲紧现已松懈的一个铆在村子的某个角落里微微颤动。

我从来没把哪件活干到他这种程度。面对这个年纪与我相仿的人，我只能在一旁悄悄站着，像一根没用的干木头。

韩老二的死

"你们都活得好好的，让我一个人死。我害怕。"

屋子里站着许多人，大多是韩老二的儿女和亲戚。我揉了揉眼睛，才看清躺在炕上的韩老二，只看见半边脸和头顶。他们围着他，脖子长长地伸到脸上望着他。

"好多人都死了，他二叔，他们在等你呢。死亡不是你一个人的事情。我们迟早也会死。"

说话的人是冯三。谁家死人前都叫他去。他能说通那些不愿死的人痛痛快快去死。

"……韩富贵、马大、张铁匠都死掉了。他二叔，你想通点，先走一步，给晚辈们领个路。我们跟着你，少则一二十年，多则四五十年，现在活着的一村庄人，都会跟着你去。"

天暗得很快。我来的时候还亮亮的，虽然没看见太阳，但我知道它在哪个墙后面悬着，只要跳个蹦子我就能看见。

人怎么个死法？韩老二的死法是最传统的死法。这种死法的好处是，使走向死地的人走出恐惧，令活着的人早早做好死的心理准备。在这种代代相传的方式中，人们生死相继。

这是真理。先死者都是后死者的领路人。

母亲塞给我一包衣服让我赶快送到韩老二家去。早晨他老婆拿来一卷黑布，说韩老二不行了，让母亲帮忙赶缝一套老衣。那布比我们家黑鸡还黑，人要穿上这么黑一套衣服，就是彻头彻尾的黑夜了。

进门时我看见漆成大红的棺材摆在院子，用两个条凳撑着，像一辆等待客人的车。他们接过我拿来的老衣，进到另一个房子，像是怕让老人看见。人都轻手轻脚地走动着，像飘浮在空气里。

"都躺倒五天了，就是不肯闭眼。"一个女人小声地说了一句，我转过头，屋里暗得看不清人脸，却没人点灯。

冯三劝韩二叔的许多话无从对证，但也无从否定。这样的话才有劝说的效果。可对证的，大家都懂；可否定的，谁也不信。就是这种似是而非的话，最有诱惑力。因此也是最体贴、最妥帖的临终关怀。

"冯三，你打发走了那么多人，你说实话，都把他们打发到哪去了？"我正要出去，又听见韩老二有气无力的说话声。

"他们都在天上等你呢，他二叔。"

"天那么大，我到哪去找他们？他们到哪去找我？"

"到了天上你便全知道了。你要放下心，先去的人，早在天上盖好了房子，你没见过的房子，能盛下所有人的房子。"

"我咋不相信呢，冯三。要有，按说我应该

能看见了。我都迈进去一只脚了，昨天下午，也是这个光景，我觉得就要走进去了，我探进头里面黑黑的，咋没有你们说的那些东西，我又赶紧缩头回来了。"

"那是一个过道，他二叔，你并没有真正进去。你闭眼那一瞬看见的，是一片阳间的黑，他会妨碍你一会儿，你要挺住。"

"我一直在挺住，不让自己进去。我知道挺不了多大一会儿。忙乎了一辈子，现在要死了，才知道没有准备好。"

"这不用准备，他二叔，走的时候，路就出现了。宽宽展展的路，等着你走呢。"

我看见韩老二的头动了一下，朝一边偏过去，像要摇头，却没摇过来。

"都先忍着点，已经闭眼了。"冯三压低嗓子说。等眼睛闭瓷实了再哭，别把上路的人再哭喊回来。

外面全黑了。屋子里突然响起一片哭喊声。我出来的那一刻，感觉听到了人断气的声音，像一个叹息，一直地坠了下去，再没回来。

人全拥进屋子，院子里剩下我和那口棺材。路上也看不见人影。我想等一个向南走的人，跟在他后面回去。我不敢一个人上路，害怕碰见韩二叔。听说刚死掉的人，魂都在村子里到处乱转，一时半刻找不到上天的路。

我站了好一阵，看见一个黑影过来。听见四只脚走动，以为是两个人，近了发现是一头驴，韩三家的。我随在它后面往回走，走了一会儿，觉得后面有人跟着我，又不敢回头看，我紧走几步，想超到驴前面，驴却一阵小跑，离开了路，钻进那片满是骆驼刺的荒地。

我突然觉得路上空了。后面的脚步声也消失了，路宽宽展展的，我的脚在慌忙的奔跑中渐渐地离开了地。

你闭着眼走吧，他二叔。该走的时候，老的也走呢，小的也走呢。

黄泉路上无老少啊，他二叔。我们跟着你。

冯三举一根裹着白纸的高杆子，站在棺材前，他的任务是将死人的鬼魂引到墓地。天还灰蒙蒙的，太阳出来前必须走出村子。不然鬼魂会留在村里，闹得人畜不宁。鬼魂不会闲待在空气中，他要找一个身体作寄主，或者是人，或者是牲畜。鬼魂缠住谁，谁就会发疯、犯病。这时

冯三送韩二叔上路的话句句实在，听来叫人心里宽敞。这其实是说给活人听的，让活着的人心中踏实。

候，冯三就会拿一根发红的桃木棍去镇邪捉鬼。
鬼魂都是晚上踩着夜色升天下地，天一亮，天和
地就分开了。

　　　双扇的院门打开了，他二叔。
　　　儿孙亲戚全齐了，村里邻里都来了。
　　　我们抬起你，这就上路。

　　冯三抑扬顿挫的吟诵像一首诗，我仿佛看见
鬼魂顺着他的吟诵声一直上到天上去。我前走了
几步，后面全是哭声。冯三要一直诵下去，我都
会跟着那个声音飘去，不管天上地下。

　　　把路让开啊，拉麦子的车。
　　　拉粪的车，拉柴禾和盐的车。
　　　一个人要过去。

　　送葬的队伍经过谁家，谁家会出来一个人，
随进人群里。队伍越走越长。

　　　……和你打过架的王七在目送你呢，他
二叔。
　　　跟你好过的兰花婶背着墙根哭呢，他

二叔。

拴在桩上的牛在望你呢，他二叔。

鸡站在墙角看你呢，他二叔。

你走到了阴凉处了，一棵树、两棵树、三棵树……排着长队送你呢。

你不会在棺材里偷着笑吧。

我们没死过，不知道死是咋回事。

你是长辈啊，我们跟着你。

走一趟我们就学会了，不管生还是死。

你的头已经出村了，他二叔。

你的脚正经过最后一户人家的房子。

我们喘口气换个肩膀再抬你，他二叔。

炊烟升起来了，那是天上的梯子。

你要趁着最早最有劲的那股子烟上去啊，他二叔。

冬衣夏衣都给你穿上了。

欠的债都还清了。

借出去的钱也都要回来了。

这里已经没你的事了。

他们在尽头等你呢，赶紧上去，赶紧上去啊，他二叔。

已经没有路了，人群往坡上移动，灰蒿子正

开着花，铃铛刺到了秋天才会丁零零摇响种子，几朵小兰花贴着地开着，我们就要走过，已经看见坡顶上的人，他们挖好坑在一边的土堆上坐着。

　　他们说你升天了，韩老二，他们骗你呢。你被放进一个坑里埋掉了。几年后我经过韩老二的坟墓，坐在上面休息，我自言自语说了一句。

"我"的自言自语是对传统死法的破坏与否定。

我 的 死

"我"的死在
"我"的想象
中，"我"的
死法在"我"
的想象中。它
与传统的死法
有联系，更有
区别。最大的
区别是对养我
的这块土地的
感恩。

那是一些等死的人。20 年前我离开黄沙梁时，他们已经闲坐在墙根晒太阳了。那时他们 50 岁，或四十八九的样子，看上去不是太老。他们的儿女都已长大成人，接替了家里的事情。他们早早闲下来。每天太阳照东墙时他们在墙东边抽烟闲谝。太阳移到西墙时他们在墙西边打盹聊天。

他们中间的几个人已经不见了。其他几个，从 50 岁等 60，又从 60 岁等到 70，死亡还没有来临。

有时候他们好像等急了，站到路上望一阵子，又坐回到墙根里。

我知道在这个地方，人 20 岁、30 岁的时候在路上奔走；40 岁时在一块地里踏实劳动；50 岁时便坐在墙根晒太阳了。到这个年龄人开始想死亡之后的事情，人知道死亡世界的阴冷、黑暗与潮湿，所以一刻不停地朝着太阳，把骨头里的寒气晒出来，把头脑中的潮湿蒸发掉，在身体的每个毛孔都蓄满光明——这时候光明已很难进入

准备，用心准
备；等待，耐
心等待。这是
一种代代相传
的死法。

到人内心，人身体和心灵间的路早已坑坑洼洼，世界来来回回经过身体到达心灵时，把人的身体践踏坏了，一些通道已经堵死。70 岁时人便基本不再出门，整日关在一个小黑房子里。小房子一般和牛圈挨着，没有窗户。门缝用棉花和毛塞得严严实实——人从这个时候一点点地适应死亡后的孤独和黑暗。棺材在 50 岁时便已做好，没有上漆，木头白生生的，停在棚下用草苫住。人 60 岁时棺材上的草被风吹去。棺材明摆在人眼前，且油上红漆。人看着它往 70 岁里奔，到了 70 岁丧事变成喜事，对死亡的庆典像一场婚礼。

在我还是孩子的时候，我时常在那些晒太阳的老人跟前走来窜去，有时玩累了坐在他们中间，也背靠着墙，眯上眼睛，听他们出气和吸气、有一句没一句地说话。看他们打盹，头点一下，又点一下。他们瞌睡时上眼皮像房檐一下子塌落下来，堆在下眼皮上，都来不及躲，似乎突然地，什么被关在里面，什么被拒在外。有的老年人已经睁不开眼睛，或懒得再睁眼睛，看东西时用一小截细木棍，支在上下眼皮之间。他们朝路上看时，我也跟着看。我那时并不知道他们在空空的路上看见了什么。

我在那条道路尽头看见自己的死亡时已经快

40岁了。我突然真真切切地意识到自己有一天也会死——这个根本无法接受的现实。但我却想象不出我会在什么时候、以怎样的方式死去。

有一段时间我老担心我的胃会出问题。我再不能消化人间的一粒粮食，生命像一棵失水的草一天天枯死。有些日子我怀疑我的心脏——我看不见它。那是一间黑房子里的黑暗劳作。血看不见血的红色。跳动不息的心一定知道自己什么时刻停住——这桩黑暗漫长的活有一天终于要结束。但我不知道。我在世间的事情一桩接一桩。它停息的时候，不会在乎我正做着怎样重大或微小的一件事，即使这件事才刚刚开始。

这是一种留恋。

如果真的这样，我的心脏不再起伏。如果死亡就这样无可避免地开始，能否让我依然柔韧有力的手臂单独地活下来，让它欢快地挥舞。让它去拥抱未及入怀的情人。让它抚摸遍每一件剩下的事情，然后独自飞去。

能否让我永不近视的眼睛依旧深情地看着人世，我满眼的不肯老去的柔情不能就这样化为灰土。让我不知疲倦的腿走完远未到头的人生路途。别把死告诉我的腿脚。让它跑掉。死亡不再追上它。

这也是一种留恋。

从这个年龄开始，死亡像入冬的冰水一样慢

慢慢浸透了身体。它成了生活中的一件事。有关死
亡的想象不由自主——

我可能会在一个凉爽的午后悄悄死去。那时
满天的尘土已开始缓缓回落，像那些收工人停住
手中的镰刀和锹，我停住呼吸——谁的一声鸣叫
使我不由地睁开眼睛，看见这个下午的光阴，在
墙上西移了一大截子，月亮从柴垛后升起，吃饱
肚子的羊结群回来，咩咩叫门，尘世的一件小事
又一次使唤动我的身体。

我可能会在一个寒冷冬天孤独地死去。大雪
拥门。上天收走所有的路。在我哪都不想去的时
候，道路消失，无边的雪野围护住我的村子。可
我的炉火还在呼呼地烧着，我还有劈好的一大堆
柴禾，整整齐齐码在屋子里，还有半缸水、三五
斗麦子。还有，许许多多，我认识不认识的人
们，冒雪走向这个孤远的村落，他们深一脚浅一
脚地，把千千万万条路递送到我的门口、窗根。

我死的时候，我的身边会有许许多多的亲
人，我先他们离开人世。我在那边种好菜、盖好
房子等他们。

我死的时候我会像个孩子。我会害怕地哭。让
你揽我在怀里。像刚出生时一样，我贪婪地吸吮你
的双乳。让你哄我，用人间最温柔的话语和抚摸。

这还是一种留
恋。

我想像一只小虫一样在草根下简单地死去。

我死了，我的躯体应该像一根木头留在村里。多少年后我转世回来，他还结结实实，担在谁家的圈棚、房顶上，或作为拴牛桩栽在院子，他古怪的横杈指着的地方，是谁家废弃经年的院子，门楼不见，墙垣塌斜。

我一直在想办法弄清自己的死。

我正一步步走近的那一场死亡或许不是我的。

在那一刻我会看见我不认账的一个身体正渐渐死去。

他挣扎着，蹬了一下腿。

然后平静安详地——不动了。

我也许不会按我想象的方式轻易死去。死亡不是我的敌人，不需要我用一生的欢乐与幸福去抵消对付它。

我死的时候，我一世的麦场已收拾干净。

这边，是打得干干净净的饱满麦粒。

那边，是垛得高高的金色麦草垛。

当我离去时，我的翅膀已长成。我日日升起的炊烟早已为我铺好天路。

可是，在我消失的另一世还有芦苇和铃铛草吗？还有尘土和露水吗？还有天空、鸟群、风和

这依旧是一种留恋。

这是一种躲避。

这是另一种躲避。或者说坦然。或者说接受。

遥远的村庄

风中的院门吗?

在那里,我能看见的只是万物的魂和根须。开花和结果将成为我所不知的深埋世间的隐秘。

我 20 岁那年的秋天,家里有过一次少有的大丰收。麦子打了 57 麻袋,苞谷棒子堆了一院子,还有黄豆、葵花、油菜……十几年来我们第一次感到仓房小了,麻袋不够用。到了下头场雪,没处安置的苞谷棒只好一摞摞码在房顶上,惹得各种各样的鸟一冬天在我们家房顶盘旋。那时候我想,要是再有几个这样的好年成,我们就能把一辈子的粮食全打够,剩下的年月可以啥也不干地坐在墙根。我 30 岁的时候,已经离开村子在一个城郊乡当农机管理员,那时我幻想着,我顶多干到 40 岁,把一辈子的钱挣够,尔后啥也不干待在家里。

现在我已快 40 岁了。我知道一生的许多想法都将一一落空。我根本无法在某个年龄停下来。即使到了 60 岁,仍会有 60 岁的一大堆事情——这时候我看见了那个让我最终停下来的终结——死亡。突然间我对这种一往直前的生存惊恐万分。我该早早地为我的死亡做点事情了。至少,我可以从从容容地晒着太阳,等候它的来临,像等候注定要来的一个友人。无论在黄沙梁

的土墙根，或是城市街旁的石椅上，一个人只要
消停下来，都会安安静静地等到自己的死亡。

这是一种豁达。　死亡来了，我们就跟着它去。

我们向哪里去？当他们注销我的户籍、收回
我的职务和土地、从各式各样的表格与名单中划
去我的名字……我将去向何处。

我相信在黄沙梁，那些早早停住地上的粗活
闲下来的一双双手，已经在天上盖好房子。他们
自己的房子。是否也像一个村庄一样。

我在地上只有一个行将废失的家园。在天上
我没有自己的一砖一瓦。我注定要四处漂流的魂
魄只有你——黄沙梁，这唯一的去处与归宿。

当我死去，我已经全部地归属于你。

你能埋掉的，葬入你的黄土。

你埋不住的，让它飘游于你的高远天际。与
你的尘土、炊烟、树叶和草籽一起，一年一年
地，起起落落。

这是一种感恩。　让它成为你下一个春天的种子。

让它再发一次芽，再开一次花。

让它在你一场一场的风中，再一次感知你的
恩惠与生机。

　　——我的母亲黄沙梁啊！

远远的敲门声

一

我时常怀想起这样一个场景：我从屋里出来，穿过杂草拥围的沙石小路，走向院门……我好像去给一个人开门，我不知道来找我的人是谁。敲门声传到屋里，有种很远的感觉。我一下就听出是我的院门发出的声音——它不同于村里任何一扇门的声音——手在不规则的门板上的敲击声夹杂着门框松动的咣啷声。我时常在似睡非睡间，看见自己走在屋门和院门之间的那段路上。透过木板门的缝隙，隐约看见一个晃动的人影。有时敲门人等急了，会扯嗓子喊一声。我答应着，加快步子。有时来人在外面跳个蹦子，我便看见一个认识或不认识的人头猛然窜过墙头又落下去，我紧走几步。但在多少次的回想中，我从没有走到院门口，而是一直在屋门和院门间的那段路上。

"敲门声"具有多重意义。阅读时注意细致辨析。

我不理解自己为什么牢牢记住了这个场景，每当想起它，都会有种依依不舍、说不出滋味的感觉。后来，有事无事，我都喜欢让这个情节浮现在脑海里，我知道这种回味对我来说已经是一种享受。

我从屋门出来，走向院门……两道门之间的这段距离，是我一直不愿走完、在心中一直没让它走完的一段路程。

多少年后我才想明白：这是一段家里的路。它不同于我以后走在世界任何一个地方。我趿拉着鞋、斜披着衣服。或许刚从午睡中醒来，迷迷糊糊，听到敲门声，屋门和院门间有一段距离，我得走一阵子才能过去。在很长一段年月中，我拥有这样的两道门。我从一道门出来，走向另一道门——用一根歪木棍牢牢顶住的院门。我要去打开它，看看是谁，为什么事来找我。我走得轻松自在，不像是赶路，只是在家园里的一次散步。一出院门，就是外面了。马路一直在院门外的荒野上横躺着，多少年后，我就是从这道门出去，踏上满是烫土的马路，变成一个四处奔波的路人。

家里与家外，是两个世界。对家的坚守，对外面世界的无奈，构成了"我"真实的心理世界。

二

那是我离开父母独立生活的第四个年头。我在一个城郊乡农机站当管理员。一切都没有理出头绪，我正处在一生中最散乱的时期。整天犹犹豫豫，不知道自己该干什么，能干成什么。诗也写得没多大起色，虽然出了一本小诗集，但我远没有找到自己。我想，还是先结婚吧。婚是迟早要结的，况且是人生中数得过来的几件大事之一，办完一件少一件。

现在我依然认为这个选择是多么正确。当时若有一件更大更重要的事把结婚这件事耽搁了，那我的这辈子可就逊色多了。我可能正生活在别的地方，干着截然不同的事，和另一个女人生儿育女，过着难以想象的日子。那将是多大的错误。

我这一生干得最成功的一件事，是娶了我现在的妻子。她是这一带最好、最美的女子，幸亏我早下手，早早娶到了她。不然，像我这样的人哪配有这种福分。尤其当我老了之后，坐在依然温柔美丽的妻子身旁，回想几十年来那些平常温馨的日日夜夜，这是我沧桑一生的唯一安慰。我没有扔掉生活，没有扔掉爱。

相对于与父母在一起的生活，独立生活是一种敲门声。

相对于一个人的独身生活，结婚是一种敲门声。

相对于无为的
生活，盖房子
是一种敲门声。

那时正是为了结婚，为了以后的这一切，我开始了一生中第一件大工程：盖房子。

三

妻子在县城一家银行工作，我想把房子盖得离她近一些。

我找到了城郊村的村长阿不拉江，他是我的朋友，我给他送了一只羊，他非常够朋友地指给我村庄最后面的一块地方。

那是一个淤满细沙的沟，有一小股水从沟底流到村后的田野里。我坐在沟沿上犹豫了半天，最后还是决定动手吧。

我从邻村叫来了一辆推土机，用了整整一天时间把沟填平。那时我管着这一带拖拉机的油料供应，驾驶员们都愿意帮我的忙。

砌房基的时候，过来一个放羊老汉。他告诉我，这条沟是个老河床，不能在上面盖房子。我问为啥，他说河水迟早还要来，你不能把水道堵了。我问他河水多久没走这个道了。他说已经几十年了。我说，那它再不会走这个道了。水早从别处走了，它把这个道忘了。

放羊老汉没再跟我说下去，他的一群羊已走得很远了，望过去羊群在朝一个方向流动，缓缓地，像有意放慢着流逝的速度，却已经到了远处。

这个跟着羊群走了几十年的老汉，对水也一定有他超乎常人的见解。可惜他追羊群去了。

我还是没敢轻视老汉的话，及时地挖了一个小渠，把沟底的那股水引过去。我看着水很不情愿地从新改的渠道往前流，流了半个小时，才绕过我的宅基地，回到房后的老渠道里。水一进老渠道，一下子流得畅快了。

我让水走了一段弯路，水会不会因此迟到呢？

水流在世上，也许根本没有目的。尤其这些小渠沟里的水，我随便挖两锹就能把它引到别处去。遇到房子这样的大东西，水只能绕着走。我不知道时间是怎样流过村庄的。它肯定不会像水一样、路一样绕过一幢幢房子、一个个人。时间是漫过去的。我一直想问问那个放羊人，他看到时间了吗，在时间的河床上我能不能盖一间房子。

但在这条旧河床上我盖起了一院新房子。我在这个院子里成了家，有了一个女儿，我们一起度过了多年的幸福安逸生活。

相对于短暂的生命，流逝的时间是一种敲门声。

四

第一次听到敲门声，是在房子盖好后第二年的夏天，我刚安上院门不久。

我的房子后面有一个大坑，是奠房基时挖的，有一人多深，坑底长着枯黄的杂草。我常下到坑里方便，有几次被过路人看见，让我很不心安。我想，要是坑里的草长高长密些，我蹲进去就不会担心了。在一个下午，我挖了一截渠，把小渠沟的水引到坑里。这个大坑好像没有底似的，水淌进去冒个泡就不见了。我也没耐心等，第二天也没去管它。到了第三天中午，我正收拾菜地，院门响了，我愣了一下。院门又响了起来，比上次更急。我慌忙扔下活走过去，移开顶门棍，见一个扛锨的人气冲冲地站在门口。

是你把水放到坑里的？

我点了点头。

我的十几亩地全靠这点水浇灌，你却把它放到坑里泡石头，你不想让我活命了是不是？

他越说越激动，那架势像要跟我打架。我害怕他肩上的铁锨，赶紧笑着把他让进院子，摘了两根黄瓜递给他，解释说，我以为水是闲流着呢。水在房子边上流了几年都没见人管过。

哪有闲流的水啊。他的语气缓和多了。

老早以前那水才叫闲流呢，那时你住的这个房子下面就是一条河，一年四季水白白地流，连头都不回。后来，来了许多人在河边开荒种地，建起了一个又一个村子。可是，地没种多少年，河水没了。水不知流到哪去了，把这一带的土地都晾干了。

他边说边寻视我的院子，好像我把那一河水藏起来了。

那你觉得，河水还会不会再来。我想起那个放羊老汉的话，随便问了一句。

他一撇嘴：你说笑话呢。

我一直没有顺着这条小渠走到头，去看看这个人种的地。不知道他收的粮够不够一家人吃。春天的某个早晨我抬起头，发现屋后的那片田野又绿了。秋天的某个下午它变黄了。我只是看两眼而已。我很少出门。<u>从那以后来找我的人逐渐多起来，敲门声往往是和缓轻柔的。</u>我再不像第一次听到自己的门被人敲响时那样慌忙。我在一阵阵的敲门声中平静下来。有时院门一天没人敲，我会觉得清寂。

相对于自己清寂的生活，别人适度的介入是一种敲门声。

我似乎在这里等待什么。盖好房子住下来等，娶妻生女一块儿等，却又不知等待的到底是什么。

门响了，我走过去，打开门，不是。是一个邻居，来借东西。

门又响了。……还不是。是个问路的人，他打问一个我不知道的地方。我摇摇头。过了一会儿，邻居家的门响了。

其实那段岁月里我等来了一生中最重的东西。只是我自己浑然不知。

——我的女儿一天天长大，变得懂事而可爱。妻子完全适应了跟我在一起的生活，她接受了我的闲散、懒惰和寡言。我开始了我的那些村庄诗的写作。我最重要的诗篇都是在这个院子里完成的。

有一首题为《一个夜晚》的小诗，记录了发生在这个院子里一个夜晚的平凡事件。

相对于浑然懵懂，明亮清晰是一种敲门声。

你和孩子都睡着了
妻　这个夜里
我听见我们的旧院门
被风刮开
外面很不安静
我们的老黄狗
在远远的路上叫了两声

我从你身旁爬起来

去关那扇院门

我们的院子

有一辆摔破的马车

和一些去年的干草

矮矮的土院墙围在四周

每天进来出去

我们都要把院门关好

用一根歪木棍牢牢顶住

我们一直活得小心翼翼

没有更多东西

放在院子

妻　这个夜里

若你一个人醒来

听见外面很粗很粗的风声

那一定是我们的旧院门

挡住了什么

风在夜里刮得很费劲

这种夜晚你不要一个人睡醒

第二天早晨我们一块儿出去

看刮得干干净净的院子

几片很远处的树叶

落到窗台上

你和女儿高兴地去捡

相对于宏伟壮美的追求，"平凡的小事"是一种敲门声。

许多年后，我重读这首诗的时候，我被感动了。这个平凡的小事件在我心中变得那么重大而永恒。读着这首诗，曾经的那段生活又完整地回来了。

五

那是一个冬天的早晨，我打开屋门，看见院内积雪盈尺，院门大敞着。一夜的大风雪已经停歇，雪从敞开的大门涌进来，在墙根积了厚厚一堆。一行动物的脚印清晰地留在院子里。看得出，它是在雪停之后进来的，像个闲散的观光者，在院子里转了一圈，还在墙角处撕吃了几口草，礼节性地留下几枚铜钱大的黑色粪蛋儿，权当草钱。我追踪到院门外，看见这行蹄印斜穿过马路那边的田野，一直消失在地尽头。这是多么遥远的一位来客，它或许在风雪中走了一夜，想找个地方休息。它巡视了我的大院子，好像不太满意，或许觉得不安全，怕打扰我的生活。它不知道我是个好人，只要留下来，它的下半生便会像我一样悠闲安逸，不再东奔西跑了。我会像对我的鸡、牛和狗一样对待它的。

可是它走了，永远不会再走进这个院子。我像失去了一件自己未曾留意的东西，怅然地站了好一阵。

相对于自我中心，被忽略者的来访是一种敲门声。

另外一个夜晚，我忘了关大门。早晨起来，院子里少了一根木头。这根木头是我从一个赶车人手里买来的，当时也没啥用处，觉着喜欢就买下了。我想好木头迟早总会派上好用处。

我走出院门看了看，大清早的，路上没几个人。地上的脚印也看不太清。我爬上屋顶，把整个村子观察了一遍，发现村南边有一户人正在盖房子，墙已经砌好了，几个人站在墙头上吆喝着上大梁。

我从房顶下来，背着手慢悠悠地走过去，没到跟前便一眼认出我的那根木头，它平展展地横在房顶上，因为太长，还被锯掉了一个小头。我看了一眼站在墙头上的几个人，全是本村的，认识。他们见我来了都停住活，呆呆地立在墙上。我也不理他们，两眼直直地盯住我的木头，一声不吭。

相对于他人对"我"存在的忽视，"我"的来访是一种敲门声。

过了几分钟，房主人——一个叫胡木的干瘦

老头勾着腰走到我跟前。

大兄弟，你看，缺根大梁，一时急用买不上，大清早见你院子里扔着一根，就拿来用了，本打算等你睡醒了去给你送钱，这不……说着递上几张钱来。我没接，也没吭声。一扭头原背着手慢悠悠地回来了。

快中午时，我正在屋子里想事情，院门响了，敲得很轻，听上去远远地。我披了件衣服，不慌不忙地走过去，移开顶门的木棒。胡木家的两个儿子扛着根大木头直端端进了院子。把木头放到墙根，尔后走到我跟前，齐齐地鞠了一躬，啥都没说就走了。

我过去看了看，这根木头比我的那根还粗些，木质也不错。我用草把它盖住，以防雨淋日晒。后来有几个人看上了这根木头，想买去做大梁，都被我拒绝了。我想留下自己用，却一直没派上用场，这根木头就这样在墙根躺了许多年，最后朽掉了。

我离开那个院子时，还特意过去踢了它一脚。我想最好能用它换几个钱。我不相信一根好木头就这样完蛋了。我躬下身把木头翻了个个，结果发现下面朽得更厉害，恐怕当柴禾都烧不出烟火了。

相对于对基本生存法则的漠视，"我"的拒绝是一种敲门声。

相对于"我"的拒绝，胡木两个儿子的鞠躬是一种敲门声。

相对于"我"的又一种拒绝，"朽"是一种敲门声。

这时，我又想起了被那户人家扛去做了大梁的那根木头，它现在怎么样了呢？

一根木头咋整都是几十年的光景，几十年一过，可能谁都好不到哪去。

我当时竟没想通这个道理。我有点可惜自己，不愿像那根木头一样朽在这个院子里。我离开了家。再后来，我就到了一个乌烟瘴气的城市里。我常常坐在阁楼里怀想那个院子，想从屋门到院门间的那段路，想那个红红绿绿的小菜园、那棵我看着它长大的沙枣树……我时常咳嗽，一到阴天就腿疼。这时我便后悔自己不该离开那个院子满世界乱跑，把腿早早地跑坏。我本来可以自然安逸地在那个院子里老去。错在我自视太高，总觉得自己是块材料，结果给用成这个样子。

现在我哪都去不了了，唯一的事情就是修理自己，像修理一架坏掉的老机器，这儿修好了，那儿又不行了。生活把一个人用坏便扔到一边不管了，剩下的都是你自己的事了。

我也像城市人一样，在楼房门外加了一道防盗门，两门间仅一拳的距离，有人找我，往往不敲外边的铁制防盗门，而是把手伸进来，直接敲里面的木门。我一开门就看见楼梯，一迈步就到人的一生会听到许多各种各样的敲门声。多数情况下，人会不由自主地去开门。因此，辨识不同的敲门声，然后决定答应还是拒绝，对保持人生的纯性至关重要。

外面了。

生活已彻底攻破了我的第一道门，一切东西都逼到了跟前。现在，我只有躲在唯一的一道门后面。

一个人的村庄（节选）

　　我出去割草，去得太久，我会将钥匙压在门口的土坯下面。我一共放了四块土坯迷惑外人，东一块，西一块，南北各一块。有一年你回来，搬开土坯，发现钥匙锈迹斑斑，一场一场的雨浸透钥匙，使你顿觉离家多年。又一年，土坯下面是空的，你拍打着院门，大声喊我的名字。那时村里已没几户人家，到处是空房子，到处是无人耕种的荒地，你爬在院墙外，像个外人，张望我们生活多年的旧院子，泪眼涔涔。

　　芥，我说不准离家的日子，活着活着就到了别处。我曾做好一生一世的打算在黄沙梁等你，你知道的，我没这个耐力，随便一件小事都可能把我引向无法回来的远处。在过去的几十年里，村里人就是为一些小事情一个一个地走得不见了。以致多少年后有人问起走失的这些人，得到的回答仍旧是：

　　他割草去了。

"一个人的村庄"只允许某一个人进出，但每位读者都是那个人。因此，只要将这个村庄视为自己的村庄，就可自由进出。进入村庄前，要提醒读者三点：进村庄的路若隐若现，容易迷失，要走一步做一个标记；村庄里的景物忽真忽幻，容易迷惑，要保持清醒；整个村庄是一个象征的城堡，开掘其象征义有利于加速进入的步伐。

可以把文章想象成一个故事："我"出去割草，把钥匙压在门口的土坯下面等妻子回来。妻子已出去整那块她想整治的荒地。"我"在草地看到家里的烟囱青烟直冒，以为妻子已经回来，就扔了镰刀跑回来。结果发现，在家生火的不是妻子，是一个过路的陌生男人。后来，"我"的镰刀被人拾走，于是"我"又去追那个人。一个秋天的下午，"我"终于在一户人家的窗台上找到了"我"的镰刀，它被磨得只剩一弯废铁，而这户人家已不在人世。

她浇地去了。

人们总是把割草浇地这样的事看得太随便平常。出门时不做任何准备，不像出远门那样安顿好家里的一切。往往是凭一个念头，也不跟家里人打声招呼，提一把镰刀或扛一把锹就出去了，一天到晚也不见回来，一两年过去了还没有消息。许多人就是这样被留在了远处。他们太小看这些活计了，总认为三下五下就能应付掉，事实上随便一件小事都能消磨掉人的一辈子，随便一片树叶落下来都能盖掉人的一辈子。在我们看不见的角角落落里，我们找不到的那些人，正面对着这样那样的一两件小事，不知不觉地过去了一辈子。连抬头看一眼天的时间都没有，更别说地久天长地想念一个人。

我最终也一样，只能剩一院破旧的空房子和一把锈迹斑斑的钥匙——我让你熟悉的不知年月的这些东西在黄沙梁，等待遥无归期的你。我出去割草。我有一把好镰刀，你知道的。

多少年前的一个下午，村子里刮着大风，我爬到房顶，看一天没回家的父亲。我个子太矮，站在房顶那截黑糊糊的烟囱上，抬高脚尖朝远处望。当时我只看见村庄四周浩浩荡荡的一片草莽。风把村里没关好的门窗甩得啪啪直响，连一个人影都看不见，满天满地都是风声，我害怕得不敢下来。

我母亲说，父亲是天刚亮时扛一把锨出去的。父亲每天都是这个时候出去。我们从来不知道他在侍弄哪块地。只记得过不了多长时间，父亲的那把锨就磨得不能使了。他在换另一把锨时，总是坐在墙根那块石板上，一遍又一遍地刮磨那根粗糙的新锨把，干得认真而仔细。有时他抬头看看玩耍的我们，也偶尔使唤我给他端碗水拿样工具。我们还小，不知道堆在父亲一生里的那些活，他啥时候才能干完，更不知道有一件活会把父亲永远留在一块地里。

多少年来我总觉得父亲并没有走远，他就在村庄附近的某一块地里，某一片密不透风的草莽中，无声地挥动着铁锨。他干得忘记了时间，忘记了家和儿女，也忘记了累……多少年后我在这片荒野上游荡。有一天，在草莽深处我看见翻得整整齐齐的一大片耕地，我一下认出这是父亲干的活。我跑过去，扑在地上大喊父亲、父亲……我听见我的声音被另一个我接去，向荒野尽头传递。我站起来，看见父亲的那把铁锨插在地头上、木把已经腐朽。我知道父亲已经把活干完了，他正在回家的路上。我也该回家看看了。我記不清自己游荡了多少年，只觉得我的身体在荒野上没日没夜地飘游，没有方向，没有目的，也不知道累，若不是父亲翻虚的这片地挡住我，若不是父亲插在地头的铁锨提示我，我就无边无际地游荡下去了。

芥，那时候家里只剩了你。我的兄弟们都不知到哪里去了，他们也和父亲一样，某个早晨扛一把锨出去，就再不回来了。我怎么也找不到他们。黄沙梁附近新出现了好多村子，我的兄弟们或许隐姓埋名生活在另一个村庄了。有些人就是喜欢把自己的一生像件宝贝似的藏起来不让人看，藏得深而僻远。

我记得三弟曾对我说过，一个人就这么可怜巴巴的一辈子，为啥活给别人看呢？三弟是在父亲走失后不久说这句话的，那时我就料到，三弟迟早会把自己的一生藏起来。没想到我的兄弟们都这样小气地把自己的一辈子藏在荒野中了。

我把钥匙压在门口的土坯下面，我作了这个记号给你，走出很远了又觉得不踏实。你想想，一头爱管闲事的猪可能会将钥匙拱到一边，甚至吞进嘴中嚼几下，咬得又弯又扁。一头闲溜达的牛也会一蹄子下去，把钥匙踩进土中。最可怕是被一个玩耍的孩子捡走，走得很远，连同他的童

这是一个"有"的故事，也是一个"无"的故事。"有"在细节的真实性，"无"在叙述整体的荒诞性。这样的一个充满荒诞性的故事，其整体的象征性显而易见。它是每个人的精神幻觉的象征，具体含义则因人而异。

年岁月被扔到一边。多少年后，这把钥匙被一个有贼心的人捡到，定会拿着它挨家挨户地试探，在人们都不在的一天，从村子一头开始，一把锁一把锁地乱捅。尤其没开过的锁，往里捅时带着点阻力，涩涩地，能勾起人的兴致。即使根本捅不进去，他也要硬塞几下。一把好钥匙就这样被无端磨损，变细、变短，成为废物。遭它乱捅的锁孔，却变得深大而松弛，这种反向的磨损使本来亲密无间的东西日渐疏离。爱情也是这样。这么多年我循序渐进地深入你，是我把你造就得深远又宽柔。我创造了一个我到达不了的远方，挖了一口自己探不到底的深洞。在这个漫长过程中我自己被消损得短而细小，爱情的距离就这样产生了。

早晨微明的天色透进窗户，你坐起身，轻轻移开我压在你腹部的一条腿。

你说：那块地都荒掉了。

哪块地？我似醒非醒地问你。

接着我听见锄头和铁锨轻碰的声音、开门的声音。

我醒来时不知是哪一个早晨，院子扫得干干净净，柴垛得整整齐齐，细绳上晾晒着洗干净的哪个冬天的厚重棉衣。你不在了。

"草"隐喻着什么呢？
本篇中的"草"与"麦"相对。"割草""锄草"是除去庄稼地的杂草，也是除去生活中的杂草，除去生命中的杂草。

村子里依旧刮着大风，我高晃晃地站在房顶朝四处望。风穿过空洞的门窗发出呜呜的鬼叫声。已经多少年了，每次爬上房顶我都在想，有一天我一定提一把镰刀出去，把村庄周围的草全都割倒。至少，割出一个豁口，割开一条道。我父亲走失的第五年，有一天，我在房顶上看见村西边的沙沟里有一片草在摇动。我猛然想到是不是父亲，我记得母亲说过，你父亲就喜欢扛一把锨在乱草中倒腾，他时不时地在一片草莽中翻出块地来，胡乱地撒些种子，就再不管了。吃午饭时，母亲又说：爬到房顶看看，哪片草动弹肯定是你父亲。

我翻过沙梁，一头钻进密密麻麻的深草。草高过了头顶，我感到每一株草都能把我挡到一边，我只有一株草一株草地拨开它们。结果我找到了一头驴。我认出是几年前王五家丢掉的那头，当时王五家为了这头驴惊动了方圆几百里，几乎远远近近每一条路上都把守着王五家的亲戚，村里每一户人家都被怀疑。没想到驴就藏在离王五家不远的一滩草中，几年间它没移动几步，嘴边就是青草，它卧在地上左一口右一口地就能吃饱肚子，对驴来说这是多好的日子。它当然不愿再回到村里去受苦。可王五家却惨了，本该驴做的事情都由王五家的人分担去做了。才几年工夫王五的腰就弓成驴背一样了。我出于好心把驴拉了回去送给王五家。王五的婆姨抱着驴脖子哭了好一阵，驴被感动了似的也吭吭地叫起来。王五的婆姨哭够了转过身来，用一双泥糊糊的眼睛瞪着我说：

你爹出去几年了？

五年了。我说。

那就对了。王五的婆姨一拍巴掌，说。

我家的驴也丢掉整整五年了，肯定是你爹把我家的驴拉出去使唤了五年，使唤成老驴了，才让你给送过来。你说，是不是？

芥，我记得我们种过一块地，离村庄很远。一个春天的早晨我们赶车出去，绕过沙梁后走进一片白雾蒙蒙的草地，马打着响鼻，偶尔也放两个屁。在装满麦种的麻袋上我解开你的上衣，我清楚地记得有一股大风刮过你双乳间那道白皙的沟槽，朝我脸上吹拂，我闻到一股熟悉的来自遥远山谷的芬芳气息，手不由自主往下滑去。马车猛然间颠簸起来，一上一下，一高一低，一起一伏，我忘掉了时间，忘掉了路。不知道车又拐了多少个弯，爬了几道梁，过了几条沟。后来车停了下来，我抬起头，看见一望无际的一片野地。

这"一块地"显然是开垦的一块"精神麦地"。每个人都会垦殖精神麦地，有的丰收，有的歉收，有的年年丰收，有的垦殖过后迅即变为荒芜。

芥，我一直把那一天当成一场梦，再想不起那片野地的方向和位置。我们做着身边手边的事，种着房前屋后的几小块地，多少个季节过去了，我似乎已经忘记我们曾无边无际地播种过一片麦子。我只依稀记得我们卸下农具和种子时，有一麻袋种子漏光在路上了。

后来我们往回走时，路上密密麻麻长满了麦子。我们漏在路上的麦种在一场雨后全都长了出来，沿路弯弯曲曲一直生长到家门口，我们一路收割着回去。芥，我一直不敢相信的一段经历你却把它当真了。你背着我暗暗记住了路。那个早晨，我在睡眠朦胧中听见你说：那块地长荒了。我竟没想到你在说那一片麦地。现在，你肯定走进那片无边无际的麦地中了。

我带走了狗，我不知道你回来的日子。狗留在家里，狗会因怀念而陷入无休止的回忆。跟了我20年的一条狗，目睹一个人的变化，面目全非。20年岁月把一个青年变成壮年，继而老态龙钟。狗对自己忠诚的怀疑将与年俱增。在狗眼里，人一生中的不同时期是不同面孔的好几个人。它忠心尾随的那个面孔的人，随着年月渐渐就不见了。取而代之的是另一副面孔另一番心境的一个人，还住在这个院子，还种着这块地。狗永远不能理解沧桑这回事。一个跟随人一辈子的忠犬，在它的自我感觉中已几易其主，它弄不清人一生中哪个时期的哪副面孔是它真正的主人。

狗留在家里，就像你漂泊在外，是我最放心不下的心事。

一条没有主人的狗，一条穷狗，会为一根干骨头走村串巷，挨家乞讨，备受人世冷暖，最后变得世故，低声下气，内心充满怨恨与感激。感激给过它半嘴馊馍的人，感激没用土块追打过它的人，感激垃圾堆中有一点饭渣的那户人。感激到最后就没有了狗性，没有一丁点怨恨，有怨也再不吭声，不汪不吠。游荡一圈回到空荡荡的窝中，见物思人，主人的身影在狗脑子里渐渐怀念成一个幻影，一个不真实的梦。

这还不是最重要的。你回来晚了，狗老死在窝里，它的根本没见过你的狗子狗孙们把守着院子。它们没有主人，纯粹是一群野狗，把你的家当狗窝，不让你进去。

家是很容易丢掉的，人一走，家便成一幢空房子。锁住的仅仅是一房子空气，有腿的家具不会等你，有轱辘的木车不会等你，你锁住一扇门，到处都是路，一切都会走掉。门上的红油漆沿斑驳的褪色之路，木梁沿坑坑洼洼的腐朽之

狗没有了主人，就成了野狗；人没有了家，就成了野人？

"一切都会走掉"！家是成员之间的一种厮守。强制的"锁住"是不能真正"锁住"什么的。

路，泥墙沿深深浅浅的风化之路，箱子里的钱和票据沿发黄的作废之路……无穷无尽地走啊。

我在荒草没腰的野地偶一抬头，看见我们家的烟囱青烟直冒，我马上想到是你回来了。怎么可能呢，都这么多年了，都这么多年了，我快过惯没有你的日子。

我扔下镰刀往回跑。

一个在野外劳动的人，看见自己家的炊烟连天接地地袅袅上升，那种子孙连绵的感觉会油然而生。炊烟是家的根。生存在大地深处的人们，就是靠扎向天空的缕缕炊烟与高远陌生的外界保持着某种神秘的联系。

炊烟一袅袅，一个家便活了。一个村庄顿时有了生机。

没有一朵云，空荡荡的天空中只有我们家那股炊烟高高大大地挡住太阳，我在它的阴影中奔跑，家越来越近。

一个男人把另一个男人的家占了，也可以看作一种隐喻。

我推开院门，一个陌生男人正在往锅头里塞柴火，我一下愣住了，才一会工夫，家就被别人占了。

我操了根木棍，朝那个男人蹲着的背影走去。

听到脚步声他慢腾腾地转过身。

你找谁？他问。

你找谁？我问。

我不找谁。他说着又往锅头里塞了根柴火，我看见半锅水已经开了，噗噗地冒着热气。

这个男人去另一个村庄，路过院门口时，一脚踩翻土坯，看见我留给你的钥匙。他小心翼翼捡起来，擦净上面的锈和尘土，顺手装进口袋。走了几步他又返回来。我一共留给你五把钥匙，能打开五扇门。我们家能锁住的地方我都上了锁。

他捡出一把粗短的黄铜钥匙，对准锁孔塞了几下，没塞进去。又捡出另一把细长的，没费劲就塞了进去，捅到底了，还露半截在外面，他故意扭了几下又拔出来。捅进第三把钥匙时，锁打开了。他在院子里转了一圈，然后又挨个地打开每一间房子。

他用一根指头在布满裂缝的桌面上抹了一下，划出道清晰的印子，尘土足有铜钱厚。他是个流浪人，可能从没安心在一个地方长年累月地体验过一件事情。不像我，多少年来看着一棵树从小往大地长。守着一个院子，从新住到旧。思念着一个人，从年轻到年老昏沉。他没这种经历，因而弄不清多少年的落尘才能在桌面上积到

"流浪人"永远走不进家。家在厮守中，家在收藏中。

铜钱这么厚。

　　他转过身，穿过满是杂乱农具的库房，墙上挂的，梁上吊的，地上堆的，各式各样的农具。有些他从没有见过，造型古古怪怪，不知是干什么活用的。

　　芥，有些活是只有我能看见的，它们细小或宏大地摆在我的一生里，我为这些不同种类的活制造了不同式样的专用农具，我不像父亲，靠一把简单的铁锨就能对付一辈子。有些活通过我的劳动永远不见了，或者变成另一种活等候在岁月中了。我埋掉的一些东西成为后人的挖掘物时，那种劳动又回来或重新开始了。我割倒垛在荒野中的干草，多少年后肯定有人赶一辆车拉回村里。这些深远的东西一个过路人怎能看清看透呢？他只会惊叹：这家男人长着怎样有力的一双手啊。他为自己准备了如此多而复杂的一库房农具，他到底想干掉多少活干出多大的事业，这些农具中的哪一件真正被用过……

　　他打开另一扇门，一股谷物腐烂的霉味扑鼻而来。这间房子没有窗户，光线很暗，只有接近房顶的墙上有两个很小的通风洞，房子中间突兀地立着一堵墙，墙的半腰处有个黑洞洞的豁口，他把头探进豁口，看了半天，才看清里面是黑糊糊的半仓粮食。他把手伸进去，抓了一把谷物走到院子里，在阳光下观察了一阵，又用鼻子闻了闻。

没准还能吃呢。他想。

要能吃的话，这半仓粮食够一个人吃一年了。

他在院子里转了一圈，捡了些柴火放到锅头旁。他决定住下不走了。他想，这么大一院房子，白白空着太可惜了。他本来去另一个村庄，另一个村庄在哪他自己也说不清，每到一个村庄，另一个村庄便隐约出现在前方，他只好没完没了地往前走。不知走了多少年，他忘记了家，忘记回去的路，也忘记了疲惫。

正是中午，阳光暖暖地照着村子，有两三个人影，说着话，走过村中间那条空寂的马路。

他想，先做顿饭吧，多少年来他第一次感到了饥饿。

我在这时候跑回家里。

我犯了一个天大的错误。芥，我扔下镰刀往回跑，快下午的时候，一个过路人捡走我的镰刀和一捆青草，往后很多年，我追赶这个人。我走过一个又一个喧哗或寂静的村庄，穿过一片又一片葱郁或荒芜的土地，沿途察看每一个劳动者手

"流浪人"一往无前，从不回头。"流浪人"无论走过多少村庄，永远都是他一个人的村庄。

"镰刀"有多重要？它割草、割麦，割草是清除，割麦是收获。对劳作者来说，"镰刀"就是生活的象征。

中的农具，我放下许多事，甚至忘记了家，忘记了等你……

芥，你没看好我的母亲，你让她走了，带着我的两个不知名字的兄弟远远地走了。你指给我路，让我去追。

正是下午的时候，我扛着铁锨回来，院门敞开着，我喊你的名字，又喊母亲，院子里静静的没有回应，对面墙上也看不见我那两个兄弟的身影，往日这个时候他们玩得正欢，墙上的影子也就最清晰真实。

我推开一扇门，又推开一扇门，家里像是多少年没有人住。我记得我才出去了一天，早晨我出门时，你正在锅头上收拾碗筷，母亲拿一只小小的条把在扫院子，我还想，这么大的院子母亲用一只小条把啥时才扫完。我吩咐你帮帮母亲，你答应着。树上在落叶子，我出门时，一些树叶落在母亲扫过的地方。

我在地里干着活还不时朝村里望望，快中午的时候，我还看见我们家的烟囱冒了一股烟，又不见了。我头枕在埂子上睡了一觉，是不是这一觉把几十年睡过去了。

我走出院子找你和母亲，村子里空空的一个人也看不见。我一家一家地敲门，几乎每户人家

本文节选时删去了许多关于"芥"的内容。"芥"曾在这个"村庄"生活过，后来为了一块很遥远的"麦地"出走了。"芥"部分地是"我"的真实生活的记忆，更多地是"我"的冥想的影像。冥想常常是回味与渴望的综合，因此它显现出一种精神真实的高度。显而易见，"芥"在"我""一个人的村庄"中有着举足轻重的意义。她的消失，"我"的村庄也"轰然而倒"。

的院门都虚掩或半开着，像是人刚出去没走远，就在邻居家借个东西、去房后撒泡尿马上就回来，所以门没锁，窗户没关。但院子里的破败景象告诉我：这里已很久没人居住。我喊了几个熟悉的人的名字。喊第三声的时候，一堵土院墙轰然而倒。我返回到家里，看见你正围着锅头做饭，两盘炒好的蔬菜摆在木桌上。

活干完了？我听见你问我。

什么活？我在心里想着这句话，说出口的却是另一句：刚才你到哪去了？

我给你做饭哩。

那我回来咋没看见你。

你回来了？啥时候？

刚才。

刚才？你说着又把炒好的一盘菜放在木桌上。

那我母亲呢？

刚走，她说不回来吃饭了，我才炒这么多好菜。你母亲太能吃饭了，一顿吃好几个人的饭还不停地叫饿。她说她是给你的几个兄弟吃饭的，她自己好多年前就不需要吃饭了，只要喝点西北风就饱了。

我朝你指的路上追去，没跑几步又折回来。

那么，村里人都到哪去了？

都在哩。

在哪里？

还不是都在干自己的活哩，你想想你到哪去了就该知道其他人的去处。

你说着把一碗烧好的汤放在桌上。我看见发绿的汤里扔着几根白骨。另几盘也是些腐肉和陈菜，那些菜像是多少个季节以前摘的，发着陈旧的灰黑色。虽是刚炒出来，却一点热气都没有。倒像一桌供放多年的丧食。再看你，也像衰老了许多，衣袖有几处已朽烂，铜手镯绿锈斑斑，似乎这顿饭你做了很多年才做熟。炉膛里还是多年前的那灶火，盘子里是多年前的肉和蔬菜，我的胃里蠕动着的也是多年前的一次饥饿……

芥，我记得我才出去一天。

一个秋天的下午，我终于在一户人家的窗台上找到了我的镰刀，它被磨得只剩下一弯废铁。

这户人家看样子是喂牲口的，房前屋后垛了从远远近近的野地里割来的荒草，我的那捆草肯定压在这些高高的草垛中间，要是能翻出来，我会一眼认出它的。我捆草的方式跟谁都不一样。每一捆草上我都作了只有我能看出的记号。我暗暗在我经手的每件事情上都留下我的痕迹，甚至

这是记忆深处的祭奠。人在极度清醒中，或在极度混沌中，往往能呈现某种深度的记忆。这种记忆拒排外部世界，或者错误与外部世界的信号对接，从而呈现别人无法知晓的影像。这里是否可看作是对"一个人的村庄"的消亡祭奠？

在鞋底上刻上代表我名字的一个字，我走到哪就把这个字印到哪，在某些关键地段，我有意把脚印踩得很深，我这样做只是为了多年后当我重返这片荒野时，能清晰地看到自己生活过的痕迹。很早我就预感到我还会来到这片荒野上，还会住进黄沙梁，不是我一个人，而是一大群，那时的我作为曾经人世的向导，走在浩浩荡荡的人群前面，扛一把铁锹指指点点。我引他们走我走过的长短路途，经历我经历过的所有事物，他们不会比我做得更出色。

　　我房前屋后转了一圈，没见一头牲口，人也不知干啥去了，门窗敞开着。我想喝口水，可是水缸是干的，院子中间的一棵榆树，也像枯死多年了，树杈上高高地吊着只破马灯，足有两个人那么高。我想是树很小的时候，这家人把马灯挂在树枝上，坐在树下的灯影里一夜一夜地干着一件事。后来树长高了，马灯跟着升到高处，在这个谁也够不着的高度上马灯熬干灯油，自己熄灭了。这家人的活干完了没有呢？

　　枯树下面是一架只剩一只轱辘的破马车，一匹马的骨架完整地堆在车辕中间。显然，马是套在车上死掉的，一副精致的皮套具还搭在马骨头上。这堆骨架由一根皮缰绳通过歪倒的马头拴在树干上，缰绳勒进树身好几寸，看来赶车人把车马拴在树上去干另一件事，结果再没回来——或者来得像我一样晚。这期间榆树长了一圈又一圈……

我坐在一架吱吱乱响的木椅上，爱怜地抚摸着我的镰刀，我真心疼啊。是怎样的一个人把我的镰刀使唤成这样了？他用我的镰刀干完了本该由我去干的这些活，要不是找这把镰刀，我的草也会垛得跟这户人家的一样高。一把好镰刀，在别人手中经历了一切，变成一弯废铁，它干出的活成了别人的。我想了想，要干掉多少活才能磨废一把镰刀呢？干完这些活要花多少个年月？想着想着我惊愕了：这户人已不在人世。

我不知道时间过去了多少年，也许我的一辈子早就完了，而我还浑然不觉地在世间游荡，没完没了。做着早不该我做的事情，走着早就不属于我的路。

亲人们一个个走掉了，村里人也都搬到别处，我的四周寂静下来，远远近近，没有人说话的声音，也听不到走路声。我在一个人的村庄进进出出，没有谁为我敲响收工的晚钟，告诉我：天黑了，你该歇息了。没有谁通知我：那些地再不用种了，播种和收获都已结束；那个院子再不

一把镰刀磨成了一弯废铁，人的一生也就结束了，一个人的村庄也就消亡了。

读到这我就在想：我的镰刀在哪里？我的村庄在哪里？我的"芥"在哪里？这一切，我曾经拥有过吗？那我的生命已经结束。是还未曾拥有吗？那我的生命还未开始。是正在拥有吗？那就好好生活吧！

用去扫了，尘土不会再飘起，树叶不会再落下。更没有谁暗示我：那个叫芥的女人，你不必去想念了，她的音容笑貌、她的青春，一切的一切，都在一场风中飘散。结束吧，世间还有另一些事情，等着发生呢。

图书在版编目（CIP）数据

遥远的村庄:刘亮程散文精读/刘亮程原著;黄荣华编注. —上海:复旦大学出版社,
2020.11(2024.7 重印)
（著名中学师生推荐书系/黄荣华主编）
ISBN 978-7-309-15269-2

Ⅰ.①遥…　Ⅱ.①刘…②黄…　Ⅲ.①散文集-中国-当代　Ⅳ.①I267

中国版本图书馆 CIP 数据核字（2020）第 154564 号

遥远的村庄:刘亮程散文精读
刘亮程　原著
黄荣华　编注
责任编辑/李又顺

复旦大学出版社有限公司出版发行
上海市国权路 579 号　邮编：200433
网址：fupnet@ fudanpress. com　http://www.fudanpress.com
门市零售：86-21-65102580　团体订购：86-21-65104505
出版部电话：86-21-65642845
上海崇明裕安印刷厂

开本 890 毫米×1240 毫米　1/32　印张 11　字数 227 千字
2024 年 7 月第 1 版第 2 次印刷

ISBN 978-7-309-15269-2/I · 1244
定价：42.00 元